키요이 & 히라

뜻대로 되지 않는 그

아름다운 그

4

儘ならない彼

뜻대로 되지 않는 그

나기라 유 지음
메이 옮김
일러스트·가사이 리카코

포레
forêt

차례

일러스트 가사이 리카코

일러두기

1. 외래어 표기는 국립국어원 외래어 표기법에 따랐으나, 일부 인명은 현지 발음대로 표기하는 예외를 두었다.
2. 본문의 주석은 모두 옮긴이주다.

프롤로그
왕의 수난

오전에 있던 촬영을 마친 뒤, 여름에 개최되는 큰 이벤트에 출연하기로 결정됐다고 해서 오랜만에 사무실에 얼굴을 내비쳤다.

"테이 TV가 총력을 기울여 준비하는 이십칠 시간 연속 버라이어티 방송이야. 다른 출연진도 상당한 인물들이니 키요이의 경력으로 보면 꽤나 파격적인 캐스팅이지."

"역시 우에다씨의 연극에 출연했던 게 큰 도움이 됐어요. 처음에는 일이 어떻게 될지 반신반의했는데 결과적으로는 굉장히 좋은 평가를 받았으니까요."

야마가타 사장과 스가 매니저도 매우 기뻐한다. 작년에 키요이는 우에다 히데키의 연극에 출연한 것을 계기로 그동안의 잘생긴 왕자님 이미지에서 연기파 배우로 한 단계 도약했고, 다음

달부터 시작하는 신년 드라마의 사전 평가도 높다. 바로 지금이 중요한 승부처다.

"키요이, 평소보다 백배는 더 신경써서 환하게 웃어야 해. 버라이어티라지만 아이들과 함께하는 자선방송이니까. 키요이가 아이랑 동물과는 잘 어울리지 못한다는 거 알지만 이번에는 자신이 마더 테레사가 되었다고 생각하고 임해줬으면 해."

"그 할머니라면 알아요. 생각을 조심하라, 언젠가 말이 되니. 말을 조심하라, 언젠가 행동이 되니. 행동을 조심하라, 언젠가 습관이 되니. 습관을 조심하라, 언젠가 성격이 되니. 성격을 조심하라, 언젠가 운명이 되니—라는 말을 한 사람이죠?"

"맞아, 그 말을 한 사람. 키요이, 잘 알고 있네."

"의외네. 키요이가 맞받아치기 힘들 만한 주제인데."

"이전에 우에다씨가 말한 적 있거든요. 성인으로 인정받고 있지만 실제로는 당시 가톨릭교회에서 미디어 광고의 상징으로 떠받들어진 우상이라고."

"……더할 나위 없이 우에다씨다운 견해군."

"……좋든 싫든 키요이에겐 과한 영향을 미쳤네."

두 사람은 팔짱을 끼더니 표정을 싹 바꾸고 키요이를 쳐다보았다.

"그럼 마더 테레사는 잊어버려도 되니까 일단 웃어봐. 한창때 핀 벚꽃처럼 아름답고 맑게, 어두운 기색이라곤 없이 봉사를 위해 태어난 사람처럼."

"벚나무 아래에는 시체가 묻혀 있다고 우에다씨가—"

"알았으니까 웃으라고!"

키요이는 있는 힘껏 싫은 표정을 지은 뒤, 생긋 웃어 보였다.

"아, 어떡해. 엄청 예뻐~"

"우리 애는 너무 귀여워~"

야마가타와 스가가 눈꼬리를 내리며 헤벌쭉 웃기에 키요이는 "자, 끝났습니다" 하고 곧장 무표정으로 돌아가 나른하다는 듯 소파에 기댔다. 야마가타와 스가가 어휴, 하고 고개를 젓는다.

"이 갭이 참……"

"이런 이중성이 폭넓은 연기로 이어지길 기도해보죠."

"그야 차츰 연기 폭도 넓혀가긴 해야 하니까요. 반짝이는 왕자님도 좋지만 좀 거칠고 못된 역할도 슬슬 맡아보고 싶어요. 어른스러운 배우로 나아가는 첫걸음으로."

"과거의 명작을 화려하게 리메이크하는 방송국 어디 없을까요?"

"그거 좋지. 요코미조•, 세이초••, 야마사키••• 같은 작가들의 작

• 요코미조 세이시(1902~1981). 본격파 추리소설가. 대표작으로 '긴다이치 코스케 시리즈'가 있다.

•• 마쓰모토 세이초(1909~1992). 사회파 추리소설가. 대표작으로 『모래그릇』 『점과 선』 등이 있다.

품이라면 대작처럼 보이기도 하고."

두 사람이 몽상에 빠져 있는 사이, 여성 스태프가 돌아왔다. 맛있다고 소문난 푸드트럭에서 점심을 사 온 것이다. 그녀가 모두에게 점심 도시락을 나눠줬다.

"오늘의 메뉴는 루러우판••••입니다. 키요이군도 드세요."

"몸 만드는 중이라서 전 괜찮아요."

"지금도 충분한데⋯⋯ 음, 어디선가 시골 할머니 집 냄새가 나는데요."

스태프가 킁킁거리며 냄새를 맡았다.

"아, 그거 키요이 냄새야."

야마가타의 말에 스태프가 잠깐 실례할게요, 하고 키요이에게 얼굴을 갖다댔다.

"정말이네. 동양적이고 멋진 향수군요."

할머니 집 냄새가 난다고 하던 스태프가 자연스럽게 말을 바꿨다.

"키요이 냄새는 향냄새야."

"향이요?"

"남자친구가 명상할 때 피운대."

••• 야마사키 도요코(1924~2013). 영상화로 인기를 얻은 소설가. 대표작으로 『하얀거탑』 『화려한 일족』 등이 있다.

•••• 대만식 돼지고기덮밥.

키요이가 채 말리기도 전에 야마가타가 먼저 대답해버렸다.

그 얘기는 깊게 파고들고 싶지 않건만—

"요가 하시나요? 요즘은 남자들한테도 인기잖아요."

키요이가 동성의 연인과 함께 살고 있다는 건 사무실 사람들에게 공인된 사실이다.

"그건 건강을 위한 그런 게 아니야."

스가가 나지막이 중얼거렸다. 매콤 달콤한 고기를 기분좋게 베어 물던 그는 갑자기 숟가락을 멈추고 무언가 무서운 일이 떠올랐다는 듯 허공을 응시했다.

"스가씨, 그 얘기는—"

키요이가 막으려고 끼어들었지만 이미 늦었다.

"저번에 키요이를 데려다준 날, 서류에 도장을 찍어야 해서 집안에 들어간 적이 있거든. 그때 봐버렸지. 절대로 보면 안 되는 의식을."

"의식이요?"

"그때 키요이가 지하 창고로 내려가서 나만 먼저 집으로 들어갔거든. 받은 열쇠로 현관문을 연 순간, 추석에 부모님 집에서 날 법한 냄새가 집안에 가득하더라고. 무서울 정도로 아주 장엄한 파이프 오르간 연주가 흐르고, 자동으로 켜져야 하는 현관 조명도 안 들어와서 캄캄한 와중에 조심조심 복도를 지나 거실 문을 여니까 암막 커튼을 친 어둠 속에 원형으로 늘어선 촛불이—"

"스가씨, 밥 다 식어요. 맛있을 때 먹어야죠."

키요이가 스가의 손에서 숟가락을 빼앗아 자 먹어요, 먹어, 하며 억지로 그의 입에 루러우판을 한가득 밀어넣었다. 그렇게 자신의 집안 사정이 더이상 새어나가지 않게 했지만,

"촛불이라면 아로마 캔들 말인가요?"

스태프가 흥미진진한 표정으로 묻자 아니, 하고 그다음은 야마가타가 말을 이었다.

"스가한테 그 얘기를 들었을 때 난 좀 다른 걱정을 했어. 예전부터 연예인들이 자주 세상을 떠들썩하게 만드는 그거 있잖아. 기분을 확 좋게 해주는 작고 동그란 거라든가, 잎이나 가루 같은 거라든가."

"어머, 남자친구가 위험한 것을 피우고 있다는 건가요?"

스태프가 심각하게 눈썹을 찌푸렸다.

"그런 건 아니니까 안심해. 그야 트립 아이템• 중에 향으로 된 것도 있지만 키요이의 남자친구가 피우는 건 진짜 그냥 향이거든. 좌선하고 명상할 때 쓴대. 번뇌를 벗어난 세계에서 자기 자신과 대치하기 위해서라고 하더라."

"번뇌를 벗어나요? 남자친구가 노구치 히로미의 제자로 장래

• 환각 상태에 이르게 하는 물질을 일컫는 말.

가 유망한 사진작가라고 들었는데, 설마 종교랑 관계가 있는 건가요?"

"으음, 맞기도 하고 아니기도 하지. 히라군은 장래가 유망한 사진작가이기도 하고, 키요이의 오래된 팬이기도 하고, 키요이교의 신자이기도 하니까."

"무슨 말인지 모르겠어요."

"응, 우리도 이해하고 싶은데 말이지."

야마가타와 스가와 스태프가 고개를 갸웃거리고는 가만히 키요이를 바라보았다.

……곤란해.

키요이는 말없이 기획서를 가방에 넣고 돌아갈 준비를 했다. 자신이 자리를 지키고 있으니 얘기가 계속 길어지는 것이다. 더 이상 버티기 어려운 상황에 놓이기 전에 빨리 돌아가자.

"키요이, 가져가서 저녁으로 먹을래? 여기 진짜 맛있으니까."

야마가타가 도시락을 내밀었다.

"괜찮아요. 오늘은 다른 일이 있어서."

"사장님, 히라군이 촬영 여행 갔다가 어제 돌아왔어요."

다른 일, 이라고 얼버무렸건만 스가가 폭로해버리고 말았다.

"아, 그렇군. 히라군이 드디어 개인전을 열기로 했잖아."

"그러니까요, 오늘은 오랜만에 하는 데이트거든요."

"그럼 루러우판을 먹을 때가 아니구나."

"싫다— 사랑이 넘쳐흐르네—"

꺄아 꺄아, 하며 시끌벅적해진 모두를 곁눈으로 흘깃 보고 키요이는 끝까지 침묵을 지켰다. 침묵이 금이다.

"아무리 그래도 그런 수상하고 이해하기 어려운 남자친구랑 사귀면서도 사랑이 흘러넘치다니. 키요이의 인내심은 쇼와시대 여자들도 질릴 정도야."

"평소에는 쿨한데 연애관만은 〈오싱〉• 같다는 점이 재밌다니까요."

"〈오싱〉이 뭔데요?"

스태프의 물음에 그 명작 드라마를 모르다니, 하고 야마가타가 탄식했다.

"인내심이 사람으로 태어나면 오싱이라고 할 정도로 굳센 여자의 일생을 그린 드라마야. 그 어떤 불행이 닥쳐도 꺾이지 않고 꿋꿋하게 미래를 향해 나아가는 이야기거든."

"와, 대단하네요. 저는 포기하는 것도 편하게 사는 방법 중 하나라고 생각하지만. 이미 개인의 노력만으로는 어쩔 수 없는 시대를 맞이했잖아요. 그래도 키요이군이 연애할 때 헌신적인 스타일이란 건 좀 의외네요."

• 1983년 일본에서 방영된 드라마. 가난한 농가에서 태어난 오싱이라는 소녀가 고된 역경을 헤쳐나가는 일생을 그린 작품.

"헌신적이라고 해야 하나, 함께 죽어줄 수도 있다고 해야 하나."

키요이는 이를 꽉 악물었다. 젠장, 누가 〈오싱〉이냐. 누가 함께 죽을 수도 있다는 거냐. 좋아서 참고 있는 게 아니라고. 애당초 히라도 제대로 꾸미면 모델처럼— 아니, 아니, 침묵이 금이다, 금, 금이야, 하고 속으로 울부짖으며 키요이는 성큼성큼 사무실을 나왔다.

집에 도착할 즈음이 되어서야 겨우 마음이 진정됐다.

확실히 히라는 조금, 아니, 상당히 기분 나쁜 남자지만, 단지 향을 피우고 명상을 하는 정도야 인도에서는 전혀 드문 일도 아니지 않은가. 인도의 인구를 감안하면 세계적으로 따져봤을 때 오히려 평범한 범주에 들 것이다. 클릭 한 번으로 세계와 연결되는 지금은 무엇이든 더욱 글로벌하게 파악할 필요가 있다.

키요이는 조금 무리해가며 스스로를 납득시킨 뒤 그럼 점심은 어떻게 하지, 하고 생각했다. 빠른 사고 전환은 키요이의 장점이다. 히라는 촬영 여행에서 어제 늦게 돌아와 오늘과 내일은 일을 쉬기로 했다. 최근 일 때문에 서로 엇갈리는 일이 많았기에 오랜만에 둘이서 느긋하게 지낼 수 있는 시간이다. 먼저 점심을 먹으러 갈까. 하지만 보는 눈이 있으면 꽁냥꽁냥 할 수 없다. 그럼 히라에게 만들어달라고 할까. 그런데 히라는 가스불을 쓸 때 키요이를 주방에 들어오지 못하게 한다. 화상이라도 입으면 큰일난다는 것이다. 그렇게 되면 역시 꽁냥꽁냥 할 수 없다. 그럼 배달을 시킬까. 배달이 올 때까지 꽁냥거리다, 밥을 먹은 뒤에는 둘이서 샤워를 하고 개운하게 꽁냥거리고, 저녁도 배달을 시켜 먹고 나서 또 꽁냥거리자. 좋아, 결정했어.

나, 지금 몇 번이나 꽁냥이라고 한 거지?

의문이 들었지만 뭐 어때, 하고 현관문을 연 순간에 우아한 향기가 코끝을 간질였다. 살금살금 복도를 지나 살며시 거실을 엿보았다.

우읍……

예상하긴 했지만 그 이상한 광경에 키요이는 호흡이 멈췄다. 학생 커플에게는 사치스러울 만큼 넓은 거실. 아파트 복도 끝에 있는 집이라 베란다가 L자형으로 이어져 있어서 낮에는 눈부신 햇살이 가득 들어와야 하지만, 모든 창문에 드리워진 암막 커튼이 한 줄기 빛의 침입조차 저지하고 있다. 향이 피워진 캄캄한 실내에서는 바닥에 원을 그리며 놓인 양초의 불꽃이 흔들리고, 그 한가운데에 히라와 오리 인형이 우뚝 앉아 있다.

너무 위험해.

방금 인도에서는 전혀 드문 일이 아니라고 스스로 납득해놓고 바보 녀석, 모든 인도인에게 사과해, 하고 키요이는 몇 분 전의 자신에게 잔소리를 했다. 이런 광경을 익숙하게 봐왔는데도 너무 으스스해서 도망가고 싶어진다.

히라는 눈을 감은 채 등줄기를 꼿꼿하게 펴고 훌륭한 가부좌로 앉아 손으로는 인을 맺고 있다. 히라를 둘러싼 공기는 흔들림이 없어서 캄캄한 거실이 우주 공간처럼 보인다. 아니, 실제로 히라의 의식은 여기에 없다.

히라, 지구로 돌아와.

그렇게 속으로 바란 순간, 히라의 눈꺼풀이 천천히 올라갔다.

"……키요이?"

히라가 키요이 쪽을 보지도 않고 반쯤 감긴 눈으로 중얼거리자 키요이는 움찔 몸을 떨었다. 어떻게 알았지 싶어 가만히 보고 있으니 히라가 천천히 고개를 돌렸다.

"아, 역시 키요이구나, 어서 와. 돌아온 걸 알아채지 못해서 미안."

아니, 아니, 지금 알아챘잖아— 하고 말하고 싶었다. 히라는 어깨를 으쓱하고 평소와 다름없는 모습으로 일어난다. 방금 전까지만 해도 모든 감정이 배제된 듯 공허했던 모습이 이제는 눈곱만큼도 남지 않아 오히려 빙의된 사람 같아 더욱 무섭다.

"무슨 일 있어? 안색이 안 좋은데."

키요이는 걱정된다는 듯 쳐다보는 히라의 시선에 너 때문이잖아, 하고 소리치고 싶어졌다. 하지만 동거생활에서는 상대의 취미를 서로 존중하는 것이 중요하다.

"아무것도 아니야. 그것보다 너무 어두워."

히라는 바로 몸을 돌리더니 쳐져 있던 암막 커튼을 걷어냈다. 키요이는 건전함을 되찾은 밝은 거실에서 겨우 진정하고 소파에 앉았다.

"오늘도 수고했어."

"응."

"둘이 같이 쉬는 건 오랜만이네."

"응."

"점심에 먹고 싶은 거 있어?"

"그러게. 뭐가 좋을까."

키요이는 정성스럽게 준비한 꽁냥꽁냥 계획을 말하기 전에 일단 여유를 부려본다.

그러는 사이, 히라는 허둥지둥 양초와 향 등의 명상 세트를 전용 상자에 정리한다. 상자 안에 담긴 대량의 향과 양초가 아직 이 기분 나쁜 의식이 계속 이어지리라는 걸 암시하고 있었다.

"피자든 뭐든 시킬까? 오랜만에 쉬는 날이니까 느긋하게 보내자."

나랑 같이, 라는 의미를 담았지만 히라는 탐탁지 않다는 반응을 했다.

"피자든 뭐든, 이라니 그게 무슨 말이야?"

히라는 못마땅하다는 얼굴로 바닥에 무릎을 꿇고 단정하게 앉아 키요이를 올려다보았다.

“키요이의 입에 들어가는 것이 앞으로 키요이의 몸을 만드는 거야. 설령 그게 민트 캔디 한 알이라도. 한끼 한끼가 키요이의 피와 살이 되는 거지. 그런 황금과 같은 소중한 것을 ‘피자든 뭐든’이라고 아무렇게나 넘길 순 없어.”

귀찮아……

키요이가 눈썹을 찌푸리자 히라는 움찔 몸을 떨었다.

“아, 물론, 이런 말을 하는 나도 벌을 받아야 해. 요즘 노구치 씨 일과 개인전 준비로 시간을 내지 못해서 키요이의 식사 준비에 소홀했어. 그건 진심으로 죄송하게 생각하고 있습니다.”

히라는 무릎을 꿇고 앉아 고개를 숙인 채 후회의 말을 끝없이 늘어놓는다. 하지만 이 녀석은 아무것도 모른다. 키요이가 중간에 눈썹을 찌푸린 건, 점심 따위 피자든 볶음밥이든 뭐든 상관없으니 기분 나쁜 말을 늘어놓을 시간에 차라리 어서 키스라도 한 번 해달라는, 단지 그 이유에서였다.

“그러니까 오늘은 키요이가 먹고 싶은 음식을 만들게 해줘. 어디든 가고 싶은 식당이 있으면 같이 가게 해줘. 키요이의 취향을 공부할 기회니까.”

히라가 진지한 눈빛으로 올려다보니 키요이는 화가 가라앉았다. 이럴 때 히라는 결코 만들어‘줄게’라고 하지 않는다. 키요이와 관련된 건 모두 감사히 자진해서 맡겠다는 봉사 정신을 관철

하고 있다. 무릎을 꿇는 과도한 비굴함은 둘째 치고, 히라의 그런 자세가 장점 중 하나기도 해서 키요이는 마음에 들었다.

세상에는 부탁받은 것도 아닌 일을 해놓고 막상 거절당하면 화를 내는 사람들이 있다. 밸런타인데이가 그 대표적인 예다. 내가 달라고 한 적도 없는 초콜릿을 거절하면 "매정해" 하며 울고는, 심할 때는 무리 지어 찾아와 따지기도 했다. 키요이는 이유를 알 수 없었다. 이기적인 강요를 애정과 착각하고 당연하다는 듯 감사를 원하는 이들과는 엮이고 싶지 않다. 키요이는 모든 일을 스스로 판단하고, 자신이 하고 싶기 때문에 한다는 자세로 살아간다.

그렇게 보자면, 이 녀석은 생색이라고는 전혀 낼 줄 모르는 남자군.

하지만 뭐랄까, 너무 안 내서 조금 아쉬울 정도야.

좀더 적극적으로 다가와주는 게 남자친구로선 기쁜데 말이지.

그래도 '같이 가게 해줘'라고 원하는 것을 표현하게 되었으니, 히라는 나름대로 남자친구로서 진보하고 있다. 그 정도를 진보라고 말해도 좋을지는 의문이지만—

'성장의 정도는 한 아이 한 아이가 모두 다릅니다. 다른 아이와 비교하며 초조해할 필요는 없습니다. 부모님은 느긋한 마음으로 지켜봐주시면 됩니다.'

예전에 키요이가 출연한 드라마에서 유치원 원장 역할을 맡은 여자 배우가 육아에 대해 말하는 장면이 있었다. 자신도 나이를 먹으면 아버지 역할을 연기하게 된다. 지금 겪는 이 방황과 고민이 그때 도움이 될 것이다. 그래, 쓸데없는 경험은 하나도 없다.

이해할 수 없는 연인을 둔 고충이 이런 식으로 연기에 활용되다니 인생의 아이러니를 느낀다. 하지만 우에다의 연극에서 맡은 역할을 제대로 파악하게 된 것도 히라라는 존재의 덕이 컸다. 객관적으로 보면 공과 사 모든 면에서 히라에게 많은 도움을 받고 있다. 그렇게 자각하면 할수록 키요이 자신도 히라의 힘이 되고 싶은 마음이 점점 커져간다.

도움을 받기만 하는 것도, 일방적으로 당하기만 하는 것도 성격에 맞지 않는다. 은혜를 입으면 그만큼 돌려주고, 악의에 대해서는 배로 돌려주겠다는 것이 키요이의 신조다. 그런데 히라한테는 도움을 받기만 하고, 또 일방적으로 당하기만 한다는 느낌이 든다. 이제는 자신도 명확하게 히라의 힘이 되어주고 싶지만, 이 기분 나쁘고 짜증나는 녀석은 사람의 호의나 선의를 감사히 여기면서도 온 힘을 다해 짓밟는 굉장한 재주가 있다.

"키요이?"

무릎을 꿇은 채 고개를 갸웃거리는 히라에게 가볍게 잽을 날려보기로 했다.

"먹고 싶은 걸 생각하고 있었어. 뭐가 좋을까. 너도 요즘엔 촬영하러 지방까지 여기저기 다니니까 맛있는 음식 잘 알지 않아?"

네가 좋아하는 것도 알려줘— 하고 키요이는 빙 돌려서 물어봤다.

"아…… 난 주로 폐허를 돌아다니니까, 그대로 현장에서 자는 게 대부분이고, 밥도 편의점에서 대충 사서 먹을 때가 많아."

"이런, 너 폐허에서 자는 거야?"

"밤에도 촬영하고 싶고, 이동할 걸 생각하면 호텔은 귀찮기도 하고."

"그래도 촬영 일은 체력을 많이 쓰니까 영양을 제대로 챙겨야지."

키요이는 직업상 몸매 관리에 대해 상당히 공부하고 있다. 젊음을 과신해서 식생활을 소홀히 하면 금방 한계가 온다. 괜히 더 마르기만 한 탄력 없는 몸이 된다. 우에다의 연극을 위해 20킬로그램을 찌웠다가 단기간에 다시 감량했을 때는 몸이 비실비실해져서 대본을 읽어도 머리에 잘 들어오지 않았다. 집중력과 기억력도 떨어진 것이다. 이건 사진작가도 마찬가지일 텐데.

"촬영은 잘되고 있어?"

"글쎄. 난 잘 모르겠어."

"그런데 요즘 명상 자주 하잖아."

키요이는 너무 걱정스럽게 보이지 않도록 태연히 얘기를 꺼냈다.

예전에 히라에게 고민 상담을 해주겠다고 대놓고 나섰을 때는 가전의 자세니 오리대장의 무념무상이니 하며 늘어놓는 기분 나쁘고 짜증나는 이론에 완전히 무너졌었다. 같은 전철은 밟지 않겠다. 히라는 무릎 꿇고 앉은 채 "……고민" 하고 생각하는 듯 눈썹을 찌푸렸다.

"예전에도 고민이 있을 때는 명상을 열심히 했잖아. 한동안 괜찮은 것 같더니 다시 전보다 더 기분 나쁘게, 아니, 전보다 더 빠져 있으니까 촬영이 잘 안 풀리나 싶어서."

혹시 그런 건가 걱정되기도 해서 키요이는 그 명상 의식의 기분 나쁨이 극에 달해도 참고 있었다. 장애물을 힘으로 돌파하는 자신과 달리, 히라는 멈춰 서서 깊이 생각하는 성격이라는 것을 잘 알고 있다. 예상한 대로 히라의 얼굴에 그늘이 드리웠다.

키요이는 참을성 있게 기다렸다. 성장의 정도는 한 아이 한 아이가 모두 다르다, 부모는 느긋한 마음으로 지켜봐주면 된다고 했던 배우의 대사를 떠올렸다. 우리는 동갑인데……라는 억울함이 치밀어오르지만 의지력으로 억눌렀다.

자, 와봐. 이번에는 힘이 되어줄게.

조용히 텔레파시만 마구 보내고 있을 때 히라가 무거운 입을 열었다.

"고민은 있는데 촬영에 관한 건 아니야."

"뭐야, 일단 말해봐."

지난번에는 어린이 방송에 나오는 든든한 형 역할을 하려다 실패했기에 이번에는 무뚝뚝하게 굴어보기로 했다. 실패해도 포기하지 않는다. 다른 각도로 공격해보자.

"고마워. 하지만 내 안에서도 아직 해결하지 못한 문제라서."

그러니까 말하라고. 해결하고 나면 늦잖아, 하고 열을 낼 것 같아 키요이는 꾸욱 억눌렀다. 가능한 한 가볍게, 얘기하기 쉬운 분위기를 만들어야 한다.

"혼자서 생각하는 것보단 더 도움이 되지 않을까 하는데."

키요이가 부드럽게 재촉하자 히라는 주저하다 입을 열었다.

"……얼마 전에, 내가, 키요이한테 터무니없는 말을 해버렸잖아."

"터무니없는 말?"

"계속 옆에 있어달라고."

"아아, 그거."

키요이는 자신도 모르게 얼굴이 풀어졌다. 우리의 연애는 신이 실수로 배치한 일이기에 언제 헤어져도 괜찮도록 각오하고 있다던 것이 히라적 사고의 첫번째 형태였다. 그러던 것이 두번째 형태로 바뀌어 이 관계가 오래 이어질 수 있도록 노력하겠다고 했고, 드디어 얼마 전, 신이 배치 실수를 깨닫는다고 해도 자신은 절대 키요이를 놓치지 않겠다는 최종 형태에 다다른 것이다. 그때의 포옹과 키스를 생각하니 체온이 올라간다. 드디어 이 기분 나쁘고 짜증나는 녀석에게 각오를 다지도록 했다는 사실에 키요이는 마치 프러포즈를 받고 아드레날린이 뿜어져나오는 예비 신부 같은 고양감이 솟구쳐올라 황급히 정신을 다잡았다.

"그게 왜 터무니없는 말이야?"

키요이가 묻자 히라는 눈을 크게 떴다.

"왜냐니, 그 순간, 신이 사라져버렸잖아."

"뭐?"

"신을 거역하면서라도 키요이의 곁에 있고 싶다니, 그 순간에는 감정이 벅차올라서 깊게 생각하지 못했지만 며칠 지나고 나서야 깨달았어. 나는 신을 죽인 죄를 짊어지게 되었다는걸."

히라의 얼굴이 공포로 일그러졌다. 반대로 키요이는 도무지 이해할 수 없는 연인이 무서웠다. 대체 어쩌다 그렇게 거창한 생각을 하게 되는 걸까.

"신을 죽인 이상, 앞으로, 내 인생에선 단 한 순간도 마음의 평안을 얻을 수 없을 거야. 아아, 그게 불만인 건 아니야. 엄청난 죄를 지었어도 키요이 옆에 있을 수 있다면, 아니, 그 정도 각오가 없으면 키요이 옆에 있을 자격도 없는 거지. 소원이 클수록 희생도 커지는 건 필연이니까. 아무것도 잃지 않고 소원만 이루어지길 바라는 건 오만이야."

확실히 그렇다. 무언가를 원한다면 다른 무언가의 희생이 요구된다. 그런 건 다들 알고 있다. 하지만 마음속으로는 희생 따위 하고 싶지 않고, 노력하지 않고 결과만 얻고 싶고, 안 그래도 살아가기 힘든 사회니까 가능한 한 쉬운 길을 선택하고 싶고, 그러니까 오늘은 정시에 퇴근하겠습니다! 하는 것이 MZ 세대의 영혼이 내지르는 외침이다.

"히라, 난 희생 같은 건—"

바라지 않아, 라고 말하려던 찰나,

"어쨌든 신은 죽었어. 그건 이제 됐어."

히라는 고뇌하는 모습에서 갑자기 태도를 바꾸더니 강하게 단언했다. 아니, 아니, 된 게 아니잖아. 뭐야, 그 위험한 돌변은. 경건한 신자와 테러리스트가 서로 등을 마주대고 있다.

"그러니까 지금은 명상이라는 방법으로 내면 세계에 깊이 들어가고 있어."

"내면 세계?"

"눈을 감고 마음을 완전히 비우면, 점점 상하좌우의 감각이 흐려져. 내 위에도 아래에도 옆에도 더는 세상이 존재하지 않고, 기존의 가치관도 무너져서, 모든 것이 똑같아지지. 그거 알아? 이건 오리대장의 가르침과도 이어져. 가능한 한 편하게 마음먹을 것. 자극에 민감하지 말 것. 더러운 인공의 강을 흘러내려가던, 잘 말려올라간 속눈썹의 오리대장처럼 있을 것."

그렇게 히라는, 그저 캄캄한 무중력 안에서 오로지 자신만을 마주한 채 신이라는 존재가 필요 없는 새로운 세상을 구축하려

노력하고 있다, 라고 말을 마쳤다.

……큰일이다. 무슨 말인지 전혀 모르겠어.

키요이의 머릿속에서 빨간 불이 격렬하게 회전했다. 자신의 이해력이 떨어지는 것인가. 하지만 이번에는 히라가 너무 빨리 최고 속도에 다다랐다. 가로로 세로로 대각선으로 어지럽게 자전하는 히라 행성을 그저 바라볼 수밖에 없다. 애당초 자신과 히라의 사랑이 신의 배치 실수라는 설정부터 이상하기 때문에 이상한 부분에서 파생된 무언가 역시 여전히 이상할 뿐이다. 하지만 히라는 나름대로 키요이와의 사랑에 온 힘을 다하고 있으니 이건 좋은 방향인가. 그렇다면 자신도 포기할 순 없다. 끝까지 함께 가야 한다.

"있지, 히라."

키요이가 애써 평온한 척하며 부르자 히라는 무릎 꿇은 채 등줄기를 곧게 세웠다.

"자, 잘 들어. 우리가 사귀는 건 처음부터 신이 실수로 배치한 것도 뭣도 아니고 120퍼센트 우리의 의지야. 그러니까 너는 신을 죽이지 않았어. 신은 지금도 존재해. 하지만 신이 존재해도 우리의 사랑과는 아무런 관계가 없어."

키요이가 잘 타이르듯 말하자 히라는 작게 떨기 시작했다.

"하, 하지만 키요이는 나에게 황금빛 왕국의—"

"그 말대로야!"

배우로서 단련된 목소리로 키요이가 힘주어 말하니 히라가 움찔하며 몸을 굳혔다.

"맞아, 나는 황금빛 왕국을 다스리는 황금빛 왕이지!"

크게 선언했다. 여기서 주저하면 또 지는 거다.

"너한테 나는 황금빛 왕국을 통치하는 왕이지. 좋아, 그건 이제 됐어. 원하는 만큼 나를 숭배하고 받들어. 하지만 그건 배우 키요이 소의 범위에서만 해. 연애는 사생활이야. 인간 키요이 소인 나는 그 어느 나라도 다스리지 않아. 단지 너의 남자친구인 키요이 소야. 너와 나는 보통의 평범한 연인 사이지. 신에게 허락받을 필요가 없으니 일부러 세상을 다시 구축할 필요도 없어. 명상을 할 필요도 없고, 양초랑 향이랑 암막 커튼도 전부 버려도 돼. 너는 자유야."

키요이는 단숨에 쏟아내듯 내뱉었다. 어떠냐. '공허한규슈공항의궁극의고급항공기'를 더듬지 않고 백 번도 말할 수 있는 배우의 발음을 얕보지 말라고. 키요이가 가만히 쳐다보자 히라는 눈이 부신 듯 눈을 가늘게 떴다.

"……굉장해. 고귀한 사람일수록 잘난 척하지 않는다는 말이 사실이었구나."

"뭐?"

"신과 다름없는 자신이라는 존재를, 아무것도 아닌 것처럼 대하다니."

"너, 내 말 좀 잘 들으라고."

"잘 들었어. 나 같은 평범한 사람은, 그렇게 높은 경지에 이를 수 없다는 걸 확실히 알았어."

"내가 언제 그렇게 말했어?"

"즉 키요이 안에는, 키요이만의 확고한 세계가 있다는 거지."

"그렇지."

키요이는 팔짱을 끼고서 고개를 끄덕였다. 자신의 세계와 가치관에는 분명한 선이 있고, 그 선을 넘지 않는 한에서 살아가고 있다. 반대로 그 선 안에서만 살아가야 하는 안타까움도 알고 있다.

"이미 자기 세계를 확립한 키요이는 매달릴 신이 필요하지 않아. 하지만 나를 포함해 많은 평범한 이들은 어차피 그런 영역까지 도달하지 못해. 그러니까 헤맬 때 길을 알려주는 신이 필요한 거야. 전쟁이 끊이지 않는 건, 세상이 약하고 방황하는 어린양으로 가득차 있기 때문이거든."

과연— 하고 납득하려다 직전에 가까스로 정신을 차렸다. 바보 녀석, 네가 어딜 봐서 약하고 방황하는 어린양이냐. 집안, 친구, 연인, 스승, 누구든 상관없이 자기 눈앞을 가로막는 모든 것을 네거티브라는 칼로 잘라버리는 폭군이잖아.

"키요이와 달리, 방황하는 어린양인 나에게는 신이라는 존재가 필요해. 신을 잃어버린 지금, 그 자리를 대신할 강하고 확고

한 지침이 필요하지. 그것마저 없다면, 산들바람에도 흔들리는 민들레 홀씨 같은 나 혼자서는 키요이와의 연애라는 고행을 끝까지 해낼 수 없을 거야."

저기, 대체 어디를 봐서 당신이 민들레 홀씨입니까?

저기, 왜 틈만 나면 약한 척하는 겁니까?

저기, 뻔뻔한 것도 정도가 있지 않습니까?

키요이는 지적하고 싶은 것이 산더미였지만 일단 가장 신경쓰이는 부분에 초점을 맞추기로 했다.

"너한테는 나랑 연애하는 게 고행이야?"

"물론이지. 항상 나를 시험하고 있다는 의미에서 고행이라고밖에 할 수 없어."

키요이는 멍해졌다. 너와의 연애가 고행이라니, 이건 이혼을 앞둔 부부들이나 할 법한 대사지 않은가. 애초에 그건 키요이가 하고 싶은 말이다. 히라와의 연애를 유지하기 위해 매일 오싱처럼 인내심을 시험당하는 건 자신 아닌가. 관자놀이께가 미세하게 떨리기 시작한다.

"아, 그래도 내가 말하고 싶은 건 그런 게 아니야."

"그럼 뭔데?"

키요이는 한계까지 차오른 분노를 억누르고 히라를 재촉했다.

"애초에 내가 명상을 하는 건, 신을 죽이고 난 뒤, 신이 사라진 세상에서, 신을 대신해줄 버팀목을 찾기 위해서였어. 그래야지고한 왕과 함께 살아갈 수 있으니까. 하지만 그 방법을 찾기 위해 자신과 마주할수록, 인간은 결국 혼자라는 것을 다시 한번 깨닫게 돼. 그 모순을 끌어안은 채 키요이와 살아갈 앞으로의 현실을 마주하기도 하고. 함께 살아가는 게 목표였지만, 한층 더 모순을—"

"좀더 알기 쉽게 설명해줘."

키요이는 자신도 모르게 간청하고 말았다. 위험해. 의지가 꺾일 것 같다.

"키요이는 이 세상에서 가장 강한 이어짐이 뭐라고 생각해?"

"……그건."

사랑이었으면 좋겠지만, 그 사랑에 매일 휘둘리는 것이 현실이다.

"나는 모든 번뇌에서 해방된 완전한 개체, 즉 '혼자'와 '혼자'의 이어짐이야말로 가장 강한 것이 아닐까 하고 생각하게 됐어."

"……오호."

전혀 모르겠다. 도라에몽의 사차원 주머니에 빠진 것 같은 기분으로 키요이가 눈을 가늘게 뜨고 있자 히라는 더듬으면서도 말을 이었다.

"사람의 마음은, 타인과 어울리면서 흔들린다고 생각해. 사람과 관계가 생기면서 기뻐하거나 화를 내거나 슬퍼하지. 그게 살아 있다는 증거이기도 하지만, 그것 때문에 다툼이 일어나는 것도 사실이잖아. 그러나 완전한 개체라는 건, 그 흔들림에서 벗어난 상태를 말해. 누구와도 어울리지 않으니, 흔들리지 않고, 안정되어 있지. 모든 사람들이 완전한 개체가 되면, 세상에서 전쟁은 사라질 거라고 생각해. 전쟁이란 결국 양보하지 못하는 마음과 마음의 충돌이니까."

"……흐음."

이 얘기가 어디로 흘러가는 건지 전혀 감이 오지 않는다.

〈은하철도 999〉에서도 다음 역의 이름 정도는 알 수 있었는데.

"즉 신이 죽은 세상에서, 그 자리를 대신할 확고한 지표를 만들고, 키요이와 영원토록 강하게 이어지려면, 신을 죽인 죄로 두려워진 약한 마음을 잘라내고, 그 무엇에도 의지하지 않는 완전한 개체로서 강해져야 한다는 걸 깨달았어."

"……오호."

월요일 조례 시간에 교장 선생님의 말씀이 너무 길어져서 결국 쓰러지는 초등학생이 된 기분이다.

"키요이한테 이런 수준 낮은 얘기를 해서 미안해."

"신경쓰지 마. 계속해봐."

"응, 고마워. 그렇게 완전한 개체로서 강해지고 나면, 그 상태를 유지하기 위한 수단으로 명상이 효과적이거든. 깊은 명상을 하면 현실적인 감각이 점점 희미해져. 처음에는 무서웠지만, 익숙해지니 마음이 안정됐어. 마음을 흔드는 타인과의 관계에서 단절되어 번뇌를 벗어난 세계에 몸을 두고 있으면, 출가를 선택한 석가의 마음에 닿을 수 있을 것 같은 황송한 마음까지 들어. 봐, 석가도 나라와 국민, 부모와 아내, 그리고 아이를 두고 출가했잖아?"

"아, 그냥 쓰레기 같은 놈이잖아."

요즘 세상이면 주간지와 SNS에서 두들겨 맞을 것이다.

"하지만 깨달음은 세속과의 연결을 일절 끊는 것부터 시작하는 거야."

"그럼, 너도 석가처럼 날 버릴 생각이야?"

"그런…… 난 그런 높은 경지에는 도달할 수 없어."

도달하고 싶다는 듯한 말투였다. 죽어버려. 이 기분 나쁘고 짜증나는 녀석.

"완전한 개체끼리는 번뇌에서도 해방되니까 성행위라는 색욕도 없고, 맛있는 음식을 즐길 필요도 없고, 대화도 필요하지 않아. 서로의 내면 우주, 즉 번뇌를 벗어난 공간에서 오로지 마주 보는 거야. 그것이 무엇보다 강한 인간관계의 최종 형태인 거지. 난 그 정도의 경지에는 도달하지 못해. 하지만 신을 죽이는 죄까지 지으면서 내가 원했던 키요이와의 생활을 지키기 위해, 적어도 거기에 도달하고 싶다는 각오로 힘을 내볼 거야. 키요이 옆에 있고 싶으니까."

모든 말을 끝낸 뒤 히라는 바닥에 무릎을 꿇고 앉은 채 열띤 눈으로 키요이를 바라보았다.

전혀 이해하지 못한 채로 끝났어.

어떻게 하면 이런 의미도 알 수 없는 사고가 가능하단 말인가. 키요이는 평범한 연애가 하고 싶을 뿐이기에 히라가 계속 곁에 있어달라고 했을 때는 진심으로 기뻤다. 그런데 번뇌에서 벗어난다니 무슨 말인가. 대체 뭐가 완전한 개체란 건가. 대화도 섹스도 필요 없다는 건 어떻게 된 일인가. 내가 이상한 건가? 이 녀석이 이상한 건가? 세상의 모든 연인을 대상으로 설문조사라도 해보고 싶다.

"키요이, 왜 그래?"

히라가 걱정스럽다는 듯 들여다본다.

"저기, 말할 필요도 없는 당연한 소리지만, 지금 한 얘기는 그냥 내 생각이야. 키요이한테 강요할 생각도 없고, 가능하면 나는 키요이가 원하는 대로 하고 싶으니까."

키요이는 조용히 절망했다. 그렇게까지 자기 논리를 펼쳐가며 결론까지 지어놓고 이제 와서…… 어째서 자신은 이런 기분 나쁘고 짜증나는 폭군에게 반해버린 건가. 도무지 이해할 수 없다. 신이여, 가르쳐줘. 아아, 신은 죽었다고 했지. 젠장, 히라 녀석. 의미도 알 수 없는 말을 늘어놓은 주제에 꼼꼼하게 모든 출구를 막아버렸다. 활활 타오르는 분노가 치밀어오른다.

……오랜만의 데이트를 기대하며 돌아왔는데.

……난 그저 꽁냥거리고 싶었을 뿐인데.

……내 잘못이 아니야. 하나도 잘못한 게 없는데.

분노와 억울함이 임계점에 달한 순간, 키요이는 사르르 모든 감정이 가라앉는 것을 느꼈다. 마음 한가운데에서 번뇌 없는 세상이 마치 무음의 우주 공간처럼 넓어져간다.

"내가 원하는 것을 알고 싶어?"

키요이가 조용히 물었다.

"꼭 알려줬으면 좋겠어."

"그럼, 일단 원래 시키던 피자집에 전화해서 피자를 두 판 시켜."

"응?"

"마르게리타랑 엔초비 피자. 그리고 에피타이저 3종 세트도."

"응?"

"피자가 올 때까지 침대에서 나랑 뒹굴뒹굴해. 다 먹으면 나랑 샤워하고, 그다음엔 나를 데리고 침대로 가. 저녁은 새우 크로켓을 만들어. 같이 맥주를 마시면서 영화를 보고, 아무튼 느긋하게 꽁냥거리면 돼. 오늘 너한테 바라는 건 이게 다야."

키요이는 벌떡 일어났다. 히라가 무슨 생각을 하는지 따위는 이제 모르겠다. 자신은 둘이서 꽁냥거리는 것만 기대하며 집으로 돌아왔단 말이다. 어차피 감정적인 부분에 호소해도 히라는 기분 나쁘고 짜증나는 우주선을 타고 우주 변두리의 히라 행성으로 떠나버릴 것이다. 그러니 귀중한 휴일에는 어쨌든 겉만이라도 좋으니 평범한 연인 사이로 있고 싶다.

"모처럼 쉬는 날인데, 그런 걸로 충분해?"

"모처럼 쉬는 날이니까, 그걸로 충분해."

"완전한 개체에서 멀어지는데?"

"고속으로 멀어지고 싶다고."

키요이는 안아달라는 뜻으로 두 팔을 벌렸다. 히라가 자리에서 일어나 머뭇머뭇하며 안아줬다. 촌스러운 체크무늬 셔츠를 입은 가슴에 부비부비 얼굴을 문질렀다.

"키, 키, 키, 키, 키, 키요이…… 읏."

히라는 흥분해서 크게 말을 더듬었다. 부정적이고, 나님이면서, 융통성도 없고, 키요이를 존경하는 듯 보이지만 전혀 배려하지 않는다. 자신은 어째서 최악으로 기분 나쁘고 짜증나는 이런 녀석에게 반해버린 것인가. 바라던 달콤한 키스를 나누면서 체념 같기도 한 행복이 번져간다. 이런 게 번뇌를 벗어났다는 건가. 그렇게 되면 히라보다 자신이 먼저 깨달음을 얻은 것 아닌가?

아니야…… 아니야, 아니야, 아니라고!

키요이는 함락되기 직전에 겨우 제정신을 차렸다. 속지 마, 포기하지 마. 자신이 원하는 건 열반이 아니라 이쪽 세상에서 히라와 함께 행복해지고 싶은 것이다. 아니, 행복해질 것이다.

키요이는 다시 한번 다짐하며 오랜만의 꽁냥꽁냥한 시간을 만끽하러 히라의 목덜미를 잡고서 질질 침실로 끌고 갔다.

실수

벌써 몇 시간째, 히라는 거실 테이블 위에 있는 노트북과 마주 보고 있다. 화면에 떠 있는 건 며칠 전에 폐허에서 찍은 사진 한 장이다.

6월에 열리는 첫 개인전을 앞두고 촬영이 일단락된 지금은 생각에 잠기는 시간이 길어졌다. 현장에서는 구도를 철저히 따져가며 찍었다고 생각했지만 다시 확인해보니 쓸 수 있는 사진이 너무 적다. 자신의 서툰 기술에 낙담하며 하루하루를 보내고 있다.

매년 대학 축제에서 사진 동아리의 그룹 전시회에도 참가했지만 암막 커튼을 친 동아리실에다 테마도 제각각인 사진을 그저 늘어놓았을 뿐이었다. 사진으로 누군가를 매료시키려 했다기보다 친한 사람들끼리 하는 축제가 즐거웠고, 전시를 보러 오는 손님도 모두 누군가의 지인이었다.

왠지 상당히 옛날 일 같네.

개인전을 하겠다고 결정하고 얼마 지나지 않아 스승인 노구치에게 광고대행사에서 일하는 이리에라는 사람을 소개받았다. 예전부터 노구치를 통해 인사 정도는 나눴지만 이번에는 히라의 개인전 개최에 필요한 실무를 담당해준다고 한다.

이리에는 삼십대의 유능한 아트 디렉터로, 여러 가지 대형 프로젝트를 주도하고 있다. 원래라면 일개 학생의 개인전 따위에 힘을 보태줄 사람이 아니다. 이 모든 것이 일선에서 활약하는 유명한 사진작가를 스승으로 모신 덕분으로, 히라가 아무리 고마움을 표해도 부족하다. 한편으로는 그런 노구치 히로미의 유일한 제자가 여는 첫 개인전에 주위에서 품는 기대도 느껴진다. 그 기대에 숨겨진, 네까짓 게 얼마나 잘하나 보자는 심술도.

사, 사, 사례는 얼마나 드리면 될까요?

히라의 정중한 질문에 자원봉사야, 하고 이리에는 대답했다. 대신 연말에 일본에 오는 해외 거물 아티스트의 촬영을 노구치에게 부탁했다고 한다. 노구치의 스케줄에 빈틈 따위는 없기 때문에 서로 일을 교환하는 조건으로 간신히 밀어붙인 것이다.

무릎이라도 꿇을 것처럼 고개를 숙이는 히라에게 노구치가 사례는 미소국으로 달라고 장난을 쳤다. 유흥을 즐기는 노구치는 거의 매일 밤 술을 마시러 나갔고, 끝마무리는 늘 미소국이나 라

멘 같은 국물 음식으로 했다. 그중에서도 제자인 히라가 끓인 미소국을 매우 좋아했다.

언제든 만들어드릴 테니 불러주세요.

키요이한테 들켜서 혼나도 난 몰라.

히라는 고개를 저었다. 키요이는 비할 데 없는 왕의 자질을 지녔기 때문에 충분히 말이 된다면 불합리하게 화를 내지는 않는다. 히라가 고귀한 왕을 섬기는 기쁨을 자랑했지만 노구치는 "그럴까, 사랑에 빠진 소녀는 그리 합리적이지 않을걸"이라고 투덜거렸다.

하지만 정작 당사자인 노구치가 불러주지 않아서 이미 한참 동안 얼굴을 보지 못했다. 앞으로는 개인전 준비에 집중해, 어시스턴트 일을 하러 오지 않아도 돼, 사무실의 기자재는 자유롭게 써도 돼, 라고 고마운 말을 듣긴 했지만 날이 갈수록 불안이 고개를 들기 시작했다. 예전에는 매일 얼굴을 보고, 질문이 있으면 언제든 물어볼 수 있었다. 지금은 전부 혼자서 판단해야만 한다.

히라는 한숨을 쉬고 눈앞의 작품을 다시 한번 응시했다. 하지만 너무 오래 들여다본 탓에 슬슬 게슈탈트 붕괴가 일어나기 시작한다. 머릿속을 환기시키기 위해 계속해서 사진을 한 장 한 장 넘겨봤다. 그 어느 사진도 초점이 맞지 않지만 일부러 그렇게 찍은 것이다. 자신이 있는 세상과 사진 속 흑백 세상을 동화시키기 위해, 어떤 부분은 일그러뜨리고 어떤 부분은 번지게 해서 두 세계의 경계를 불안정하게 섞어간다.

정신이 아득해질 듯한 미세 조정을 반복하고 있던 중 테이블에 둔 스마트폰이 진동했다. 집에서 걸려온 전화다. 개인전을 연다고 알린 뒤로 엄마에게 자주 전화가 온다. 히라는 화면에서 눈을 떼지 않은 채 스피커폰 버튼을 눌렀다.

"카즈, 지금 시간 괜찮아?"

히라는 마우스를 움직이면서 응, 하고 대충 대답했다.

"개인전 준비는 잘되고 있어?"

다시 한번 응, 하고 대답했다. 잘되지 않는다고 대답한들 걱정만 끼칠 뿐이다. 엄마는 식사를 잘하고 있는지, 몸은 어떤지, 하고 평소와 같은 질문을 한 뒤,

"그러고 보니 말이야."

하고 마치 방금 생각났다는 듯 자연스레 본론을 꺼냈다.

"요전에 말이지, 사카자키씨 집에서 바비큐 파티를 했거든. 너도 전에 만난 적 있잖아, 아버지 친구. 그때 개인전을 한다고 말했더니 사카자키씨가 아는 출판사 부장한테 꼭 네가 찍은 사진을 보여주고 싶다고 하지 뭐야. 자, 너도 내년에는 취직해야 하니까."

그 출판사는 사내 사진작가도 모집하는 모양이었다. 그쪽 부장과 사카자키가 죽마고우라서 그의 소개로 가면 면접도 형식적으로만 할 거라고 한다.

"엄마, 그거 낙하산 입사인 거 알아?"

히라가 냉정하게 지적하자 그런 게 아니야, 하고 엄마는 당황하기 시작했다.

"사카자키씨 말로는 노구치 히로미씨가 일류 사진작가이고, 그런 분이 눈여겨봐줬다면 카즈의 재능은 보증된 거라고 했어. 프리랜서 사진작가는 여러모로 힘들기도 하고. 좋은 작품만 찍는다고 되는 게 아니라 기획이나 영업 같은 능력도 있어야 하고. 어쨌든 인간관계가 어렵다고도 해서 말이야."

"회사에 다녀도 인간관계는 힘들어."

"그렇지. 하지만 프리랜서는 수입도 불안정하니까 대부분은 다른 본업이 있거나 아르바이트를 하면서 버틴다고 하더라고."

"그럼 다시 공장에서 케이크에 밤을 올릴게. 그 아르바이트도 굉장히 즐거웠어."

"그러네. 그래도 괜찮으면 조금은 고려해봐."

엄마는 현명하게도 깊게 파고들지 않고 화제를 바꿨다.

"키요이와는 사이좋게 지내고 있어?"

히라의 텐션이 급격하게 올라간다.

"사이가 좋다고 하기엔 내 쪽이 도움을 받기만 하고, 이렇게 고마워하기만 해도 괜찮은 건가 싶어서 내 부족함만 더 느끼고 있어. 그래서 요즘엔 명상을 해."

"명상?"

"방을 어둡게 하고, 초에 불을 붙이고, 향을 피우고, 내 안에 있는 우주와 마주보는 거야. 키요이는 밤하늘의 별처럼 반짝이는 사람이니까, 그 고귀함과 반짝임을 견디려면 나는 지금까지와는 다른 세상을 만들어야 해."

히라는 며칠 전 키요이에게 했던 얘기를 간단하게 말했다.

"그렇구나. 엄마한테는 조금 어려운 얘기지만, 카즈가 키요이를 존경하고 있다는 건 잘 알겠어. 며칠 있다가 동창들이랑 교토로 여행을 갈 계획이니까 향이랑 선물 사 올게. 카즈는 뭐가 좋아?"

"백단향이면 좋겠어. 마음을 차분하게 해주고 번뇌에서 벗어난 세계로 이끌어주거든."

"그래, 히라의 할아버지도 향에는 일가견이 있으셨지. 살아계셨다면 카즈랑 함께 향을 즐기셨을 거야."

"엄마도 다음에 해볼래?"

"엄마는 평범한 사람이니까 괜찮아."

엄마는 가볍게 말하고는 그럼 안녕, 하고 전화를 끊었다. 오랜만에 할아버지가 그리워졌다. 흘음 탓에 사람들과 잘 어울리지 못하는 손자를 딱하게 여기셨는지 이런저런 아름다운 행사에 히라를 데리고 다녔다.

잠시 향수에 젖어 있는데 등뒤로 노크 소리가 울렸다. 깜짝 놀라 돌아보니 키요이가 거실 문에 기대어 서 있었다.

"어서 와. 미안, 온 줄 몰랐어."

"어머님은 변함없이 대단하시네."

"평범하다고 생각하는데?"

"응, 위대한 평범함이지. 부드럽게 대화를 이어나가면서도 종이 한 장 차이로 미세하게 히라 일족의 특이성을 주고받으시잖아. 역시 히라 행성의 황태후야."

스피커폰으로 해둬서 둘의 대화가 전부 들렸던 것 같다.

"히라 행성이라니?"

"너의 모 행성이잖아."

이해가 잘 가지 않았지만 끈질기게 묻지는 않았다. 히라가 신을 배신하면서까지 곁에 있기를 원했던 연인이기도 하지만, 키요이는 여전히 황금빛 왕국을 다스리는 고귀한 왕이며 밤하늘에 빛나는 별로 존재하고 있다. 별이니까 조금 이해할 수 없는 말을 해도 어쩔 수 없다. 자신처럼 평범한 사람은 키요이가 내뿜는 빛을 그대로 받아들이기만 하면 된다. 그것만으로도 굉장한 압력이지만—

"여전히 엄청난 사진이네."

히라의 어깨 너머로 키요이가 노트북을 들여다본다. 폐병원에 있었던 낡아빠진 침대 아래 벌거벗은 히라가 숨어 있는 사진이었다. 히라의 모습은 거의 침대 아래의 어둠과 동화되어 어둠 속에서 이쪽을 보는 눈과 뻗어나온 손만 보인다.

"개인전에 낼 사진이야?"

"그럴 생각이었는데."

"안 낼 거야?"

"……어떻게 할까. 고민중이야."

"보는 것만으로도 저주에 걸릴 것 같은 박력이 느껴지는데 말이지. 넌 어떻게 하고 싶은데?"

히라는 대답을 망설였다. 침대 아래 깔린 어둠은 나쁘지 않지만 창문으로 들어오는 빛이 조금 강하다. 하지만 노출을 낮추면 전체가 흐릿해져서 어둠이 돋보이지 않는다. 부분적으로 수정할 순 있지만 그러면 미묘하게 통일성이 사라진다. 히라는 빛과 어둠이 공존할 수 있는 한 지점을 계속 찾고 있다. 원하는 이미지가 머릿속에 명확하게 존재한다.

"……여러 가지를 분명하게 표현하고 싶어."

망설임 끝에 나온 말은 더할 나위 없이 애매했다.

"어머님은 너의 그런 부분을 걱정하시는 걸 거야."

정확하게 지적당했다. 아들의 재능을 믿고 응원하는 마음, 그리고 의사소통에 약한 아들이 약육강식 세상의 프리랜서보다 회사원이라는 안정적인 인생을 걷기를 바라며 걱정하는 마음. 둘 다 애정이 깃든 마음이다.

"부모님의 마음은 고맙지만 지금은 개인전 생각으로 머리가 가득찼거든. 작품 말고도 준비할 게 많아서 취업 준비까진 병행

하지 못할 거야."

"너한테는 그렇지. 그건 어쩔 수 없어."

"키요이는 취업 준비 안 할 거지?"

"응, 난 배우로 먹고살 거야."

키요이가 주방으로 가서 원두를 꺼냈다. 히라가 서둘러 일어섰지만 괜찮아, 하고 거절당했다. 키요이는 익숙하게 커피 메이커를 준비했다.

"이미 결정한 길이 있다면 그 길을 향해 나아갈 뿐이야. 하고 싶은 일이 있는 녀석에게 하루 이십사 시간은 너무 짧아. 나한테는 취업 준비라는 보험을 들 여유 따위 없어."

히라는 딱 잘라 말하는 키요이의 옆얼굴을 넋을 잃고 바라보았다. 인류가 아직 오르지 못한, 더럽혀지지 않은 산맥 같은 고상함과 강인함. 그에 비해 자신의 망설임은 어떠한가.

"개인전이 잘 안 되면, 난 취직을 생각하고 있어."

"잘 안 된다니?"

"관람객이 오지 않는다든가, 와도 마음에 들어하지 않는다든가."

"뭐야 그게. 너는 네 인생을 타인의 의견에 따라 결정하는 거야? 첫 개인전이 실패한 게 어떻다는 거야. 그다음에 더 열심히 하면 되잖아."

그 말대로다. 문제는 그 말대로 생각하지 못하는 자신의 어정

젱한 자세다.

"걱정하지 않아도 성공하겠지만."

"어, 어떻게 그런."

"감."

키요이가 커피를 컵에 따라 그중 하나를 히라 앞에 놓아줬다.

감이라니— 아무런 보증도 없는 그 말이 몹시 든든하게 느껴졌다.

키요이는 형식적인 말을 하지 않는다. 어떤 말에도 키요이에게는 제대로 된 근거가 있지만, 키요이의 경험이나 가치관이나 판단력에서 비롯된 것이라서 그 말에 대한 설명을 들어도 그와 다른 사람인 히라는 이해하지 못한다. 그런 키요이를 생각하니 감, 이라는 말에 '너를 믿고 있어'라는 메시지가 담긴 것처럼 느껴졌다.

"식잖아."

히라는 잘 마시겠습니다, 하고 모락모락 김이 나는 컵을 받쳐 들고서 왕의 인장이 새겨진 그 커피를 마치 사막의 여행자에게 내려진 생명의 물처럼 마셨다.

"그야 나는 내 일이니까 딱 잘라서 말했지만, 대학생일 때 이걸로 평생 먹고살겠다고 결정하는 녀석은 드물겠지. 다들 이런 저런 기업에 지원하고 설명회도 가고, 자신에게 맞는 게 뭔지 찾아보고 확인하는 시기일지도 몰라. 입사하고 나서 이직하는 일도 자주 있다는 걸 생각하면 네가 여러 가지로 망설이는 것도 당연해. 내가 조금 전에는 빨리 결정하라고 했지만 그 말은 취소할게. 네가 만족할 때까지 충분히 고민해도 돼."

"고, 고마워."

신을 배신하더라도 밤하늘의 빛나는 별과 함께하겠다고 결정한 것. 첫 개인전과 그 준비. 과연 프로로서 잘해나갈 수 있을 것인가. 만약 실패하면 어떻게 하지? 개인전 결과가 나온 뒤에는 취업 준비를 해도 늦는다. 낙하산으로 입사하는 건 피하고 싶고, 차라리 졸업을 미루고 그동안 취업 준비를 하는 게 나을까. 하지만 의사소통에 어려움이 있는 자신이 과연 정식적인 면접을 돌파할 수 있을 것인가. 결국 일 년간 학비를 더 내게 되어 부모님에게 폐를 끼치기만 한다면— 머릿속에서 소멸될 기미가 보이지 않는 소용돌이가 휘몰아치기 시작한다. 도전하지 않고, 기대하지 않고, 주제를 알아야 한다, 라는 자기비하의 껍질로 지금까지 자신을 지켜왔다. 매우 소중하게 여겨서 비대해진 자의식은 너무도 약해서 작은 불안만으로도 금이 가버릴 것처럼 얇디얇다.

예전에는 겁을 먹고 도망쳤었다.

지금도 무섭지만 어딘가에 성공하고 싶다는 당치도 않은 바람을 품고 있다.

키요이, 노구치, 부모님, 소중한 사람들이 기대를 걸고 있다. 그 기대에 보답하고 싶고, 그걸 바라면 바랄수록 실패하면 어쩌나 하는 공포가 가슴을 스친다.

"내일부터 촬영하러 다녀올게."

히라는 초조함에 등을 떠밀리듯 그렇게 중얼거렸다.

"촬영은 다 끝내지 않았어?"

"후회하지 않도록 지금 할 수 있는 일은 전부 해두는 게 좋을 것 같아서."

아무리 열심히 해도 실패하면 후회스럽다는 걸 알고 있다. 그래도 최소한—

"흐음. 좋잖아."

키요이는 자리에서 일어나 주방에서 소파로 자리를 옮겼다. TV를 켜고 소파 위에서 다리를 포개고 앉아 쿠션을 끌어안고는 열심히 방송을 보기 시작했다. 한낮의 생활정보 프로그램은 키요이의 취향이 아니었다. 히라 안에서 오래된 기억이 작게 깜박였다.

어릴 땐 TV 속으로 들어가고 싶었어.

방과후 교실이었다. 들여다본 파인더 안에 비치던, 창문 밖을 바라보는 옆모습을 히라는 떠올렸다. 지금보다 조금 어린, 남색 블레이저 차림의 키요이. 자신의 얘기를 잘 하지 않던 키요이가 그때는 드물게도 어린 시절 얘기를 했다.

TV 속은 즐거워 보이잖아.

사람들이 많이 있고, 모두가 웃고 있으니까.

가족 중 자신만이 누구와도 닮지 않았다는 것. 외로움을 달래기 위해 TV에 빠져들었던 것. 어른이 되면 아이돌이 되고 싶다고 문집에 적었던 것. 이런 얘기를 하는 아름다운 옆모습이 애처로웠다. 지금 키요이의 옆모습이 그때와 겹쳐진다.

"역시 모레 출발할게."

"왜?"

키요이가 오랜만의 휴일을 함께 보내기를 기대했을지도 모른다— 같은 일은 예전에는 감히 상상조차 할 수 없었다. 지금도 여전히 황송하고, 솔직히 자신의 불손함이 두렵다. 그래도 키요이 곁에 있고 싶다고 바랐으니까—

"그럼, 내일은 오랜만에, 그……"

말이 막혀 머뭇거리는 히라를 키요이가 보고 있다.

"아아, 그래. 난 오랜만에 쉬는 날이라 기대하고 있었어."

"고, 고마워. 그럼, 역시—"

"그래도 됐어. 일하는 데 방해는 안 할 거야."

"그럴 리가. 키요이가 방해라니—"

"내가 큰 승부를 앞두고 있었을 때, 넌 힘이 되어줬잖아."

힘이라니? 나 따위가 키요이에게 무엇을? 당황하고 있자 키요이가 테이블에 둔 카메라를 손에 들었다. 그리고 그것을 히라의 가슴에 꾹 밀어붙인다.

"찍어."

"뭐, 뭘?"

"당연히 나지."

"괜찮아?"

"내일부터 가는 촬영에, 가장 새로운 나를 데리고 가."

예쁘게 생긴 얇은 입술이 조금 삐죽해졌다. 화난 듯한, 삐진 듯한, 조금 어리광을 부리는 듯한 표정. 그 순간 카메라를 들었다. 찰칵 소리가 울린다.

"갑자기 찍지 마."

키요이가 쑥스러운 듯 고개를 돌린다. 그 눈가가 살짝 붉었다. TV나 잡지에서 키요이의 사진들을 수없이 보았지만 이런 표정은 집에서만 볼 수 있다. 점점 해가 기울기 시작해 평행으로 쏟아져들어오는 노란빛의 자연광만으로 찍는다.

"키요이."

"왜?

고개를 갸웃하는 키요이를 찍었다.

"키요이."

"왜?"

반대쪽으로 고개를 갸웃하는 키요이를 찍었다.

"키요이."

"그러니까 왜 불러?"

키요이가 결국 졌다는 듯 웃기 시작한다.

"고등학교 때도 이런 적 있었지."

"응."

"그때 네가 여전히 나를 '키요이군'이라고 불러서 기분 나빴어."

키요이가 추억을 떠올리며 웃었다. 히라는 연달아 셔터를 눌렀다. 기억하고 있다. 방과후 음악실에서 처음으로 키요이군이 아닌 키요이라고 불렀을 때 숨이 멎을 것만 같았다. 키요이, 키요이, 하고 끈질기게 불러대서 용건도 없으면서 부르지 마, 하고 혼났다. 전부 기억하고 있다.

"그때의 우리가 지금의 우리를 보면 뭐라고 할까?"

히라가 묻자 키요이가 아무것도 없는 허공을 올려다보았다.

"절대로 안 믿을걸. 뒤로 넘어가거나 길길이 날뛰거나 할 거야."

재미있다는 듯 어깨를 들썩이던 키요이가 너는, 하고 시선을 히라 쪽으로 돌렸다.

"절대로 안 믿었을 거야."

히라가 딱 잘라 말하자 둘은 마주보고 웃었다.

"더 찍을 거야?"

키요이가 목덜미를 만져와 히라는 더이상 참을 수 없어서 카메라를 내렸다.

실은 좀더 찍고 싶다. 웃는 키요이, 눈을 내리깐 키요이, 턱을 괴는 키요이. 모든 아름다운 키요이의 사진으로 욕조를 가득 채우고 거기 빠져 죽을 수 있을 만큼 찍고 싶다.

키요이의 기다란 손가락이 목덜미를 타고 올라와 히라의 귀끝을 잡았다. 꽉 잡아당긴다. 거기서부터 달콤한 아픔이 퍼져나가 키요이가 잡아당기는 대로 얼굴을 가까이 가져가 입을 맞췄다. 체중을 싣자 키요이가 푹신한 소파에 가라앉는다.

"역시 믿을지도."

입술을 맞댄 채 키요이가 중얼거렸다.

"예전의 내가, 미래에, 너와 이렇게 될 거라고."

"그런, 가?"

키요이가 무슨 생각을 하는지는 모르겠지만, 그 시절의 히라는 결코 믿지 않았을 것이다. 정면에서 바라볼 수조차 없어서 긴 앞머리 사이로 가슴을 두근거리며 키요이를 훔쳐보던 그때의 자신은.

"모르겠지, 넌."

키요이가 작게 웃으며 목에 팔을 감아온다. 웃음이 배어든, 하지만 꽉 매달리는 팔에서 절실함 같은 것이 느껴진다. 히라는 미안하다고 사과하며 어린아이한테 하는 것처럼 가만히 키요이의 머리를 손가락으로 매만져줬다. 기분이 좋은지 빈틈없이 몸을 붙여온다.

"히라."

"응?"

좋아해, 하고 숨소리처럼 작은 속삭임이 들렸다. 이럴 때마다 숨이 막힐 듯한 행복과 정말로 죽을지도 모른다는 공포가 동시에 덮쳐온다.

이런 마음은, 키요이에게만 생긴다.

다음날, 기자재를 짊어지고 나가노로 향했다.

카메라 두 대에 광각과 표준 렌즈를 챙기고, 자신의 작품에는 필요하지 않지만 만약을 위해 망원 렌즈도 가져간다. 사진 촬영용 플래시와 노출 측정기, 데이터를 확인할 노트북. 그 외에 배터리 등을 다 합치니 꽤나 무겁다. 사진작가는 하체와 허리가 강하지 않으면 할 수 없다.

나가노역에서 대중교통으로 갈아타고 지금은 이미 폐허가 된 마을의 교회로 향했다. 이런 시골에 절이 아니라 교회가 있었다는 건 드문 일이다. 분명 어떤 사연이 있었을 것이다. 마지막으로 내린 버스 정류장에서 산 쪽으로 이십 분 정도 더 걸어갔다.

개인전 촬영을 위해 작년 말부터 전국의 폐허를 돌고 있다. 실제로 보면 기대에 못 미치는 건물도 많지만 오늘의 폐허는 느낌이 좋았다. 쇼와시대 초기의 건물이라 손상은 심해도 안으로 들어가보니 쪽모이 세공을 한 마루가 적당히 낡아 멋스러웠고, 깨진 창문으로 들어온 담쟁이덩굴이 폐허와 어울리지 않는 왕성한 생명력을 보여주고 있었다.

흑백으로 어디까지 담아낼 수 있을까. 히라는 빛을 투과하는 잎사귀를 물끄러미 바라보았다.

일층의 예배당에 짐을 내려놓고 먼저 건물 안을 둘러보았다. 십자가도 예수상도 모두 망가졌다. 스테인드글라스처럼 색채가 화려한 장식은 없지만, 나무 프레임에 복고풍 투각이 들어간 유리의 소박함이 오히려 깊은 맛을 더한다. 이층으로 올라가는 계단의 층계참에서는 세로로 긴 아치형 창문을 통해 비쳐들어오는 자연광이 아름답다. 아침의 투명함도, 낮의 눈부심도, 해질 무렵의 흔들림도, 밤의 농밀한 어둠도 전부 한 번밖에 만날 수 없다. 각각의 순간을 확실하게 포착하고 싶다.

노구치의 어시스턴트를 했던 경험 덕분에 촬영 준비는 빠르게 끝내는 편이다. 그래도 사진작가와 모델을 혼자서 다 해내기란 쉽지 않다. 촬영 지점을 정하고, 기자재를 설치하고, 구도를 정한 뒤 모델로서 위치를 잡고, 시험 삼아 찍어보고, 다시 카메라 옆으로 가서 확인한다. 미세 조정을 반복해보지만 그럼에도 스스로 납득할 만한 한 장이 나오는 경우는 많지 않다.

무엇보다 찍는 쪽이었던 자신이 찍히는 쪽이 된다는 건 아무리 해도 익숙해지지 않는다. 처음에는 렌즈를 제대로 바라볼 수조차 없었다. 지금도 여전히 앞머리 너머로 올려다보는 것밖에 할 수 없다. 후우— 하고 길게 숨을 내뱉고 셔츠 단추에 손가락을 가져갔다. 처음에는 너무 부끄러워서 누드로 촬영하겠다고 말해버린 것을 후회했다. 그럴 때마다 노구치의 말을 떠올린다.

너와 세상 사이의 장막이야말로 너를 너답도록 만들어주는 거라고 생각해. 그걸 잃어버리지 마. 잃어버리지 않고 '나'를 표출해봐.

자신은 그렇게 요령이 좋은 사람이 아니다. 어떤 부분을 숨기고 어떤 부분을 드러낼지 하는 선별도 제대로 하지 못한다. 그럼 차라리 전부 보여줄 수밖에 없다고 생각해서 누드를 선택한 것이다. 그래. 이제 와서 망설이지 마. 히라는 단추를 풀었다.

각오를 다지고 한 장 한 장 옷을 벗어나간다. 부끄러움과 불안으로 손이 떨린다. 그렇게 실오라기 하나 걸치지 않은 모습이 되어 머뭇머뭇 자리를 잡았다. 낡은 바닥에 엉덩이를 붙이자 쓰레기와 먼지가 피부를 거칠게 문지른다. 창문으로 스며드는 해질 무렵의 그늘진 빛에 피부를 드러내고, 끌어안은 무릎에 얼굴을 묻었다. 얼굴을 다시 들기까지는 언제나 시간이 한참 걸린다.

두려움에 떨면서, 벌거벗은 몸을 움츠리고 있는, 볼품없는 자신의 모습. 그런 모습을 찍어 세상을 향해 내보이려 한다는 사실이 두렵다. 하지만 누군가가 봐주기를 애타게 바라는 자신 역시 어딘가에 있다는 사실이 더욱 두렵다.

지금이라면 도망칠 수 있다. 공포로 피부가 따끔거린다. 저녁에는 빛의 양이 시시각각 변한다. 더는 미룰 수 없다. 용기를 내지 않으면 여기까지 온 게 헛수고가 된다. 초조함에 등을 떠밀려, 어쩔 수 없이, 서서히 얼굴을 들어올렸다.

렌즈와 눈이 마주친 순간, 손에 들고 있던 컨트롤러를 눌렀다. 찰칵하고 셔터 눌리는 소리가 울린다. 자기가 찍어놓고서 움찔하고 몸을 떨었다. 그 순간을 놓치지 않으려 다시 컨트롤러를 누른다. 볼품없는 모습을 찍히는 피사체의 수치심과 공포를 내보이는 동시에 먹이를 노리는 사냥꾼처럼 고양감이 솟구치는 것을 느낀다. 무자비한 촬영자인 자신이, 두려워하며 숨고 싶어하는 피사체인 자신의 목덜미를 붙잡고는 힘으로 제압해 억지로 내보이려 한다.

그만둬. 보지 마. 찍지 마.

시끄러워. 보여줘. 좀더.

고양감과 공포가 서로 얽혀서 뭐가 뭔지 모르게 될 즈음에는 기묘하게 비뚤어진 쾌감이 생겨난다. 자신을 표현하는 행위는 얼마나 기분좋은 일인가. 서서히 피부의 따끔거림이 잦아든다. 이대로 쾌감에 휩쓸리고 싶지만 그럴 순 없다.

일단 촬영을 끝내고 나면 고조된 열기를 급히 식힌 뒤, 이번에는 찍은 사진을 냉정하게 검토한다. 포즈와 구도, 빛의 상태를 머릿속에서 조정하고 곧바로 다시 피사체로 돌아간다. 폭군인 촬영자와 불쌍한 노예인 피사체. 그렇게 보이지만 때로는 노예가 폭군을 부추긴다. 그 정도밖에 못 찍느냐고. 회전문처럼 순식간에 바뀌는 공격과 수비. 그리고 이렇게 휘둘리는 두 사람을 객관적으로 바라보고 판단하는, 또하나의 자신이 있다.

지는 노을이 예쁜 장소를 몇 곳쯤 집중해서 단숨에 찍고, 해가 진 뒤에야 겨우 휴식을 취할 수 있었다. 밤에는 밤인 대로 다시 촬영을 이어가지만 조도가 낮게 유지되며 안정적이 기 때문에 서두를 필요는 없다. 히라는 옷을 입고 일층으로 내려가 가방에서 휴대용 조명을 꺼냈다. 어두운 건물 안에 은은한 빛이 번진다. 천장이 높은 예배당에 약한 빛이 반사된다.

아아, 이런 분위기도 좋은데.

나중에 여기서도 찍어야겠다고 생각하며 자리에 앉자 고작 몇 시간의 촬영만으로 피로가 극에 달했다는 걸 깨달았다. 자신이 촬영자이면서 피사체이기도 하고, 정반대 성격의 그 두 마리 짐승을 거느린 주인이기도 하니까. 오는 길에 산 편의점 도시락으로 저녁을 먹고 잠시 쉬었다가 다시 한번 밤의 건물 안을 둘러본다.

망가진 십자가와 예수상 아래에 앞판이 조금 벗겨진 연단이 있다. 그 아래로 들어가 안에서 기어나오는 구도를 상상해본다. 반대로 다리만 내미는 건 어떨까. 완전히 색이 다 빠지고 너덜너덜해진 커튼으로 몸을 감싸는 것도 좋겠다.

히라는 끊임없이 생각을 이어나갔다. 밤이므로 셔터 속도는 느리게 설정한다. 카메라를 삼각대에 고정했으니 손 떨림은 걱정하지 않아도 된다. 거친 감촉도 살리고 싶으니까 ISO 감도를 높인 사진까지 함께 두 종류를 찍어두자. 리터치 소프트로 수정할 수도 있지만 RAW 데이터 단계에서 좋은 사진을 찍으라고, 그렇지 않으면 실력이 늘지 않는다고 노구치는 항상 말했다.

대략적인 구상을 마친 뒤 다시 일층으로 내려왔다. 그러고는 바닥에 앉아 벽에 등을 기대고 쉰다. 그렇게 밤의 어둠이 깊어지기를 기다린다. 침낭에 몸을 뉘여도 되지만 깊이 잠들어버릴 것 같아 오늘밤에는 사용하지 않는 편이 좋겠다고 판단했다.

촬영할 때는 폐허에서 자는 경우도 많다. 사진 동아리의 모두가 어떻게 그런 무서운 일을 아무렇지도 않게 하느냐고 묻지만, 번거롭게 이동하지 않아도 되고 시간도 아낄 수 있을 뿐만 아니라, 조용한 밤의 폐허에 있으면 '혼자'라는 느낌에 마음이 편해진다.

어둠을 바라보고 있으면 도쿄에서 느꼈던 어수선한 기분이 가라앉는다.

요즘 시대에는 사람과 이어지는 일이나 서로 돕는 일이 중요하므로 혼자 있는 게 편하다고 하면 정신이 아픈 사람 취급을 받는다. 예전과 달리 지금의 히라는 키요이나 노구치, 사진 동아리 사람들과의 관계를 통해 인연의 소중함을 배웠다. 그럼에도 여전히 타인과 연결되는 일은 정신적인 부담을 진다는 것과 같은 의미로 다가온다. 상대를 좋아하거나 싫어하는 문제가 아니라 원래부터 자신의 성격이 그런 것이다.

사람들과의 인연에 감사하고 있다.

그래도 평소에는 성가시니까 내버려뒀으면 좋겠다.

그러면서도 외로울 때는 누군가 곁에 있어주기를 바란다.

아아, 난 끝까지 제멋대로인 인간이구나.

스스로 카메라를 들이댐으로써 진정한 자신을 알아간다. 진실한 자신의 모습에 질려버리기도 한다. 이런 모습을 알지도 못하는 타인에게 내보이려 한다니, 제정신이라고 여길 수 없다. 하지만 촬영을 시작하면 자신을 표현하는 쾌감에 휩싸인다.

제멋대로인 것도 모자라 스스로를 표현하려는 욕구가 굉장하다. 키요이나 노구치의 눈에 자신이 어떻게 비칠지 생각하면 창피해서 견딜 수 없다. 하지만 이제 도망칠 곳은 없다.

나는, 앞으로, 나아갈 수밖에 없어.

히라는 팔을 들어 아무것도 없는 어두운 허공에 손을 뻗었다. 손가락 끝이 밤의 어둠에 녹아들어 보이지 않는다. 이 손은 무엇을 하려는 걸까.

어둠 저편에 있는 무언가를 잡아 끌어내고 싶은 건가. 아니면 자신이 있는 쪽이야말로 어둠이어서, 밝은 곳에 있는 무언가를 잡아 끌어당기고 싶은 건가. 그런 능동적인 것이 아니라 단지 그저 세상에서 숨어버리고 싶을 뿐인 것 같은 느낌도 든다.

다음날도 예배당을 촬영했다. 다시 한번 서쪽 햇살을 배경으로 찍으려 했지만 정오가 지나자 날이 흐려졌다. 그건 그것대로 낡은 건물의 음울함이 강조되어서 좋다.

찍은 데이터를 확인하고 있는데 갑자기 예배당 문이 열렸다. 깜짝 놀라 고개를 돌리니 제복을 입은 경찰관이 놀란 듯 뒷걸음질쳤다.

"……변태냐?"

긴장감 서린 목소리로 묻는 말에 히라는 간신히 자신이 알몸이라는 사실을 떠올렸다.

"아, 아, 아니, 아니."

당황해서 가방을 향해 달려가 흩어져 있던 옷을 하나씩 몸에 걸쳤다. 경찰관은 전면에 경계 태세를 갖추고 언제든지 제압할 수 있는 자세로 문 앞을 가로막고 섰다.

"저, 저기, 저는 카, 카, 카, 카메, 카메—"

카메라맨입니다, 라고 하고 싶은데 가뜩이나 서툰 ㅋ 발음으로 시작되는 단어에 말이 막혀 히라는 필사적으로 기자재를 가리켰다. 경찰관이 서서히 히라가 있는 쪽으로 다가와 삼각대와 카메라를 살펴보았다.

"……여기서 파렴치한 사진을 찍어대는 거야?"

경찰관의 얼굴에는 '일단 경찰서로 같이 갈까—'라고 적혀 있었다. 서둘러 옷을 마저 입은 뒤 학생증을 보여주고 어떻게든 혐

의를 벗었을 때 히라는 지칠 대로 지친 상태였다.

"도쿄의 학생이라고. 흐음, 과연, 굉장하긴 하네."

경찰관은 촬영한 사진이 띄워진 노트북 화면을 들여다보았다.

분할된 화면 속 사진에는 망가진 십자가 아래 연단에서 기어 나오는 히라의 모습이 있었다.

"어라, 근데 이거 너잖아. 아, 설마 장래에 공포영화 감독이 되고 싶은 거야?"

"아, 아니요, 저는—"

"과연 그렇군, 그런 거구나."

경찰관은 납득했다는 듯 크게 고개를 끄덕이고는 〈SAYOKO〉 맞지, 하고 창문 쪽을 손가락으로 가리켰다. 사요코? 당황하는 히라를 아랑곳하지 않고 경찰관은 말을 이었다.

"이 산을 올라가면 있는 폐병원. 〈SAYOKO〉의 촬영을 거기서 하기도 했고, 영화에 진짜 귀신이 찍혔다고 단숨에 유명해졌잖아. 거긴 이미 다녀온 거야?"

히라는 고개를 저었다. 사전 조사를 할 때 그런 정보를 본 것도 같지만 관광지가 된 건물에는 별다른 흥미가 없어서 기억에 남지 않았다. 경찰관 말로는 전국의 공포 마니아와 동영상 크리에이터들이 그 병원에 견학이나 촬영을 하러 온다고 한다.

"젊음은 좋지. 꿈이 이루어지길 바라네."

히라는 귀찮아서 그냥 자신을 공포영화 감독 지망생으로 생각하기로 하고 고개를 끄덕였다.

"그런데 〈SAYOKO〉 촬영장 쪽은 촬영에 들어가기 전에 영화 사랑 마을에서 보수 공사를 해둬서 괜찮지만 여기는 철거할 예산이 없어서 방치된 상태야. 관광객도 등산객도 거의 안 오는데다 위험하니까 출입금지거든. 오늘 아침에 산나물을 캐러 올라온 사람이 건물 안에 누군가 있다고 신고를 해서 확인하러 온 거야."

"죄, 죄송합니다. 민폐를 끼쳤습니다."

히라가 고개를 숙이자 응응, 그럼 빨리 돌아가, 하고 경찰관은 가버렸다. 이상한 오해를 받았지만 변태라는 누명은 벗어서 마음이 놓였다.

작품을 제작하는 동시에 전시회장도 결정해야 했다. 실무를 담당해주는 이리에에게 자료를 받아 오늘은 후보로 올려둔 갤러리들을 돌아볼 예정이다.

"미안, 키요이. 모처럼 휴일인데 같이 돌아다니게 해서."

"괜찮아. 너랑 신주쿠에 오는 것도 드문 일이니까."

초봄의 차갑고 향긋한 바람을 맞으며 키요이는 선글라스 각도를 살짝 조정했다. 키요이가 무심코 하는 동작조차 각이 잡혀 있어 히라는 자신도 모르게 카메라를 꺼내고 싶어진다.

모자와 선글라스로 얼굴을 가렸지만 "방금 키요이 소 아냐?"

하고 되돌아보는 사람이 많다. 키요이는 이제 완전히 유명인이 되어버렸다. 그에 비해 촌스러운 체크무늬 셔츠 차림으로 옆에서 걷고 있는 자신. 어제 밤늦게까지 수정 작업을 한 탓에 오늘은 키요이가 꾸며주는 멋진 모습으로 변신할 시간이 없었다. 아무래도 주눅이 들어 조금 떨어져서 걷는다.

"그래서 어떤 순서로 볼 거야?"

"아직 못 정했어."

이리에에게 받은 자료를 가방에서 꺼내자 키요이가 옆에서 들여다본다. 스마트폰으로 지도 앱을 열고서 자료와 나란히 두고 보기 시작했다.

"좋아, 다 파악했어. '갤러리 고이즈미' '세라 화랑', 마지막은 '아마미야 파인 아트'의 순서로 가면 시간 낭비를 하지 않겠어. 빨리 끝내자."

이쪽이야, 하고 키요이가 먼저 걷기 시작했다. 길이 익숙하지 않은 히라는 다급히 그 뒤를 따랐다. 키요이는 왕이면서도 의외로 실무 능력이 뛰어나다. 그에 비하면 자신은 낮은 스펙만 더 부각되는 것 같아 한심할 뿐이다.

완만한 언덕길을 오르자 첫번째 갤러리가 보였다. 마침 기획전을 하고 있어 관람객인 척 들어가봤다. 입구는 한 면이 유리로 되어 있지만 내부는 작품을 돋보이게 하기 위해 심플한 하얀 벽으로 꾸며져 있다. 정석적인 구성이라 부족함은 없었다.

두번째와 세번째 갤러리도 비슷한 느낌이었다. 조용함과 무기질의 느낌. 작품이 가장 돋보이는 위치와 조명까지 모두 치밀하게 계산되어 있다. 전부 역에서 걸어서 십 분 이내에 위치해 있고, 스태프의 대응에서도 높은 수준을 엿볼 수 있었다. 신인인데다 학생의 첫 개인전 따위에 쉽게 장소를 제공해줄 갤러리가 아니다.

"겁먹을 게 뭐 있어. 원하는 걸 선택해. 이리에씨는 대형 광고대행사의 디렉터잖아. 네 개인전 정도는 아침 먹으면서도 준비할 수 있을 테고, 노구치씨가 '내 제자니까 잘 부탁해'라고 한마디만 하면 갤러리 쪽에서 알아서 움직일걸. 너는 사양할 것 없이 네 작품만 생각하면 돼."

카페에서 숨을 돌리는 동안 키요이는 아무렇지도 않게 그렇게 말했다.

"사양하는 건 아니야. 정말이야."

키요이가 의외라는 듯한 표정을 지었다.

"너치고는 드문 일인데."

"솔직히 말해서 이미 사양할 단계가 아니야. 보통 전시회장은 최소한 반년 전에 예약해둬야 하는데 두 달밖에 안 남았으니까."

작품 수도 아슬아슬해서 삼분의 일은 이제부터 완성해야 한다. 그리고 이미지 그대로 인쇄하기 위해 현상소와 협의도 해야 한다. 거기다 전시 방식, 홍보, 초대장, 작품 운반 준비 등 아무리 이리에가 실무를 담당해준다지만 히라 본인의 판단이 필요한 일도 산더미다. 그럼에도 노구치가 6월로 일정을 서두른 건 내년에 있을 기무라이헤에사진상 후보에 오르려면 그때가 마지막 기한이라고 판단했기 때문이다.

상식적으로 생각해보면 현역 대학생이 첫 개인전에서 이헤에 사진상을 받을 리 만무하다. 그럼에도 어떻게든 받고자 한다면 그에 앞선 대전제로서 개인전을 반드시 성공시켜야 한다. '히라 카즈나리는 대단하다'라는 평가를 받아야 한다는 얘기다. 이쯤 되면 분수를 모르는 것을 넘어서 이제는 까마득한 실크로드 여정 같은 무언가가 떠오를 지경이다. 하지만 현실에서는 그 상을 목표로 삼아 많은 사람들이 움직여주고 있다. 이러쿵저러쿵 고민할 시점은 이미 한참 전에 지났기에 도달하지 못할 것을 알면서도 간다라•를 향해 전력으로 질주할 수밖에 없다. 아마 지금의 자신과 가장 말이 잘 통하는 건 어디에도 도착하지 못하는 쳇바퀴를 필사적으로 돌리고 있는 햄스터일 것이다.

"사양하는 건 아닌데, 전부 다 너무 훌륭해서."

"그럼 이렇게 해."

키요이가 전시회장 자료가 든 세 장의 봉투를 테이블 아래로

• 실크로드의 주요 중심지.

숨겼다.

"너무 훌륭해서 정할 수 없다는 건 어디든 상관없다는 거잖아. 내가 봉투를 섞었으니까 네가 원하는 걸 뽑아. 오늘 네가 할 일은 전시회장을 정하는 것, 그리고 나랑 느긋하게 데이트를 즐기는 거야. 빨리 안 하면 시간만 가."

자, 뽑아, 하고 키요이에게 재촉당하며 히라는 아니, 그게, 하고 눈을 내리깔았다.

"빨리해. 너한테 망설일 시간은 없어."

바짝 다가온다. 키요이의 말이 맞다. 하지만……

"변함없이 상남자네."

머리 위에서 들려온 목소리에 고개를 들어보니 테이블 바로 옆에 노구치와 이리에가 서 있었다. 전시회장을 둘러보고 나면 이 카페에서 만나기로 했다.

"카드 뽑기로 첫 개인전 장소를 정하다니 너무 당당한 거 아냐? 그러면서 나랑 느긋하게 데이트해 줘~라니. 라오우•와 소녀가 공존하는 아주 드문 예라고."

"그런 말투 안 썼어요."

욱하는 키요이에게 신경도 쓰지 않고 노구치와 이리에는 멋대

• 만화 『북두의 권』의 등장인물. 세기말의 무자비한 지배자로 힘과 권력을 상징한다.

로 옆자리에 앉았다.

"히라군, 수고했어. 전시회장 보고 왔구나."

이리에가 말을 걸어오자 히라는 당황해서 고개를 숙였다.

"다 괜찮았지? 내 추천은 '아마미야 파인 아트'야. 오너가 젊고 참신한 기획전도 많이 열어서 갤러리를 찾는 고객층이 제일 젊거든. 일류라는 평가를 받으면서 젊은 층에게 확산되는 것도 기대할 수 있지."

이리에는 홍보의 달인이니 그의 말대로 하면 엇나가지는 않을 것이다. 하지만 자신이 원하는 것과 그가 말하는 '훌륭함'이 어딘가 모르게 딱 맞아떨어지지 않는다.

"히라, 불만이 있으면 제대로 말해. 네 개인전이잖아."

노구치가 그렇게 말하고 맥주 두 잔을 주문했다.

"불만은 아니에요. 단지 그게, 너무 예쁘달까."

어떻게 말하면 좋을지 말문이 막힌다. 타인에게 생각을 전달하는 데 여전히 서툴다. 그것도 자신보다 경험도 지식도 많은, 게다가 잘되라고 도와주는 사람들을 상대로 이런 말을 하면 무엇이 좋은 건지도 모르는 어린애라고 어이없어하진 않을까.

"예쁘면 안 되는 거야?"

이리에가 물었다. 히라는 땀에 젖은 손으로 치노팬츠의 천을 꽉 움켜쥐었다.

"……안 될…지도 몰라요. 그게 저는… 폐허 그대로의 공간에서 전시를 하고, 가능하면 관객들이 자연광 상태로 작품을 봐주면 좋겠어요. 밤에 촬영한 사진도 많아서, 그건 조명이 필요하겠지만, 사진이 흐릿하게 보여도 좋으니 조명을 최소한으로 줄이고 싶어요. 실제로 찍었던 공간이나 시간, 그리고 그 당시의 저 자신까지, 최대한 충실하게 전달하고 싶어요. 그러니까 가능하다면 전시는 이십사 시간, 그게 어렵다면 낮과 밤, 두 파트로 나눠서 진행할 수 있으면 좋을 것…… 같아요."

"신인의 첫 개인전치고는 도전적인데."

이리에가 말했다. 역시 건방졌구나, 하고 히라는 송골송골 식은땀이 맺혔다.

"재능이 나타날 때는 언제나 도전적이잖아."

노구치가 장난치듯 말하자 이리에는 뭐 그렇긴 하지, 하며 팔짱을 끼고 생각에 잠겼다.

"그런데 폐허에서 전시라면 지방에서 하려고? 교통편이 좋지 않으면 아무리 흥미가 있어도 관람객의 발길이 뜸할 수밖에 없는데다 새롭고 첨단적인 작품에 대한 이해는 도쿄가 가장 뛰어나잖아."

"아, 네, 네. 도쿄 안에 폐허가 있으면 좋겠지만요."

"폐허는 있어. 하지만 많은 관람객을 받으려면 대중교통에서 내려서 도보로 십 분 이내여야 하고, 전시가 가능할 정도로는 벽이 남아 있어야 하는데다, 간이식이라도 전기가 통해야 하고, 무엇보다 아무리 공간이 낡았더라도 관람객의 안전을 보장할 수 있는 상태여야 해. 위험한 건물은 절대 안 되니까. 도쿄 안에서 그런 조건을 갖춘 건물을 찾으려면 쉽진 않을 거야."

관람객의 안전. 생각지도 못했지만 얘기를 들어보니 가장 중요한 문제다. 히라는 자신의 생각이 얼마나 얕았는지 깨닫고는 귀까지 붉게 달아올랐다. 죄송합니다, 하고 의견을 철회하려던 찰나였다.

"그래도 아이디어 자체는 괜찮다고 생각해."

도쿄 안에서 빨리 건물을 찾아볼게, 하고 이리에가 태블릿 피시를 켜서 여기저기 연락을 돌리기 시작했다. 그 빠른 태세 전환에 히라가 놀라자 노구치가 웃었다.

"있지 히라, 광고대행사의 일이란 클라이언트의 터무니없는 요구에 대응하는 거야. 더 요구해도 돼. 이리에는 그 정도론 화도 안 내고 당황하지도 않으니까."

노구치가 자신의 속마음쯤은 완전히 꿰뚫어보고 있어서 히라는 괜히 두 번 창피했다. 하지만 자신을 꿰뚫어보고 있다는 사실에 안도를 느낀다. 노구치는 히라를 이 세계로 끌어들여서 프로로 쭉 성장해나가라고 계속 독려해준 사람이다. 사진의 세계에서 스승이라고 부를 수 있는 사람은 노구치뿐이고, 앞으로도 그럴 것이다.

"감사합니다."

"다만 한 가지만 말해둘게."

노구치가 진지한 표정으로 몸을 내밀어서 히라는 긴장하고 자세를 바로잡았다.

"네, 네, 뭔가요?"

"반드시 개인전을 성공시켜. 역시 노구치 히로미의 제자라고, 나까지 간접적으로 엄청 칭찬받을 수 있도록. 업계에서 노구치 최고야, 멋져, 안아줘, 라는 목소리가 마구 쏟아질 정도가 아니면 너를 매일 밤 미소국 대원으로 부를 거야."

"그런 억지…… 읍."

옆에서 불쑥 튀어나온 손이 입을 막았다.

"쫄지 마. 반드시 성공하겠습니다, 라고 말해."

키요이가 노려보는 탓에 히라는 왕과 스승의 기세에 짓눌릴 것 같다. 목이 꽉 졸린 닭의 기분을 맛보고 있는데 키요이가 고개를 돌려 노구치를 쳐다보았다.

"노구치씨도 히라를 괴롭히며 노는 건 그만두세요."

"에이, 이게 다 너희들의 자업자득이잖아."

"히라는 그렇다 쳐도 저한테 무슨 잘못이?"

키요이가 뜻밖이라는 듯 황당한 표정을 지었다.

"키요이가 이 녀석이랑 별거하는 동안 내가 얘를 돌봐주면서 매일 얼마나 기분 나쁜 일을 당했을지 상상해봐. 오리대장이라느니 황금빛 왕국이라느니. 모든 발단은 키요이의 역할 설정에서 시작된 거니까 완전한 연대 책임이지."

노구치가 사—과해, 사—과해, 하며 초등학생처럼 손뼉을 치기 시작했고, 키요이는 으으, 하며 대답하지 못했다. 히라는 강대국들 사이에 낀 소국의 기분을 느꼈다.

"노구치씨, 성격이 너무 나쁜 거 아니에요?"

"그저 착하기만 한 사람이 히라와 잘 지낼 수 있을 거라고 생각해?"

"그건 무리죠."

"그렇지?"

키요이는 노구치와 마주보고 고개를 끄덕였다. 사이가 좋은 건지 나쁜 건지 잘 모르겠다.

"그건 그렇고 히라군, 제일 중요한 촬영은 순조로워?"

이리에의 질문에 히라는 준비해둔 시험인쇄물을 테이블에 펼쳤다. 가장 먼저 노구치가 들여다보고 평가를 시작한다. 단숨에 심장이 빠르게 뛴다.

"흐음…… 이건 쓸 만하네. 이건 안 돼. 한가운데에 있는 건 보류. 히라 네 의견은?"

"완전히 똑같아요. 다행이다."

노구치가 꾹 얼굴을 찌푸리자 이리에가 웃음을 터뜨렸다.

"히라군의 예상 범위 안이라는 건가. 스승인데 잘난 척을 못 했네."

이리에가 재미있다는 듯 웃어서 노구치는 더욱 얼굴을 찌푸렸다.

"아— 그래도 역시 이건 못 쓰겠네. 구도가 느슨해. 응, 절대로 안 돼."

노구치는 보류했던 한 장도 쓸 수 없는 그룹으로 분류했다.

"대체 얼마나 지기 싫어하는 거야."

키요이가 작게 중얼거리며 노구치가 밀어놓은 한 장을 제자리로 돌려놓으려다 "응?" 하고 눈썹을 찌푸렸다. 키요이는 사진에 얼굴을 갖다대고는 이건 뭐야? 하고 사진의 한구석을 손가락으로 가리켰다.

"아아, 그건 그냥 '그곳에 존재할 리가 없는 빛'이야."

히라가 대답하자 키요이의 미간 사이 주름이 더욱 깊어졌다.

"확실하진 않지만 어떤 에너지가 빛으로 남아 각인된 거라고 생각해. 보통 그런 사진은 버리는데, 그 한 장은 부유물까지 어우러져서 분위기가 좋았으니까."

"알기 쉽게 말하면 '영혼'인가. 가끔 있는 일이지."

노구치가 팔짱을 끼고 고개를 끄덕였고, 이리에는 흥미롭다는 듯 몸을 내밀었다.

"다른 사진도 더 있어? 내 지인 중에 오컬트 장르의 작가가 있으니까 글을 좀 써달라고 하고, 히라군 사진을 실어서 공동 저자로 책을 출간하면 어떨까. 요즘 전례 없는 호러 붐이 일고 있으니 어느 정도 잘 팔리지 않을까?"

인세가 들어올 거라는 이리에의 말에 어디든지 지인이 있는 사람이구나, 하고 히라는 생각했다. 활동 자금을 마련하기에도 괜찮지 않느냐며 이리에가 권한다. 확실히 예술계 사진작가의 대부분은 사진만으로 생계를 유지하기 어려워 부업을 갖고 있다.

"그만."

갑자기 키요이가 낮게 중얼거렸다.

"그런 부업을 하지 않아도 너 하나쯤은 내가 먹여 살릴 수 있어."

"어라, 키요이, 무슨 일이야. 갑자기 공개 프러포즈야?"

노구치의 농담에 키요이는 아니요, 하고 진지한 표정으로 말했다.

"개인전을 앞둔 중요한 시기니까 옆길로 샐 상황이 아니잖아."

"으, 응. 하지만 키요이가 나를 먹여 살려준다니—"

히라는 고개를 세로로 흔들면서 가로로 돌리는 재주 좋은 리액션으로 반응했다. 키요이가 진지하게 자신의 꿈을 응원해주는 건 더할 나위 없을 정도로 감사하고 고귀한 일이다. 하지만 경제적인 부담까지 지우는 건 결코 허용할 수 없다.

"사양하지 않아도 돼. 너 하나 먹여 살리는 것 정도는 지금 나한테 그리 어려운 일이 아니야. 그러니까 심령사진 같은 이상한 길로 절대 빠지지 마."

"거부 반응이 너무 심하지 않아? 키요이, 귀신 무서워해?"

"아니거든요!"

키요이가 큰소리로 말해서 다들 깜짝 놀랐다. 배우의 목소리라 울림이 좋다.

"알겠지 히라, 나는 귀신같은 건 별로 무섭지 않아. 단지 네 꿈을 응원하고 싶을 뿐이야. 그러니까 그런 이상한 사진은 한시라도 빨리 전부 불태워버려."

아— 이건 진짜 무서운 거구나, 그런 것 같지, 하고 노구치와 이리에가 작은 목소리로 속닥인다. 귀신 얘기는 그렇다 치고, 키요이가 엄청난 박력으로 다그쳐서 히라는 이마에 땀이 맺힌다. 키요이에게 경제적인 부담을 주지 않겠다고 말하긴 했지만 실은 이미 부담을 주는 상황이다.

키요이는 현재 방영중인 신년 드라마에서 거의 공동 주연이라고 해도 좋을 정도로 중요한 역할을 맡아 출연하고 있다. 시청률도 좋아서 장래에는 같은 소속사의 선배이자 인기 배우인 안나와 함께 간판스타가 될 거라는 기대를 받고 있다. 원래라면 키요이는 더욱 철저한 보안이 갖춰진 넓고 고급스러운 맨션에서 살아야 하지만, 처음 둘이서 약속했던 대로 월세와 생활비를 반씩 부담하며 학생인 히라가 감당할 수 있는 수준의 지금 집에서 살아주고 있다.

"키요이, 미안. 내가 변변치 못해서 지금도 너를 불편하게 만드는데 이 이상 더욱 부담을 지울 순 없어. 그러니까 역시 부업을 하는 편이 좋겠어. 심령사진을 잔뜩 찍어서 돈을 벌어올게. 물론 원래 하던 작품 촬영도 계속 이어나갈 거야. 양쪽으로 벌어서 더욱 잘살 수 있도록 열심히 할 테니까."

"바보냐, 왜 내 바람과는 반대로 튀어가는 건데? 내가 부업은 하지 말라고 말했잖아. 그렇게 미안하면 일단 내가 돈을 빌려줄게. 나중에 사진작가로 성공해서 갚으면 되잖아."

"키요이한테 돈을 빌리다니. 그런 큰 죄를 지을 바에는 깔끔하게 할복할 거야. 거기서 튀어나온 내장을 팔아 돈으로 바꿔줘."

"무서운 소리 하지 마."

"그럼 최소한 이거라도."

히라는 허겁지겁 가방 손잡이에 잔뜩 달려 있는 오리대장 인형 중 하나를 떼어 키요이에게 내밀었다. 키요이가 눈썹을 찌푸린다.

"뭐야, 이게."

"내가 가지고 있는 것 중에 제일 오래된 오리대장 키 홀더야."

"그러니까, 그게 뭐 어쨌다는 건데?"

"부적으로 삼아줘."

키요이가 아름다운 얼굴을 일그러뜨렸다.

"그 오리가 도움이 된 적은 지금껏 단 한 번도 없었어!"

"엇, 그래? 나는 몇 번이나 도움을 받았는데. 그럼 나랑 같이 명상할래? 완전한 개체가 되어서 모든 감정의 흔들림에서 벗어나—"

"닥쳐, 기분 나쁘고 짜증나는 놈아!"

현명한 대안을 제시했지만 키요이는 더욱 화를 냈다.

"노구치, 여기 추천 메뉴가 뉴욕 치즈 케이크래."

"오호, 그럼 먹어볼까."

"나는 초코 클래식으로 할 테니까 나눠 먹자."

"좋아. 거기다 샴페인도 추가해. 키요이가 돈은 많다고 하니까 그 앞으로 달아두자."

아수라장이 된 키요이와 히라 쪽은 아랑곳하지 않고 노구치와 이리에는 즐거운 듯 메뉴를 보며 깍깍거린다. 어쨌든 심령사진책을 출간하는 얘기는 흐지부지 사라졌다.

개인전 준비도 막바지에 이르러 눈이 핑핑 돌 정도로 하루하루가 바빠졌다.

계속 결정하지 못했던 전시회장은 마침내 도쿄에 있는 폐건물로 정해졌다. 쇼와 초기의 건물로, 몇 년 전까지 찻집이 들어서 있었지만 건물주이기도 했던 고령의 점주가 세상을 떠난 뒤 상속세 문제 때문인지 관리도 되지 않은 채 방치된 곳이었다. 주위에 수목이 우거져 있고, 벽 한 면이 담쟁이덩굴 잎으로 덮인 음울한 건물. 처음 본 순간 딱 느낌이 왔다. 건물을 물려받은 친족과의 교섭, 임시 전기설비 설치, 전시 준비, 작품 반입 등의 전반적인 준비, 홍보, 초대장에 관련된 모든 뒷일을 이리에가 다시 완벽하게 조율해줬다. 노구치의 조언에 따라 관람객이 가지고 돌아갈 수 있는 팸플릿과 명함, 기간 한정 공식 사이트도 만들었다. 다양한 사람들이 최대한의 지원을 아끼지 않고 있다. 아무리 감사해도 부족할 정도다.

처음에 요청했던 대로 낮과 밤 두 파트로 나누는 것까지 가능하게 해줬다. 당연히 작품을 보여주는 방법도 낮과 밤의 두 가지 패턴을 고민해야 했다. 특히 밤 전시는 조명에 신경썼다. 사진으로 담았을 때의 분위기가 전해지도록 빛의 양을 줄였더니 전시장을 둘러보러 온 키요이가 영광스러운 감상을 남겼다.

여기 진짜 뭔가 나올 것 같아.

오픈을 하루 앞두고 히라는 전시회장인 폐건물에서 자기로 했다. 작품의 위치나 조명의 각도를 조정하고 있는데 콩, 하고 벽을 두드리는 소리가 들렸다. 고개를 돌리니 키요이가 서 있어서 깜짝 놀랐다. 키요이는 처음 방문한 이후로 건물 안으로는 좀처럼 들어오고 싶어하지 않았다.

"키요이, 이 시간에 무슨 일이야?"

새벽 두시를 넘어가고 있었다. 키요이는 조금 전에 촬영을 마치고 그후 잠깐 들렀다고 하면서도 경계하듯 주위를 둘러보고 있다.

"밤에는 완전히 귀신의 집이야. 이런 데서 혼자 잘도 있네."

"어둡고 조용하니까 들뜬 기분이 가라앉아서 나는 좋아."

"너랑은 영원히 상극이야. 뭐 됐어. 간식을 좀 가져온 것뿐이니까."

키요이가 건넨 봉투 안에는 배달 음식과 키요이가 고른 옷이 한 벌 들어 있었다.

"어차피 일에 집중하느라 아무것도 안 먹었을 거 아냐? 요즘 좀 말랐어. 그리고 내일 정도는 제대로 꾸미고 있어. 첫날이니까 업계 사람들도 많이 올 거 아냐."

"고, 고마워."

자신 따위보다 훨씬 바쁜 키요이가 일부러 신경을 써줬다고 생각하니 바닥에 넙죽 엎드리고 싶은 기분이다. 지금 시간 괜찮아? 하는 키요이의 물음에 히라는 굳게 똑바로 서서 네, 하고 대답했다.

"거기 앉아."

네, 하고 히라는 바닥에 무릎을 꿇고 앉으려다 의자에 앉으라고 혼났다.

키요이가 가져온 가방에서 스프레이와 왁스를 꺼내더니 히라의 머리카락을 손으로 빗으며 매만졌다. 해주는 대로 가만히 있으니 이 정도면 됐나, 하고 키요이가 중얼거렸다. 건네받은 거울을 들여다본 히라는 깔끔하고 세련된 헤어스타일을 한 자신과 눈이 마주쳤다.

“잠들 것 같으면 헤어스타일 망가지지 않게 조심해. 그리고 덥수룩하게 기른 수염도 좀 자르고.”

키요이는 헤어 제품들을 가방에 넣은 뒤 그럼 갈게, 하고 재빨리 출구로 향했다.

“아, 응, 집까지 데려다줄게.”

“신경쓰지 마. 방해하려고 온 건 아니니까.”

키요이는 그렇게 말하더니 마음이 바뀐 듯 다시 돌아왔다. 그러고는 “잊을 뻔했다” 하며 히라를 꽉 끌어안고 격려해주듯 등을 가볍게 토닥였다.

“이제 얼마 안 남았어. 힘내.”

짧지만 더할 나위 없는 말에 피로가 스르르 풀린다.

“응, 고마워.”

이대로 계속 끌어안은 채 있고 싶었다. 하지만 키요이는 바로 몸을 떼고서 이번에야말로 뒤돌아보지 않고 출구로 향했다. 피곤할 텐데도 곧게 쭉 뻗은 키요이의 등줄기를 보니 힘이 났다.

히라는 다시 조용해진 폐건물 안에 멍하니 서 있었다. 조금 전까지 자신과 작품만이 존재했던 공간에 지금은 희미하게 반짝이는 입자들이 떠다니고 있다. 키요이의 기척. 아마 자신에게만 보이는 그것을 향해 히라는 천천히 손을 내밀었다.

그곳에 존재할 리가 없는 빛.

하지만 분명하게 존재하는 빛.

키요이는 무서워하지만 키요이가 남기고 간 반짝이는 입자들도, 폐허에 가끔 나타나는 존재할 리가 없는 빛도, 히라의 눈에는 똑같은 '빛'으로 보인다. 그 빛이 정말 존재하는지는 알 수 없다. 마치 재능이 그렇듯이. 과연 자신에게는 정말 재능이 있는 걸까. 어떤 식으로든 이 개인전에서 그 답을 얻을 수 있을까.

만약 죽도 밥도 안 된다면?

키요이, 노구치, 부모님, 이리에, 힘이 되어준 사람들. 그 모두가 낙담하는 얼굴이 머릿속을 스치자 쿵, 하고 심장이 크게 울렸다. 눈에 보이지 않고 만질 수도 없는, 있는지 없는지도 모르는 '재능'을 담보로 히라는 모두의 힘을 미리 빌리고 있는 셈이다.

만약 실패하면, 다들 내게서 멀어져갈까.

히라는 부정적인 생각을 황급히 지워 없앴다. 자기비하의 껍질 속에 숨어 자신만을 지키는 건 이제 그만두자. 온 힘을 다해 부딪혀도 튕겨져나올 가능성이 높은 이 승부에서 모두가 히라를 믿어주고 있다. 식은땀이 흐르는 등 위로 키요이 손의 감촉이 되살아났다.

이제 얼마 안 남았어. 힘내.

그래. 힘내자. 지금 할 수 있는 건 그것뿐이다.

실수

키요이가 남긴 빛의 입자를 밀어 헤치고 히라는 모든 작품을 다시 한번 둘러보았다. 이 사진은 좀더 높이 거는 게 좋을까. 2, 3밀리미터 정도 미세하게 조정하고 세 걸음 뒤로 물러서서 본 뒤 역시 원래 위치가 낫다고 생각을 바꾼다. 그럼 이건 어떨까 싶어 조명을 조정했지만 역시 원래 위치가 좋다. 이리에가 어드바이저로 불러준 갤러리 오너들의 의견을 참고해 심사숙고해서 배치한 것이다. 지금의 전시 방식이 가장 좋다.

히라는 알고 있지만 그래도 발버둥치게 된다. 좀더 좋은 방법이 있지 않을까, 하는 생각이 고개를 들고 만다. 이걸로 충분하다. 마지막까지 타협하지 않는다. 있는 힘을 다한다. 그렇게 함으로써 스스로 아직 진심을 다하지 않았을 뿐이라는 궁색한 변명도 할 수 없도록.

키요이는 언제나 보험 따위는 만들어두지 않는다. 강한 말로 스스로를 북돋우며 퇴로를 끊어버린다. 히라 자신도 똑같이 해 보고서야 그 대단함과 두려움을 처음으로 알게 되었다. 스스로 자신을 궁지에 몰아넣는다. 그렇게 해야만 비로소 닿을 수 있는 곳도 있는 것이다.

흐린 창문 너머로 보이는 동쪽 하늘이 희미하게 밝아지기 시작한다.

드디어 개인전 첫날이다.

오전 열한시에 오픈한 이후, 히라는 눈이 핑핑 돌 정도로 바빴다. 학생의 첫 개인전에 어울리지 않게 유명 크리에이터와 업계 관계자들이 계속해서 얼굴을 비쳤다. 모두 노구치와 이리에가 초대한 사람들이다. 노구치가 이런저런 파티에 데리고 가준 덕분에 그들도 히라를 기억하고 스스럼없이 인사를 건넨다.

"개인전 축하해. 노구치한테 얘기 듣고 기대하고 있었어."

"전시회장이 장난 아닌걸. 밤에는 귀신의 집 입장료까지 더해서 받아도 되겠는데."

히라는 긴장이 극에 달해 그저 네, 네, 하고 고개를 숙일 수밖에 없었다.

"오늘은 멋있잖아. 누군가 했네."

"친구가 스타일링을 해줘서요."

"여자친구?"

"아뇨, 그게, 그러니까."

"거짓말, 히라군 여자친구 있었어?"

"너, 그건 실례잖아. 젠더적으로 봐도 아웃이야."

히라는 무리 한가운데에서 계속 식은땀을 흘렸다. 제대로 응대해야 하는데, 하고 초조해하자 이리에가 신경쓰지 않아도 돼, 하고 살짝 귓속말을 해줬다.

"저런 사람들은 자기들끼리 알아서 분위기가 달아오르니까. 봐, 저기도."

유명인끼리는 서로 아는 사이가 많아서 '오, 오랜만이야, 너도 왔어?' 하고 여기저기서 화려한 무리들이 생겨나고 있었다. 그 모습을 일반 관람객들이 흘깃흘깃 곁눈질하고 있다. 일반인이라지만 전시 첫날부터 찾아오는 관람객은 사진작가 지망생이거나 사진을 전공하는 미대생이 많다. 라이벌 의식을 드러내는 뾰족한 눈빛을 하고 있어서 알기 쉽다. 히라가 진정되지 않는 기분으로 구석에 서 있으니 안녕, 하고 가벼운 인사와 함께 노구치가 나타났다.

"꽤 성황인데. 자, 개인전 오픈 축하해."

노구치가 불쑥 내민 거대한 꽃다발을 받아들었다. 이리에가 다가와 입구에 장식해둘게, 하고 가져간다. 바쁜 노구치가 설마 첫날부터 와줄 거라고는 생각지도 못했기에 감사합니다, 하고 고개를 숙이는 히라에게 노구치는 함께 온 사람들을 소개했다.

"이쪽은 술친구인 유모토씨와 오사와씨. 한가한 사람들이라 같이 왔어."

"안녕하세요— 한가한 사람입니다—"

두 사람은 농담하듯 인사를 했다.

"그럼 시간도 죽일 겸 한번 둘러볼까요?"

노구치와 일행이 자리를 떠난 뒤 그들과 교대로 이리에가 돌아왔다.

"노구치가 엄청난 사람들을 데려왔네. 히카리 신문상의 심사위원들이야."

히라는 흠칫했다. 그건 보도계에서 오랜 역사를 자랑하는 사진상이다. 그렇다면 즉 유모토는 유모토 켄지고, 오사와는 오사와 미츠히코인가. 이름만 알고 얼굴은 알지 못했다. 대체 뭐가 한가한 사람들이냐고 히라가 새파랗게 질리자 정말 좋은 스승을 만났어, 하고 이리에가 어깨를 두드려줬다. 그 말대로다. 히라는 너무 감사한 마음에 산소가 부족한 금붕어처럼 입만 뻐끔거렸다.

폐건물 일층과 이층에 걸쳐 작품을 전시했고, 얼마 후 노구치 일행이 위층에서 내려왔다. 대체 어떤 평가를 받을까, 하고 히라의 심장이 단숨에 크게 뛰었다. 하지만 노구치 일행은 히라를 스쳐지나가더니 아는 사이인 듯한 관람객들과 잡담을 나누기 시작했다.

감상을 전할 마음도 들지 않는다……라는 평가인가? 온몸에서 피가 빠져나간다. 아니, 괜찮아, 괜찮다. 실패해도 본전인 것이다. 별로 달라질 건 없다. 괜찮다. 괜찮아. 괜찮…… 점점 고개가 아래로 내려간다.

"히라."

얼굴을 들자 손짓하는 노구치와 눈이 마주쳤다. 아아, 혹평을 받을 것이다.

"네, 네, 무슨 일이죠?"

"여기 서봐. 이리에, 부탁해."

노구치가 스마트폰을 내밀자 이리에가 네네, 하며 받았다.

"그럼 찍습니다—"

노구치가 히라의 어깨에 손을 올린 것과 동시에 작게 찰칵 소리가 울렸다. 그다음에는 유모토와 오사와가 각자의 스마트폰을 이리에에게 건네며 차례로 사진을 찍었다. 대체 무슨 일인가 싶어 히라가 당황하는데 이번에는 이쪽이야, 하고 노구치에게 이끌려서 먼저 와 있던 크리에이터 무리와도 순서대로 투 샷을 찍었다.

"내 제자니까, 잘 부탁해."

"네네, 분위기 제대로 띄울게요."

"근데 작품도 좋아."

"뭐, 이몸이 스승이니까."

"아직 학생이지? 어느 미대야?"

갑자기 말을 걸어와서 히라는 난처했다. 사진을 전문적으로 배운 적은 한 번도 없다. 자신은 노구치의 어시스턴트로 갑자기 현장에 들어가게 된 아마추어다.

"거짓말. 진짜야?"

"업계 사람들이 기절할 일인데."

"시기와 질투가 소용돌이치겠는데. 예술을 하는 녀석들은 기본적으로 좀 질척거리니까."

"뭐, 그래도 노구치가 푹 빠진 이유는 잘 알겠어. 항복이야."

친근한 듯 어깨를 두드려와 히라는 방아깨비처럼 연신 고개를 숙였다.

"다음은 여기."

히라는 한숨을 돌릴 틈도 없이 노구치가 재촉하는 대로 반짝이는 황금빛 왕국의 주민들과 나란히 투 샷을 찍고, 과분한 칭찬을 받고, 고개를 숙였다. 낮 전시 내내 노구치는 계속 전시회장에 머무르며 차례차례로 방문하는 지인들 모두에게 먼저 가서 인사하고 히라를 소개했다.

"큰일났다, 촬영 늦겠어."

그렇게 낮 전시가 끝남과 동시에 노구치는 돌아갔고, 히라는 90도로 허리를 숙여 그를 배웅했다.

아직 첫날 낮 전시밖에 안 된 건가……

대기실로 마련해둔 삼층의 방에서 축 늘어져 있으니 이리에가 수고했어, 하고 얼굴을 비쳤다. 히라가 다급히 일어서려고 하자 그는 괜찮다고 손짓했다.

"밤 전시가 시작되기 전에 좀 먹어두는 편이 좋아."

이리에가 편의점 봉투에서 삼각김밥과 샌드위치를 꺼내고는 접이식 의자에 앉아 나도 지쳤어, 하고 캔커피 뚜껑을 열었다.

"여러 가지로 익숙하지 않아서, 인사도 제대로 못하고 죄송합니다."

"신인의 첫 전시는 그런 거야. 다들 이해해."

이리에는 캔커피를 마시며 스마트폰을 만지작거리다 좋아 좋아, 바로 오는구나, 하고 고개를 끄덕였다. 이것 좀 보라며 그가 내민 SNS 화면에는 낮 전시에 와준 사진작가와 히라의 투 샷이 올라와 있었다.

"엣? 저기, 이거."

"무얼 위해 노구치가 스케줄을 조정하면서까지 전시회장에 붙어 있었다고 생각하는 거야? 유명한 지인들과 사진을 찍으면 나중에 SNS에 올라오기 때문이지."

히라는 아연해졌다. 함께 사진을 찍은 건 하나같이 유명한 크리에이터들이었다. 그들이 SNS에 사진을 올린다는 건 저절로 엄청나게 많은 사람들이 보게 된다는 것이다. 즉 히라의 얼굴이 세상 사람들에게 알려진다는 것으로—

"저, 저기, 잠깐만요."

새파랗게 질린 히라에게 이리에는 가볍게 괜찮아, 하고 말했다.

"기무라이헤에상을 받으면 뉴스에도 나오고 저절로 얼굴도 알려질 거니까."

그 한마디에 두 어깨가 묵직하게 무거워졌다.

"그, 그건, 일단 후보에 들지 않으면 말도 안 되잖아요."

"후보에 들 거야. 아마도 말이지."

히라는 눈을 깜박였다.

"평가할 가치가 있는 작품이라고 나나미씨가 확실히 보장해줬으니까."

아…… 하고 목소리가 새어나왔다. 나나미는 기무라이헤에사진상을 주최하는 사진잡지 〈히카리 클럽〉의 편집장이다. 실제로 쉽사리 얘기를 나눌 수도 없는 위치에 있는 사람이지만 노구치의 제자라는 이유로 히라는 귀여움을 받고 있다. 과분한 일이므로 감사하고 있다. 하지만 상의 정당성을 따진다면 어떨 것인가. 히라는 떳떳하지 못한 기분이 들어 눈을 마주칠 수가 없다.

"히라군은 좀더 자신감을 가지는 편이 좋아."

이리에는 어이없다는 듯한 말투였다.

"노구치도 나나미씨도 히라군의 재능을 인정하지만 편애를 하는 사람들은 아니야. 다만 이 업계는 정말 불합리하거든. 가만히 두면 깨져서 망가질지도 모르니 부적 삼을 수 있도록 히라군에게 큰 상을 받게 하고 싶다고 했어."

"……부적?"

"세상은 생각보다 더 거친데다 이해도 안 되는 바보 같은 이유나 단지 타이밍이 나빴다는 이유로 작품이나 재능을 짓밟히는 경우도 있으니까. 드물게는 크리에이터 자신의 목숨까지도 말이야. 노구치는 히라군이 그런 일을 겪지 않길 바라는 거야."

이리에는 창문으로 시선을 돌렸다.

"노구치가 늘 히라군을 깎아내리잖아. 융통성 없고 서툴고, 바보 같고 기분 나쁘고, 옷은 촌스럽고, 자학하는 주제에 자의식은 비대하고, 그래도 재능만은 넘칠 만큼이라 화가 난대. 난 그 얘기를 들을 때마다 웃어버린다니까. 젊었을 적 노구치 그대로니까. 아, 옷은 빼고 말이지."

과연 마지막 말은 정정할 필요가 있었을까. 역시 노구치의 친구다.

"노구치가 가볍게 구는 건 지금과 다르지 않지만 사진에 관해서는 정말 융통성이 없어서 예전부터 나나미씨가 굉장히 신경쓰고 챙겨줬었어. 뭐, 그래도 후회가 남긴 했지만."

"풍경 사진에서 인물 사진으로 전환한 일인가요?"

"아아, 알고 있었어?"

"노구치씨의 스튜디오에서 아르바이트를 시작했을 때 선배 어시스턴트한테 들은 적이 있어요. 전향한 이유까지는 모르지만."

그렇게 말하자 이리에는 과연, 하고 뒷말을 흐렸다. 자세히 알고 싶었지만 노구치 본인도 그 일에 대해 많은 말을 하지 않았고 이리에의 표정에도 조금 그림자가 드리워져 있다.

"싫어도 머지않아 누군가가 알려줄 거야."

자, 하고 이리에는 평소의 생긋거리는 얼굴로 돌아갔다.

"나중의 일이긴 하지만 취재 요청이 몇 건 들어왔어."

신문사, 잡지, 웹 미디어. SNS에 사진이 올라가는 것만으로도 겁나는데 거기다 취재라고 하니 히라는 더욱 당황했다. 자신은 아무 변변한 얘기도 하지 못할 것이다.

"신문사의 요청은 당연히 받을 건데, 잡지는 〈히카리 클럽〉이랑 〈미디어 포토〉 같은 전문지로만 하자. 내가 같이 가줄 테니까 걱정하지 마. 전부 촬영도 있으니까 스타일리스트도 붙여줄게. 후보를 몇 명쯤 추려둘 테니까 보고 나중에 정해줘."

잇달아 이어지는 보고에 히라는 아, 아, 아, 하고 바보처럼 말이 막혔다.

"일개 학생의 개인전치고는 화려한 노출이 되겠지만 이 개인전은 이제 성공할 거야. 히라군을 둘러싼 여러 가지가 바뀌게 될 테니 각오해두는 게 좋아."

히라가 대답하지 못하고 굳어 있는 사이 이리에의 스마트폰이 울렸다.

"그럼, 오늘밤 안으로 스타일리스트 후보를 보내줄 테니 한번 잘 봐줘."

이리에는 스마트폰을 손에 들고 가벼운 몸짓으로 방을 나갔고, 혼자 남겨진 히라는 계속 멍하니 있었다. 자신의 손이 닿지 않는 곳에서 커다란 흐름이 만들어지고 있다. 이 흐름에 올라타도 되는 걸까. 뱃속 깊은 곳에서 불안감이 거대한 소용돌이를 일으키기 시작한다.

주위 사람들은 분명 히라에게 기대를 걸고 있었다. 의심할 여지가 없다. 이미 여기까지 와버린 이상, 어느 쪽을 믿어야 할지 선택해야만 한다. 지금 느끼는 불안을 믿을 것인가, 기대해주는 모두를 믿을 것인가.

이제 얼마 안 남았어. 힘내.

키요이의 말이 가슴을 스쳤다. 노구치, 이리에, 나나미, 부모님의 얼굴도. 어느 쪽을 믿을지 고민할 필요도 없다고 생각하며 히라는 먹다 만 샌드위치를 입에 밀어넣었다. 계속해서 집어넣고 페트병에 든 차를 마셔 억지로 삼켰다. 괜찮아, 괜찮아, 하며 필사적으로 씹어삼키는 것으로 히라는 내면에서 계속 부풀어오르는 불안을 억눌렀다.

밤 전시도 예상 이상으로 성황리에 이루어졌고, 끝나기 직전에 키요이가 찾아왔다. 키요이는 촬영이 빨리 끝났다고 말하며 축하 선물로 샴페인을 건넸다. 마지막 관람객이 "키요이 소 아니야?" 하고 흘깃흘깃 뒤돌아보며 돌아갔다.

"히라군, 그럼 나도 슬슬 갈게."

이리에가 가방을 손에 들고 계단을 내려왔다.

"오늘 여러모로 감사했습니다."

"첫날이니까 한잔하자고 하려 했는데 괜히 방해하는 것 같으니까."

이리에가 그렇게 말하고 키요이를 향해 웃었다.

"걱정하지 않아도 대성공이었어."

"당연하죠. 걱정 따위 안 했어요."

키요이가 딱 잘라 말하자 이리에는 든든하네, 하고 웃으며 돌아갔다. 히라가 문을 잠그고 대기실로 돌아오니 키요이가 플라스틱 컵에 샴페인을 따르고 있었다.

"첫날 수고 많았어."

"고마워. 일부러 와줄 거라고는 생각 못했어."

"당연히 와야지. 연인의 첫 개인전이잖아."

히라는 감격으로 가슴이 벅차올랐다. 키요이에게 받아서 마신 샴페인은 올림포스의 신들이 함께 술잔을 기울이며 즐긴 그 신성한 술조차 이러할까 싶은 맛이 났다. 긴장이 풀리자 구름 위를 걷는 듯한 가벼운 취기가 덮쳐왔다. 둘이서 딱 달라붙어 나란히 바닥에 앉아 키요이가 묻는 대로 첫날에 있었던 일을 얘기했다.

"취재 요청도 받은 거야? 스승의 힘이 어마어마하네."

"응, 하지만 스타일리스트까지 필요할까?"

"물론이지. 반드시 붙여달라고 해."

키요이가 지체하지 않고 대답했다.

"평범한 학생이 스타일리스트까지 붙여달라고 하면 자의식이 너무 비대한 거 아냐?"

"표현하는 걸로 먹고살려는 녀석의 자의식이 비대한 건 당연하잖아."

키요이는 뭘 이제 와서 새삼 그러냐는 표정을 지었다.

"광고대행사의 아트 디렉터라면 평소에도 그런 자의식 비대 괴물들이랑만 일할 테니 새삼 별생각도 없을걸."

"하지만 평소처럼 입는 게 있는 그대로의 모습이니 더 좋지 않을까?"

바보, 하고 키요이에게 단칼에 잘려나갔다.

"미디어에 처음 출연하는 거잖아. 처음이 제일 중요하다는 걸 아니까 이리에씨도 일부러 더 신경써준 거라고."

"그런 거야?"

"첫인상은 기억에 남기 쉬운 거야. 우리 업계의 얘기지만."

키요이가 그렇게 전제를 붙이며 설명했다. 신인을 데뷔시킬 때 소속사가 가장 먼저 생각하는 것이 이미지 전략이라고 한다. 그 배우가 지닌 개성과 매력을 철저하게 분석한 뒤 어떤 노선으로 내세우는 게 가장 효과적인지 따져서 종합적인 이미지를 굳히는 것이다.

예를 들면 키요이와 같은 소속사의 선배이자 간판 배우인 안나의 경우, 뛰어난 연기력을 값어치 있게 여긴 사장이 이 아이는 아무데나 쉽게 내보낼 게 아니라 실력파 영화배우로 노선을 타게 해야겠다고 정했다. 미래의 대배우로 키우기 위해 매력적인 방송 출연 제안이 와도 눈물을 머금고 거절해가며 '닿을 수 없는 높은 곳에 핀 한 떨기 꽃' 노선을 고수했다. 이후 영화계에 맹렬

한 어필을 퍼부은 결과, 첫 주연 영화가 해외에서 큰 상을 받으며 안나는 단숨에 꽃을 피웠다.

"내 경우는 잘생긴 왕자님 노선이었지만 얼마 전에 했던 우에다씨의 연극 이후로는 실력파로 노선을 바꾸는 중이고, 앞으로는 광고나 드라마도 그 이미지에 맞춰서 결정될 테고, 지금까지 하지 않았던 역할에도 도전할 예정이야."

"지금까지 하지 않았던 역할? 어떤 역할이야? 올해 안에 공개되는 거야?"

히라가 팬심이 폭발해서 몸을 내밀자 키요이는 잘 들어, 하고 한 손으로 이마를 밀어냈다.

"즉 무슨 말이 하고 싶은 거냐면, 첫 미디어 노출을 소홀히 하지 말라는 거야. 평소처럼 촌스러운 체크무늬 셔츠랑 치노팬츠 차림에 긴 앞머리로 눈을 가리고 우훗 하고 웃는 너를 보면 세상 사람들이 어떻게 생각할지 상상해봐. 아무리 꾸며도 헛수고인 녀석도 있지만 넌 잘 꾸미면 웬만한 모델 못지않은 미남으로 변신할 수 있으니까 반드시 스타일리스트를 붙여달라고 해."

이번에는 키요이가 몸을 내밀었다. 엄청난 빛의 압력에 히라는 몸을 뒤로 뺐다.

"하, 하지만 그건 거짓된 나니까, 언젠가 들키지 않을까?"

"거짓인지 진실인지를 정하는 건 네가 아니야."

키요이의 단호한 말투에 히라는 연거푸 눈을 깜박였다.

"확실히 평소의 너는 기분 나쁘고 짜증날 뿐이지만 가끔은 멋지기도 하고, 그건 얼굴이나 옷차림의 문제가 아닐 때도 많아. 과연 진짜 너는 멋있을까, 아니면 기분 나쁠까. 하지만 사실 같은 건 존재하지 않아. 니체의 명언 중에 존재하는 건 없다, 해석만 있을 뿐이다, 라는 말이 있다고 요전에 우에다씨가 그랬어. 대중의 해석을 조작하는 것이 이미지 전략이라면 그걸 결정하는 건 네가 아니야."

키요이가 깊은 고민에 빠진 얼굴로 중얼거렸다. 아아, 이 얼마나 아름다운가. 언젠가 키요이가 연기하는 햄릿을 보고 싶다. 아마 극장에서 성불하는 팬들이 속출할 테고, 자신도 틀림없이 첫날에 성불할 것이다. 그건 고귀한 죽음이다.

"그러니까 내가 하고 싶은 말은— 음? 야, 듣고 있어?"

히라는 문득 정신을 차렸다.

"미, 미안, 고귀한 임종에 대해 생각하고 있었어."

"어디서 그렇게 흘러간 거야?"

키요이의 미간에 세로로 팬 주름이 깊어진다.

"얘기는 잘 듣고 있었어. 키요이가 하는 말은 지극히 당연해. 그게, 그렇지만 나는 연예인이 아니라 사진작가이고, 내 겉모습보다 작품을 봐주면 좋겠거든."

"물론 그게 가장 먼저지."

키요이는 동의했지만 그래도, 하고 말을 이었다.

"그런 멋진 말은 잠시 접어두고 우선 인간이란 존재는 겉모습부터 눈에 들어오는 생물이라는 사실을 인정해. 인터뷰 도중에 지금처럼 다른 세계에 빠져들어서 고귀한 임종 같은 말을 하지 않을 자신이 있어?"

히라는 힘없이 고개를 떨궜다. 스스로도 어디서 스위치가 눌리는지 알 수 없다.

"일단 기분 나쁘고 짜증나는 스위치가 눌리면 너는 기분 나쁜 말을 내뱉거나 조개처럼 입을 다물거나 둘 중 하나야. 그건 이미 막을 수 없어. 포기해. 하지만 피해를 줄일 순 있어. 네가 딴 세상으로 날아가버렸을 때, 체크무늬 셔츠라면 '기분 나쁜 오타쿠 무서워'가 되지만 잘생긴 남자라면 '신비롭고 멋져'가 되지."

"그, 그런 거야?"

"일단 기분 나쁜 오타쿠로 인식되면 너는 만만하게 여겨져서 SNS에서 놀림감이 될 거야. 사랑받는 캐릭터는 이득이지만 네가 찍는 사진의 이미지와는 다르잖아. 작품으로 승부하고 싶다면 그 작품의 발목을 잡는 핸디캡을 너 스스로 더하지 마. 이리에씨도 그런 생각으로 스타일리스트를 붙여주는 거잖아."

한 치의 틈도 없는 철벽 이론이었다.

"그리고 인터뷰 연습도 해둬."

"연습?"

"무심코 내뱉은 한마디가 SNS에서 대폭발해 난리가 나는 일도 흔하니까"

지금은 연예인뿐만 아니라 실력이 전부라고 여겨지던 운동선수의 세계에서도 인터뷰 답변이나 SNS 사용법에 대해 각 스포츠 연맹이 소속 선수를 대상으로 강좌를 열고 있다. 인기를 높이기 위해서가 아니라 쓸데없는 소동에 휩싸이지 않기 위한 대비책이다.

"……과연."

혼자서는 도저히 깨닫지 못할 방향의 조언을 듣고 히라는 고마운 마음과 동시에 불안이 한층 더 커졌다. 키요이가 말하는 건 히라가 가장 거북해하는 것 중 하나다. 키요이가 있는 반짝이는 황금빛 왕국. 아직 그 입구에도 도착하지 못했건만 벌써 좌절하는 자신이 한심하다. 이런 식으로 해서 앞으로 잘해나갈 수 있을 것인가.

"어렵게 생각하지 마. 웅변은 은이요, 침묵은 금이라는 말이 있잖아. 잘 모르겠으면 아무 말도 하지 마. 그냥 조용히 있어. 외모가 괜찮으면 '고고한 사람'이라고 대중들은 해석할 거야. 무심코 말실수로 기분 나쁜 말을 해버렸어도 외모까지 기분 나쁘면 그대로 '기분 나빠'로 끝나지만 잘생기면 '천재다워' 하고 또 좋게 해석해줄 테니까."

과연 그렇구나, 하고 히라는 자동인형처럼 얌전히 고개를 끄덕일 수밖에 없다.

"역시 인간은 외모가 전부구나."

"뭐? 그럼 너랑 안 사귀지."

과연 그렇구나아아아— 하고 히라는 온 힘을 다해 끄덕였다. 키요이의 말은 너무 심오하다.

"이건 말해두겠는데, 사실 네가 잘생겼다는 걸 내가 안 건 사귀고 나서부터야. 처음에는 기분 나쁘고 짜증나도 너랑 잘 지내보려고 했단 말이야. 앞으로 아무리 좋은 여자나 남자가 널 유혹해와도 이걸 절대로 잊지 마."

"안 잊어. 그보다 키요이보다 멋진 사람이라니 우주를 다 뒤져도 없을 거야."

"응…… 그럼 됐어."

키요이가 고개를 끄덕였다. 이처럼 우주에서 가장 현명하고 아름다운 왕이 자신의 연인이라니, 역시 신의 판단 실수…… 아니, 신은 이제 죽었다. 히라가 두려움과 종이 한 장 차이의 기쁨에 빠져 있는데 키요이의 스마트폰이 울렸다. 키요이가 SNS 화면을 들여다보고는 분위기 좋은데, 하고 중얼거렸다.

"키요이 계정에 뭐 새로 떴어?"

히라는 의욕을 보였다. 빨리 확인해보고 '좋아요'를 누른 뒤 사진을 저장해야지.

얼마 전, 키요이가 공식 SNS를 개설했다. 대부분 소속사에서 관리하고 있지만 키요이의 비공식 사진을 볼 수 있기도 해서 순식간에 수십만 단위로 팔로워가 늘었다. 물론 히라도 바로 계정을 만들어 팔로우했지만 키요이에게는 비밀로 하고 있다. '돌멩이입니다' 계정은 바로 들켜서 이번에는 'kami_ha_sinda'•라는 이름으로 만들었다. 이러면 들키지 않겠지.

"내가 아니라 너에 대한 거야. 여기저기서 히라의 프로모션이 시작되고 있네, 라고 스가씨한테서 메시지가 왔어."

오늘의 개인전 정보를 올려주는 사진작가나 크리에이터 중에 키요이의 일을 도와주는 이들도 있다고 한다.

"다들 영향력 있는 사람들뿐이라 확실하게 잘 어필되고 있잖아. 거기다 SNS니까 홍보비도 무료고. 광고대행사 사람은 빈틈이 없네."

"……응, 굉장히… 고마운 일이야."

히라는 시선을 내리깔고 고개를 끄덕였다. 주목받는 일이 익숙하지 않은 자신에게 얼굴이 알려지는 건 상당한 심리적인 부담으로 다가온다. 가능하면 눈에 띄지 않고 음지에서 살아가고 싶었다.

하지만 키요이와 얘기하다보면 이건 시야의 차이라는 것을 알 수 있다. 1미터 앞까지만 보는 자신과 달리 100미터 앞까지 내다보는 사람들. 그 둘의 눈에 비치는 풍경은 전혀 다르다. 최종

• 일본어 '神は死んだ(신은 죽었다)'의 발음을 영문으로 적은 것.

적인 승리를 미리 내다보고 지금 어떻게 움직여야 할지 똑똑히 확인한 뒤 일시적인 괴로움을 감당해낼 그릇이 있는가 없는가에 따라 미래가 달라진다.

우리는 동갑이지만 키요이는 고등학교 시절부터 연예계라는 가혹한 세계에서 살아왔고, 그 안에서 좋은 것과 나쁜 것을 가리지 않고 받아들이는 방법을 이미 익혔다. 자신의 가치를 높이는 것과 이기기 위한 전략을 막힘없이 양립시킬 수 있는 밸런스 감각을 지녔다. 그건 히라 역시 익혀야만 하는 것이다.

힘내자.

반드시 열심히 하자.

노구치, 이리에, 무엇보다 키요이. 이처럼 대단한 사람들이 응원해주고 있으니 자신은 분명 누구보다도 많은 혜택을 받고 있다. 그런데도 겁을 먹거나 제멋대로 상상에 빠져 불안해하다니 이 얼마나 어리석은가. 기대에 부응하자. 죽을 정도로 열심히 해야지. 그렇게 마음속으로 반복하지만, 그때마다 불안의 윤곽은 점점 더 선명해져간다.

둘째 날은 첫날만큼 분주하지 않았고, 셋째 날에 방문하는 관람객은 눈에 띄게 확 줄었다. 히라는 기대하고 긴장했던 만큼 맥이 빠졌다. 하지만 이게 정상이라고 안도하는 마음도 들었다. 계속 전시장에 머물러 있으니 관람객의 감상도 직접적으로 들려온다.

"뭐야, 이거. 심령사진이야?"

관람객 커플 중 여자친구가 무서워하며 남자친구에게 몸을 기댄다. 폐허에 일부 남아 있던 곰팡이가 잔뜩 슨 벽지를 나체에 감고 자신을 숨긴 사진이었다. 배경에 자신을 녹아들게 했지만 삐져나온 다리만은 명암을 강하게 살려 존재감을 드러내도록 했다. 그 다리의 존재를 알게 된 순간에 깜짝 놀라는 사람들이 많았다. 그 여성도 불쾌한 듯이 눈썹을 찌푸리고 있다.

"뭔가 기분 나빠."

"난 좋은데."

"넌 호러 좋아하잖아. 아, 그러고 보니 요전에 본 영화 말이야."

여자친구가 전혀 다른 얘기를 시작하자 남자친구는 응응, 하고 맞장구를 친다. 작품 앞에 멈춰 서는 일도 없이 얘기를 나누며 순서대로 전시회장을 돌아보고는 아무렇지 않게 돌아갔다.

아무것도 와닿지 않았구나.

사진 관계자들은 모두 칭찬했지만 그것도 노구치 앞이기 때문이었을까. 자기비하가 아니라 객관적인 사실로만 본다고 해도 히라의 귓가에 들려오는 일반 관람객의 감상은 대부분 "기분 나빠" "저주받을 것 같아" "잘 모르겠어" 같은 반응이다.

얼마 전까지만 해도 주목받고 싶지 않다고 생각했건만, 지금은 이대로 방문객이 줄어서 용두사미로 전시 기간이 끝나버리면 어쩌지, 라는 공포에 사로잡혀 있다. 생각이 얕고 지극히 이기적이다. 그런 자신에 대한 부끄러움까지 더해 트리플 펀치를 맞고 있다.

하지만 시간이 지날수록 다시 관람객이 늘어났다. 이리에는 유명한 크리에이터들이 SNS에 올려준 사진과 글의 효과가 나타나고 있다고 말했다.

“주말에는 더 늘어날 거야.”

그 말대로 토요일과 일요일은 첫날보다도 더 많은 사람들이 와줬다.

예정됐던 미디어 취재가 낮 전시와 밤 전시 사이에 진행됐다. 많은 사람들의 시선이 집중된 가운데 인터뷰와 촬영을 하자니 긴장한 탓에 흘음만은 나오지 않기를 심히 빌었던 나머지, 키요이가 예상한 대로 말이 제대로 나오지 않아 곤란했다. 이리에가 자연스럽게 얘기를 이어줘 겨우 위기를 모면할 수 있었다.

히라가 진정하지 못했던 이유는 또 있었다. 인터뷰 도중에 관람객들도 스마트폰으로 찰칵찰칵 사진을 찍어댄 것이다. 처음부터 이리에에게 사진 촬영을 허락하자는 제안을 받긴 했다. 그렇게 해야 일반 관람객들도 SNS에서 입소문을 퍼트릴 수 있다고 말이다.

설마, 작품이 아니라 나를 찍을 거라고는 생각도 못했어.

주말이 지난 월요일에도 관람객의 발길이 끊이지 않았다. 낮 전시에는 학생들이, 밤 전시에는 퇴근길의 사람들이 많이 찾아와줬다. 〈히카리 클럽〉 편집장인 나나미가 일요일에 히카리 신문의 문화면과 여러 웹 뉴스에서 히라의 개인전을 극찬한 영향이 컸다.

혼란스럽다, 라는 것이 첫인상이었다. 어느 하나도 제대로 초점이 맞지 않는 흑백의 작품들. 일부분은 일그러졌고 일부분은 녹아내렸으며, 무참히 썩어빠진 회색 공간 속에 벌거벗은 남자가 숨어 있다. 생기가 사라진 무음의 세계에서 가만히 이쪽을 바라보고 있다. 그 눈빛의 힘이라니. 한 발짝이라도 가까이 다가가면 목덜미를 잡혀 저편으로 끌려가버릴 것 같은 공포를 느끼게 한다. 혹은 가까이 다가오려는 이를 위협하며 이쪽으로 오지 말라고 거절하는 듯도 하다. 이는 보는 이에게 판별하기 어려운 강렬한 불안감을 불러일으켜 극도로 혼란한 경지에 서게 만든다.

현실과 비현실의 경계에서 강렬한 존재감을 내뿜고 있는 벌거벗은 남자를 본 순간, 프란체스카 우드먼이 떠올랐다. 자신이라는 존재를 지우기 위해 자신의 누드를 촬영하는 역설적인 방식을 택했던, 초현실주의의 영향을 받은 전설적인 사진가다. 1981년, 그녀는 스물두 살이라는 젊은 나이에 스스로 생을 마감하고 정말로 그 자신의 존재를 지워버렸다.

본 전시의 사진작가이자 모델이기도 한 히라 카즈나리. 그 역시 기묘하게도 스물두 살이다. 시대를 넘어 다시 한번 등장한, 두려울 정도로 젊은 재능이 과연 우드먼을 초월할 수 있을 것인가. 평범한 상상으로는 도저히 쫓을 수 없는 가능성에 압도되어 나는 작품 앞에서 소름이 돋을 수밖에 없었다.

기사의 마지막에는 히라의 프로필도 함께 실려 있었다. 노구치 히로미의 유일한 제자라는 점, 현역 대학생임에도 톱 배우 안나와 국민적인 아이돌 그룹의 멤버 키리야 케이스케의 연예계 복귀를 건 화보 촬영에 참여했다는 경험도 소개되었다. 일반인도 '알기 쉬운 대단함'을 어필해준 것이다.

"굉장하네. 호소력이 장난 아냐."

"심령사진 같다느니 하던 녀석들도 있었는데 진짜 보는 눈이 없는 거지."

"이건 일반인들이 이해하기는 어렵지."

관람객이 미대생인지 히라에게 들려오는 감상이 180도 변해서 깜짝 놀랐다.

"대단한 사람이 칭찬해주면 다들 안심하는 거야."

고개를 돌려보니 노구치가 서 있었다.

"근처에 미팅이 있어서 잠깐 들러봤는데 뭐야, 관람객들 꽤나 많잖아. 재미없게. 텅 빈 전시회장에서 절망한 제자를 보러 온 건데."

노구치는 그렇게 말하며 붐비는 전시회장을 만족스러운 듯 둘러보았다.

"사실 무엇이든 처음 평가하려면 용기가 필요해. 사리분별도 못하는 신인을 칭찬했다가 결과적으로 보는 눈이 없었다고 비웃음을 당하는 일은 누구나 싫어하잖아. 일류 크리에이터들의 평가에 더해 전통 있는 사진 잡지의 편집장까지 보증해주면 드디어 대중들도 안심하고 너를 칭찬할 수 있는 거지."

"평가라는 게, 그렇게 쉽게 변하는 건가요?"

히라가 믿을 수 없어하며 묻자 노구치는 변해, 하고 간단히 대답했다.

"일을 벌이는 쪽이 돈과 힘을 쏟아부으면 어느 정도 스타를 만들 순 있어. 반대로 몰락시킬 수도 있지. 레전드 급은 어렵지만 고만고만한 별이라면."

"……그런가요."

"침울해지는 걸 보니, 바로 너 스스로를 천부적인 천재라고 생각했구나?"

농담처럼 들렸지만 히라를 움찔하게 만드는 말이었다. 스스로도 깨닫지 못하고 있었던 무의식적인 오만함. 키요이와는 다른 방식으로 노구치는 항상 히라의 마음속 깊은 곳을 후벼판다.

"상업사진을 오래 찍다보면 세상이라는 녀석의 단순한 흐름,

좋게 말하자면 선량함에 놀라곤 하지. 나는 그게 어리석게 보이지만 나쁘다고는 생각하지 않아. 그 단순함을 이용하는 쪽, 즉 내 일을 모욕하게 되니까. 애초에 인간이란 기본적으로 약하고 어리석고 슬픈 생물인데, 그런 부분이 사랑스럽다고 생각해."

노구치가 담담하게 말을 이었다.

"다들 고독해지고 싶지 않으니까 누군가가 별생각 없이 만들어낸 '세상의 평가'라는 환상의 큰 나무 아래 함께 모여 그 줄기에 기대어 안심하고 싶은 거지. 자신은 혼자가 아니라고 확인하고 싶어서. 약하니까 손을 잡고 커다란 원을 만들어 그 안에서 평화롭게 살아가고 싶은 거야. 그 작고 소중한 바람을 대체 누가 비웃을 수 있겠어?"

"제 개인전에서도 그 '세상의 평가'라는 환상을 만들어준 거네요."

히라는 조용히 체온이 식어가는 것을 느꼈다. 노구치가 하는 말은 잘 알겠다. 하지만 그 환상 속에서 진심으로 자신의 사진을 바라봐준 사람은 몇 명이나 될까. 어찌할 도리 없이 차가워져가는 히라를 노구치가 뭐라고도 하지 않는 눈빛으로 바라본다.

"그렇지. 그래도 몇 번이나 말했다시피 넌 그런 조작을 하지 않아도 언젠가는 세상에 나왔을 거야. 다만 그러기까지 네 그 성격상 죽도록 오래 걸렸겠지. 어차피 세상에 나올 일이라면 난 그 시간을 단축하고 싶었고, 이번에 이런저런 일들을 한 건 그 이유

뿐이야. 그러니까 부담을 느끼지 않아도 돼."

노구치는 표현을 골라가며 말을 이었다.

"그렇다고 해도 넌 이미 커다란 나무에 기대는 쪽이 아니라, 누군가가 기댈 수 있는 나무가 되려는 거야. 폭풍에 휩쓸려 쓰러질 것 같아도, 다른 나무를 지지하는 녀석들이 돌을 던져도, 그래도 부러지지 않고 계속 서 있겠다는 각오를 다지는 거지. 창작을 통해 세상에 자신의 존재를 투영한다는 건 그런 일 아니야?"

냉철하다고도 할 수 있는 눈빛으로 노구치가 던지는 물음에 히라의 마음을 짓누르고 있던 짐이 더욱 무거워졌다.

키요이와 노구치가 살고 있는 황금빛으로 빛나는 왕국. 그곳에 다다르기 위해 필요한 통행증. 아무런 고통도 겪지 않고, 대가를 지불하지도 않고, 아무것도 잃지 않고 그 문을 통과할 수 있다고 생각하지 마, 라고 한다.

이제 얼마 안 남았어. 힘내.

키요이는 말했다. 하지만 얼마 안 남았다고 했던 그 지점 너머에는 새로운 고난이 기다리고 있었다. 벽 너머에는 새로운 벽이 있었습니다, 같은 말을 어느 유명한 운동선수가 하지 않았던가.

창작을 통해 세상에 자신의 존재를 투영한다.

엄청난 곳에 발을 내디뎠다는 사실을 이제 와 새삼 통감한다. 하지만 자신은 정말 그러길 바라는 걸까. 자신의 존재를 세상에 알리고 싶은 걸까. 이런 자신을? 그건 히라가 사진을 찍는 이유

와도 이어져 있다.

난, 무얼 위해서, 찍는 거지.

스르륵하고 무언가 피부 위를 달려가는 듯한 감각이 덮쳐왔다. 잠들어 있던 커다란 짐승이 살짝 몸을 뒤척인 듯한 기분에 이것이 위험한 질문임을 직감했다. 온 힘을 다해 달리던 중, 문득 달리는 법을 생각하다 발을 꼬이게 만드는 종류의 무언가. 히라는 무의식적으로 바지 주머니에 손을 넣고 스마트폰에 달아둔 오리대장을 만졌다.

가능한 한 편하게 마음먹을 것. 더러운 인공의 강을 흘러내려가던, 잘 말려올라간 속눈썹의 오리대장처럼 있을 것. 편하게, 편하게, 흐름을 거스르지 말고. 이건 히라가 세상을 살아가기 위해 어렸을 적부터 되뇌던 단 하나의 주문이었다.

날이 갈수록 관람객이 늘어갔다. 낮과 밤에 따라 사진이 다르게 보인다는 사실이 SNS로 퍼지면서 같은 관람객이 낮과 밤으로 두 번씩 찾아오는 경우도 많았다. 처음에는 업계 관계자나 미대생이 주를 이뤘지만 전시 기간이 얼마 남지 않은 지금은 일반 관람객이 압도적으로 많았다.

다들 스마트폰으로 작품 사진을 찍고 SNS에 올려준다. 히라는 그게 고맙기도 하지만 한편으로는 자신과 작품 사이의 거리가 점점 멀어지는 듯한 감각에 당황스럽기도 하다.

"히라, 오랜만이야."

그날 밤, 대학 동아리 친구들이 전시회에 와줬다.

"좀더 빨리 오고 싶었는데 끝나기 직전에야 와서 미안. 요즘 취업 준비하느라 시간 맞추기가 어렵더라고. 오늘도 다들 면접 보고 오는 길이야."

"아아, 그래서 정장 차림이구나."

히라와 비슷하게 체크무늬 셔츠에 치노팬츠 스타일이었던 모두가 오늘은 정장에 넥타이까지 매고 있다. 최근에는 촬영과 개인전 준비로 바빠 죽을 지경이라 학교에는 가보지도 못했다. 그래선지 오랜만에 만나는 모두의 변화가 놀라울 뿐이다.

"변한 건 히라 너잖아. 네 개인전, 엄청나게 화제던데."

코야마의 말에 다른 친구들도 응응, 하며 사람들로 북적이는 전시회장을 둘러본다.

"그런데 말이야, 히라, 얼굴 좀 달라진 것 같은데?"

"어?"

"우리가 알던 히라가 아니야."

그 말에 히라는 전시 기간에 머리와 옷차림을 평소와 다르게 바꿨다는 사실을 떠올렸다. 취재가 있던 날에는 이리에가 섭외해준 스타일리스트의 도움을 받았고, 그 외의 기간에는 황송하게도 키요이가 코디를 해주고 있다. 매일 아침 머리를 다듬어주고 옷도 골라주는 것이다.

"히라가 이렇게 멋있었다니."

"난 아무것도 안 변했어."

"아냐 아냐. 넌 이미 장래가 유망한 포토그래퍼기도 하고, 우리랑은 처음부터 재능이 달랐어. 나중에 우리가 히라 카즈나리와 친구라는 걸 자랑할 수 있도록 성공해야 해."

"……그런."

"우리한테 재능은 없지만 보는 눈은 있거든. 예전부터 히라는 잘될 거라고 생각했어."

고개를 끄덕이는 친구들을 보자 히라는 당황스러운 마음이 점점 더 커진다. 다들 즐거운 표정으로 작품을 봐주고 있다. 따뜻한 눈빛 어디에도 악의는 숨어 있지 않았다.

"이젠 완전히 우리와 레벨이 달라졌지만 마음 내키면 우리 술자리에도 얼굴 좀 비쳐줘."

코야마가 돌아가면서 건넨 말에 히라는 당연하지, 하고 대답하며 눈을 크게 떴다.

"요즘은 히라가 와줘도 취업이 어렵다는 불평만 들어야겠지만."

"너무 꿈이 없어서 히라한테 말하기는 좀 부끄럽겠다."

히라가 그렇지 않다고 대꾸할 틈도 없었다.

"힘내. 넌 우리 동아리의 빛나는 별이니까."

그 말에 히라는 굳어버렸다. 그럼 또 보자, 하고 친구들은 돌아갔다. 이제 뭐하지, 이자카야라도 갈까, 그러고 보니 나 오늘 면접 완전 망했어, 나도 나도, 하며 활기차게 떠드는 정장 차림의 무리를 혼자서 배웅하고 난 히라는 말로 표현할 수 없는 고독을 느꼈다.

빛나는 별?

이런 내가?

바보 같은 소리 하지 마.

그건 키요이나 노구치 같은 사람들에게나 바칠 수 있는 말이다. 분수에 맞지 않는 평가에 당황하며 밤하늘을 올려다보고 가장 커다란 별을 찾아본다. 그렇게라도 자신에게 알맞은 위치를 확인하고 싶었다. 하지만 오늘밤은 구름이 짙게 끼어서 단 하나의 별도 보이지 않았다.

"저, 실례합니다."

뒤를 돌아보니 젊은 여성 두 명이 서 있었다.

"히라 카즈나리씨죠? 사인해주실 수 있을까요?"

둘은 자유롭게 가져갈 수 있도록 입구에 비치해둔 팸플릿을 내밀고 있었다.

미디어 인터뷰와 SNS에서 얼굴이 공개된 이후, 사인을 해달라거나 사진을 같이 찍어달라는 요청을 받는 일이 많아졌다. 처음에는 긴장한 나머지 흘음이 심하게 튀어나와 상대방을 놀라게 한 바람에 그후로는 입을 꾹 다문 채 묵묵히 침묵을 지키고 있다. 모처럼 찾아와준 관람객에게는 실례가 되는 행동이지만 겁을 주는 것보다는 낫다고 생각한다.

팸플릿에 히라 카즈나리라고 또박또박 써서 건네주자 그 둘이 주뼛거리며 같이 사진 찍어도 될까요?라고 물어와서 네, 라고 대답했다. 히라가 무표정으로 스마트폰 카메라 앞에 서서 같이 사진을 찍고 나자 두 사람은 고맙습니다, 앞으로도 응원할게요, 라고 말하며 돌아갔다.

"긴장했어. 엄청 멋있어."

"난 목소리도 떨렸어."

그들의 들뜬 대화가 귀에 들어오지 않도록 히라는 도망치듯 그 자리를 떠났다.

대화도 제대로 못하는 기분 나쁜 오타쿠로 보일까봐 전전긍긍했지만 히라에 관한 정보를 대신 검색해준 이리에에 따르면 히라 본인에 대한 사람들의 감상은 '어두운 면이 있어서 멋지다' '천재'라는 이 두 가지가 주를 이룬다고 한다.

웅변은 은이고 침묵은 금이다. 키요이의 충고는 정확했다. 자신은 아무것도 변하지 않았는데 주변의 평가만이 극적으로 달라지고 있다. 그에 대한 각오를 다지라고 한다. 자신 같은 인간에게 기대를 걸어주는 사람들의 조언은 고맙고 쉽게 얻을 수 있는 것이 아니지만, 히라는 이 자리에 있다는 사실에 마음이 불편해서 점점 있을 곳이 없어진다.

이 괴리감은 뭐지.

자신에게 소중한 사람들이 좋아해주는 건 순수하게 기쁜 일이다. 부모님은 첫날부터 빈번하게 찾아와줬고 그럴 때마다 팸플릿을 한 아름씩 챙겨서 돌아갔다. 나호에게 들으니 지인들에게 나눠준다고 한다. 흘음 탓에 어렸을 때부터 걱정만 끼쳤다. 그런 자신을 부모님이 처음으로 자랑스럽게 여기고 있다.

누군가의 기대에 부응하고 있다는 성취감과 만족감은 상상 이상의 기쁨이었다. 대부분의 사람은 성장 과정에서 크든 작든 이런 쾌감을 누려왔다는 사실을 자신은 스물두 살이 되어서야 처음으로 알게 되었다. 어렸을 때부터 이런 경험을 쌓아왔다면 자신을 긍정하는 일이 그렇게 어렵지 않았을지도 모른다.

자아를 실현하고 자신을 긍정한다는 쾌감에 빠져들 것 같으면서도 어딘가에서 냉정하게 그 감정을 분석하는 자신이 있다. 이 자리에 어울리지 않는 것 같아 견디기 힘든 이 마음을 어떻게 소화시켜야 좋을까.

이전에는 맨눈으로 바라보던 세상을 지금은 카메라 렌즈를 통해 보고 있는 것처럼 느껴진다. 이건 표현력이 늘고 있다는 의미일까. 그렇다고 고개를 끄덕이면 그만이다. 그렇게 하면 바로 마음이 편해질 수 있건만.

너는 사진작가잖아.

그렇다면 혼자 결론짓지 마.

대상을 제대로 살피라고.

귓가에서 노구치의 목소리가 들린다. 그때의 '대상'은 키요이였다. 대상을 올바르게 이해하고 싶다면 파인더 너머로 확실히 보고, 자신만의 신을 올바르게 이해해보라고. 좋은 부분만 보고 편할 대로만 해석한다면 그건 동조일 뿐이라고 노구치는 히라의 안일함을 지적했었다. 지금 그 '대상'은 히라 자신이었다.

개인전을 위한 촬영을 하면서 질릴 정도로 자신과 마주보았다. 그렇게 해서 포착한 자신의 모습도 눈 깜짝할 사이에 과거가 되어간다. 당연한 일이다. 시간은 계속 흐르고 있으니까. 믿어야 할 자신조차 항상 의심하고 계속해서 마주보지 않으면 안 된다.

지금 자신의 눈에 보이는 세상은 대체 무엇인가. 단순하게 긍정하지 말고, 의심하고 또 의심해서, 그렇게 해서 겨우 보이는 것만 찍어야 한다.

자신, 이라는 흔들리는 그릇 속에서—

밤 전시가 아직 끝나지 않았지만 히라는 대기실로 돌아가 간이 조명을 켰다. 가방에서 양초와 촛대를 꺼내 바닥에 동그랗게 늘어놓고 불을 붙여간다. 그 가운데에 오리대장과 함께 앉았다. 불꽃이 만들어내는 그림자가 흔들리는 어두운 공간에서 백단향을 깊게 들이마시고 천천히, 아주 천천히 다시 내쉰다. 호흡과 함께 의식을 가라앉혀가면 하복부 즈음에서 딱 하고 멈춘다. 그 지점에서 눈을 감는다.

명상에 들어가면 평소에는 들리지 않는 일상의 잡음이 들려온다. 거리를 달리는 차 소리나 사람들의 얘기 소리, 에어컨의 진동음. 그것도 서서히 사라진다. 오른쪽으로 왼쪽으로 흔들리던 마음이 그 흔들림의 폭을 좁히다가 드디어 멈춘다. 내면이 고요해진다. 번뇌에서 벗어난 세계다.

"……히익."

누군가의 말소리에 정적이 깨졌다. 눈을 뜨고 소리가 난 쪽을 쳐다보니 가련한 소녀 같은 포즈를 한 노구치가 문틈으로 대기실 안을 들여다보고 있었다.

"히라……인 거지? 뭔가에 빙의되거나 한 건 아니지?"

떨리는 목소리로 묻는 노구치가 우아한 보자기에 싸인 무언가를 들고 있다는 사실을 깨달았다. 노구치가 자주 가는 식당에서 만들어준 도시락으로, 히라의 끼니를 챙겨주려고 온 것임을 알 수 있었다. 하지만 노구치는 방에 들어오지 않고 경계하는 눈빛으로 히라를 노려보고 있다.

"너, 뭐하는 거야?"

"네?"

"여긴 저주의 방이야?"

"네?"

"유령을 불러내는 의식중인 거야?"

"네?"

서로가 처음 만난 짐승처럼 마주보고 있는데,

"저기, 뭐하고 있어요?"

갑자기 노구치의 뒤에서 키요이가 쓱 얼굴을 내밀었다. 키요이는 대기실 안을 들여다보더니 칫, 하고 혀를 차며 노구치를 옆으로 밀고서 들어왔다.

"또 완전한 개체의 세상으로 날아간 거야?"

가부좌로 앉아 있는 히라의 무릎에서 오리대장이 들려 위로 올라갔다. 히라는 자신도 모르게 앗, 하고 소리를 질렀지만, 불만이라도 있냐는 듯 노려보는 키요이에게 없어요, 하고 고개를 저었다. 키요이는 동그랗게 원으로 놓여 불꽃을 흔들고 있는 양초를 후후후, 하고 순서대로 불어서 껐다. 전부 치우고 나자 드디어 노구치도 안으로 들어왔다.

"키요이, 이런 저주받은 방에 망설임 없이 잘도 들어가네."

"집에서 이미 익숙하니까요."

"이런 의식을 집에서도 해?"

노구치가 경악한 얼굴로 키요이를 돌아보았다.

"키요이, 익숙해지지 마. 집에서 저주 의식을 하다니 정신적인 가정폭력이야."

"알고 있어요. 하지만 고난은 극복하기 위해 있는 거니까요. 히라가 아무리 기분 나빠도 저는 반드시 이겨낼 거예요."

"이야, 두 사람 너무 잘 어울리잖아."

"히라와 어울리는 녀석은 이 세상에 없어요. 그래도 어울려 보인다면 그건 제 노력의 결실이겠죠. 그것보다 배고프니까 도시락 빨리 꺼내주세요."

"왜 그렇게 거만하게 구는 거야?"

어느새 히라 따위는 내버려두고 두 사람은 평소처럼 말을 주고받는다.

"……저기."

히라가 말을 걸자 비로소 둘은 히라 쪽으로 고개를 돌렸다.

"두 사람 다, 저를 어떻게 생각하시나요?"

주뼛주뼛 물어봤다.

"기분 나빠."

"무서워."

둘은 주저 없이 딱 잘라 대답했다.

"정말이요?"

"거짓말이었으면 나도 기뻤을 거야."

"저 옛날이랑 안 변했어요?"

"변해주기를 간절하게 바라고 있어."

꺼림칙하다는 듯한 둘의 대답에 안심한 나머지 히라는 한숨이 새어나왔다.

세상이라는 이름의, 실체가 없는 해석들의 집합체. 그 해석들이 기댈 수 있는 거대한 환상의 나무가 되는 것이 황금빛 왕국에 가까워지기 위한 한 걸음이라면 각오를 해야만 한다. 자신을 믿는 것과 동시에 끊임없이 의심하는 이율배반을 삼킬 각오. 분명 기진맥진하고 지쳐서 도망치고 싶어질 것이다.

하지만, 그래도, 어떤 환상에 포위된다고 해도, 키요이와 노구치 이 두 사람이 자신을 지켜봐준다면 괜찮을 것 같았다. 울고 싶은 듯 웃고 싶은 듯 복잡한 안도감이 숨결을 타고 올라온다. 후, 후, 후. 그리고 웃음이 되어간다.

"…………너무 기분 나빠."

"……너무 무서워."

둘은 진심으로 겁에 질린 채 계속 웃고 있는 히라를 쳐다보았다.

마지막날은 전시 기간을 놓치지 않기 위해 몰려든 관람객들로 북적였고, 문을 닫기 전에는 빵짱이 인솔하는 키요이 모임의 멤버들까지 와줬다. 빵짱과 멤버들이 두 팔로 안아야 할 만큼 커다란 꽃다발을 건네줬다.

"설마 전하가 사진작가였다니. 그것도 이렇게 훌륭한……"

빵짱은 반짝이는 눈으로 전시회장 안의 작품을 둘러보았다.

"역시 키요이군 곁에 계시는 분이군요. 사진집이 나오면 꼭 살게요. 키요이 모임의 멤버들은 최선을 다해 키요이군과 전하를 응원하겠습니다. 힘내세요."

꽃과 함께 전해진 마음에 침묵을 금으로 여기자는 방침이 무너졌다. 감사합니다, 라는 한마디를 하는데도 엄청나게 더듬었지만 꼴사납더라도 고마운 마음을 전하고 싶었다. 이터널, 하고 인사하며 서로 몇 번이나 손을 흔들면서 모습이 보이지 않을 때까지 배웅했다.

"그럼, 히라 카즈나리군의 첫 개인전 '경계'가 무사히 끝난 것을 축하하며."

노구치의 단골 가게에서 뒤풀이가 이루어졌고 건배사는 나나미가 해줬다. 빽빽하게 붐비는 가게 안에서 히라는 감사합니다, 열심히 하겠습니다, 라는 두 문장을 반복하며 연신 고개를 숙이고 사람들이 따라주는 대로 맥주를 마셨다.

"굽신거리지 마. 주인공이니까 등 쫙 펴고 있어."

키요이가 작은 목소리로 혼냈다. 바쁜데도 일부러 얼굴을 비쳐줬다.

"그리고 뭐 좀 먹어. 빈속에 마시면 금방 취할 거야."

키요이가 튀김을 나눠줘서 히라는 황송함에 넋이 나갈 지경이었다. 호화롭고 반짝이는 주황색 망토를 두른 왕임에도 세심하게 아랫사람까지 챙기다니.

히라는 가방에서 아끼는 카메라를 꺼내 이 세상에서 가장 고귀한 음식으로 진화한 새우튀김을 향해 렌즈를 들이밀었다. 위에서 오른쪽에서 왼쪽으로 방향을 바꿔가며 새우튀김의 기념사진을 찍는 데 몰두하는 히라와 별개로 술이 들어가면서 자리는 점점 더 무르익어간다.

"방문객도 그렇고 화제성도 그렇고, 신인이라고는 생각할 수 없어."

"노구치가 엄청 밀어줬잖아. 그렇게 판을 크게 벌여도 괜찮을지, 나중에 수습 못해서 곤란해지는 거 아닌지 걱정했는데 뭐, 쓸데없는 오지랖이었지."

"아, 최연소 수상자가 되려나."

"히라군, 지금부터 수상 소감 생각해둬야 해."

히라는 깜짝 놀라 그쪽을 돌아보았다. 아니요, 그럴 리가, 감사합니다, 하고 입속에서 웅얼웅얼 중얼거렸다. 말로 채 내뱉지 못하고 그저 고개를 숙일 수밖에 없다.

그렇게 과대평가하지 말아줘.

기대를 받고는 거기에 응답하지 못해서 실망시킬까봐 무서워.

그렇게 되면, 역시, 모두 떠나가버릴 테니까.

익숙하고 너무나 가까워져버린 부정적인 말들. 그 말들이 흘러넘치지 않도록 어금니를 꽉 악물었다. 이곳에서의 부정적인 발언은 겸손도 무엇도 아니라 지금까지 힘을 보태준 사람들의 은혜를 원수로 갚는 것과 다름없다는 걸 지금은 알 수 있다. 즉 지금까지의 자신은 굉장히 예의 없고 무례한, 아마 남의 마음을 잘 헤아리지 못하는 인간이었던 것이다.

객관적으로 되돌아보면 부끄러워서 더이상 부정적인 말을 하지 않기로 했다. 그렇다고 자신만만해지는 건 아니라서 눈을 내리깔고 애매하게 웃는 어정쩡한 모습이 되어버렸다.

이것은 성장인가.

어른이 된 것인가.

이것이 황금빛 왕국으로 가는 올바른 길인가.

정말?

"목소리, 새어나왔어."

고개를 드니 키요이와 눈이 마주쳤다.

"축하하는 자리에서 명상하지 마. '황금빛'이니 '왕국'이니 중얼대지 마. 기분 나빠."

어느샌가 히라는 가부좌로 앉아 테이블 아래에서는 손으로 인을 맺고 있었다. 몸은 이토록 익숙해졌건만 '완전한 개체'에는 조금도 이르지 못했다.

"취했어? 물 마실래?"

"괜, 괜찮아. 이렇게 많은 사람들한테 축하를 받아서 정말 운이 좋다고 생각했어. 고마운 마음으로 더 열심히 해야겠지."

필사적으로 긍정적인 말을 긁어모으는 히라를 키요이가 묘한 눈으로 바라보았다.

"뭔가 이상한 말 했어?"

"아니, 전혀. 그냥 평범한 말이었어."

하지만 키요이는 어째선지 얼굴을 찌푸리고 있다.

"좋은 일이야. 여러 성향의 사람들과 교류하면 사회성이 몸에 붙을 테고, 지금 이대로 간다면 우주 언저리에 있는 히라 행성에서 탈출할 수 있을 거야. 부정적인 나님 제국의 황제 자리에서 내려와 평범한 남자친구가 될 것 같은 느낌이 들어."

키요이는 "맞아, 이걸로 된 거야" 하고 고개를 끄덕이고는 "된 건가?" 하고 고개를 갸웃거리고, "된 거야" 하고 끄덕이고, "하지만" 하고 아무것도 없는 허공을 향해 중얼거렸다.

"아까부터 둘이서 뭘 속닥이고 있어. 기분 나쁘다고."

노구치가 술잔을 손에 들고 다가왔다.

"키요이, 요즘 히라랑 닮아가는 거 아냐?"

키요이가 흠칫했다.

"배우 생명을 끊어놓을 법한 말을 참 아무렇지도 않게 하시네요."

"아무리 부정해도 주홍을 가까이 하다보면 결국에는 붉어지는 법이지."

노구치는 간단하게 정리하고 옆에 있는 젊은 남자에게 시선을 돌렸다.

"히라, 소개 먼저 할게. 이쪽은 새로 고용한 어시스턴트야."

엇, 하고 눈을 크게 뜬 히라에게 젊은 남자가 꾸벅 고개를 숙였다.

"처음 뵙겠습니다. 히라씨의 후임이 된 이구치입니다. 히라씨보다 한참 아저씨입니다만 실력은 아직 훨씬 부족합니다. 개인전 봤습니다. 정말로 굉장했어요."

이구치라고 하는 남자는 뺨을 붉혔다. 자신이 노구치나 다른 사진작가들을 바라보던 눈과 닮아서 마음이 편하지 않다. 그것보다도 히라를 더욱 당황시킨 건 따로 있었다.

"노구치씨, 저, 개인전이 끝나면 다시 어시스턴트를 할 생각이었어요. 정말 많은 도움을 받았는데 이렇게 어중간하게 그만두면—"

노구치의 대답보다 빠르게 근처에 있던 사람들이 어이어이, 하고 대화에 끼어들었다.

"이렇게 화려하게 데뷔해놓고 이제 와서 다시 어시를 하는 건 아니지."

"이제 독립할 시기야. 사진집도 낼 거지?"

호의적인 말에 히라는 오히려 초조함이 부풀어오른다. 아직 노구치에게 배우고 싶은 것이 많다. 구원을 바라며 시선을 돌렸지만 노구치는 이미 다른 사람과 얘기하고 있다.

"진정해. 딱히 해고라고 한 건 아니잖아."

안절부절못하는 히라에게 키요이가 말했다.

"노구치씨가 나름대로 신경써준 건지도 모르고. 어시를 계속하고 싶다면 다시 한번 제대로 마음을 전해. 말로 하지 않으면 전달되지 않으니까."

자신의 바람을 상대에게 전해지도록 말한다. 사회인에게 반드시 필요한 기술이지만 히라에게는 엄청나게 어려운 일이었다. 그럼에도 이것만은 말해야 한다. 자신에게는 노구치라는 스승이 필요하다.

뒤풀이가 끝난 뒤 키요이가 다녀오라고 등을 떠밀자 히라는 노구치를 찾으러 갔다. 어시스턴트를 계속 시켜줬으면 좋겠다, 월급은 필요 없으니 곁에서 배우도록 해줬으면 한다. 할말을 머릿속으로 미리 되뇌면서 이리저리 찾아다니던 중 택시를 기다리는 무리에서 조금 떨어진 곳에서 나나미와 얘기하는 노구치를 발견했다.

"키리야군 소속사에서 오케이 사인이 떨어졌어. 추가 촬영은 안 되지만 표지는 허락한대."

"그 소속사가 용케도 허락해줬네. 안 될 줄 알았는데."

일 얘기다. 히라는 방해가 되지 않도록 떨어진 곳에서 얘기가 일단락되기를 기다렸다.

"뭐, 그래도 안나와 둘이 열애설이 났을 때는 내 쪽에서도 꽤나 무리했으니까. 역시 그 소속사도 빚은 갚겠다는 건가. 뭐, 이것도 내 인덕이지."

"그래 그래, 우리 쪽 담당한테 말해서 바로 발행일 정해둘게. 노구치 히로미가 오랜만에 내는 사진집, 게다가 내용이 내용이

니만큼 홍보도 크게 해야지."

노구치의 사진집? 히라는 반드시 초판을 사야겠다고 마음먹었다.

"그건 그렇고, 사카자키씨나 모리씨도 영 귀찮은 일에 발을 들였네. 아무리 업계 활성화를 위해서라지만 실제로 일을 시작하면 시간도 뺏길 텐데."

"그만큼 다들 불안과 위기감을 쌓아두고 있었던 거지. 그래도 실행위원을 모으는 데 상당히 고생하는 듯하더라고. 이헤에상을 주최하는 회사에 다니지만 않았으면 나도 들어가겠다고 했을 정도야."

"고생한다는 것치고는 나한테 말 한마디 없던데."

"노구치는 실행위원이 아니라 현역 사진작가로서 열심히 해야지."

"이제 슬슬 선택하는 입장이 돼서 편하게 지내고 싶다고."

"그쪽으로도 활약하고 있잖아. 히라군 같은 인재를 발굴해냈으니."

히라는 자신의 이름이 나와서 움찔했다.

"나와 그 녀석은 이제 스승과 제자가 아니니까."

어?

"난 그 녀석이 싫어."

어?

"그래서 새로운 어시스턴트를 구한 거야?"

"뭐, 그렇지."

"어른답지 않은 처사라는 생각이 들지만 노구치의 마음도 이해해."

히라가 자리에 굳은 채 있는데 뒤에서 이름을 부르는 소리가 들렸다. 돌아보니 이리에가 서 있었다.

"벌써 돌아가려고? 다들 2차 가자고 하는데. 아, 그전에 아까 소개하려다 못했는데 이쪽은 내 지인 온다군이야."

"처음 뵙겠습니다. 'be rep'의 온다 타쿠라고 합니다."

이리에의 옆에 있던 남자가 고개를 숙였다. 훌쭉하고 세로로 길쭉한 연필처럼 키가 크고 외국인처럼 곱슬곱슬한 파마머리에 세련된 안경이 잘 어울렸다.

"꼭 좀 소개해달라고 부탁하더라고. 온다군은 크리에이터 전문 매니지먼트 회사에 다니고 있어."

아아, 그렇습니까, 처음 뵙겠습니다, 하고 대답하면서도 히라는 노구치 쪽이 신경쓰여서 얘기가 귀에 제대로 들어오지 않는다. 일단 명함만 받고 헤어진 뒤 고개를 돌리자 노구치는 나나미와 함께 택시를 타려는 참이었다.

"노구치씨, 수고하셨습니다. 내일은 열시 반에 모시러 가겠습니다!"

새 어시스턴트인 이구치가 90도 각도로 고개를 숙이고 있다.

"목소리 너무 커. 힘 좀 빼. 알겠어?"

"네! 수고하셨습니다!"

"그러니까! 목소리 크다고!"

노구치가 소리를 지르며 대답하고, 그 옆에서는 나나미가 웃고 있다. 말을 걸 틈도 없이 노구치 일행을 태운 택시가 달려나가기 시작했다. 히라는 어쩔 도리 없이 바라볼 수밖에 없었다.

어째서?

머릿속이 엉망진창이 되어 혼란스럽다. 노구치에게 미움을 살 만한 짓을 한 걸까. 원래도 사람들에게 호감을 사는 타입이 아니니 이번에도 무심코 무슨 짓을 저질러버린 걸까. 얼마나 한참을 서 있었을까, 히라는 어깨를 툭 치는 느낌에 정신을 차렸다.

"다들 나나미씨가 단골인 클럽에 갔어. 너도 오라던데."

어느새 가게 앞은 텅 비어 아무도 남아 있지 않았다. 멍하니 있던 사이에 혼자 남겨져버렸다. 히라는 힘없이 미소를 지었다.

"어떻게 할래?"

"……집에 가도 될까?"

"그래도 되지 뭐."

키요이가 먼저 걷기 시작해서 히라도 그 뒤를 따라 걸었다.

도로에는 택시가 몇 대나 달리고 있었지만 둘 중 누구도 택시를 타자고는 말하지 않았다. 갑자기 키요이가 좁은 골목으로 들어갔다. 밤의 어둠 속에 숨어서 살며시 손가락을 얽어온다. 그 순간 히라는 자신이 열렬하게 키요이에게 닿고 싶어한다는 걸 깨달았다. 키요이의 보들보들한 손에 자신의 투박한 손가락을 얽었다.

"날 싫어한다는 걸, 전혀 눈치채지 못했어."

길을 잃은 아이가 된 기분으로 어둡고 좁은 길을 걸었다.

"짐작 가는 건 있어?"

"없어. 하지만 내가 무슨 짓을 한 거겠지."

"화가 난 건 아닌 것 같아. 개인전에서도 그렇게나 힘이 되어줬고, 뒤풀이에서도 괜찮아 보였잖아. 겉으로 보기엔 전혀 달라진 게 없었어."

"하지만 마음속으로는."

"너무 깊게 생각하지 마. 친구 사이에서도 가끔은 열받을 때 있잖아."

그렇다는 걸 알고는 있지만 무언가가 무겁게 짓눌러오는 느낌을 떨쳐낼 수 없다.

진심으로 신뢰하던 사람에게 어느샌가 미움을 사고, 그 이유조차 모르는 자신에 대한 한심함. 그런 줄도 모르고 들떠 있었다는 부끄러움. 온갖 부정적인 감정이 마블링처럼 얽히고설키며 부풀어오르는 그 속에서, 또하나의 자신이 물어온다.

그래도 노구치씨가 나에게 해준 일이 얼마나 많은가?

사진작가의 길로 이끌어줬다. 개인전을 하라고 등을 밀어줬다. 개인전을 성공시키기 위해 아낌없이 힘을 보태줬다. 아무리 생각해도 고마운 마음이 더 크다. 땅바닥에 내팽개쳐진 비참함 속에서 그것만이 유일한 구원이었다.

분명 이전의 자신이라면 부정적인 껍질에 틀어박힌 채 전혀 앞으로 나아가지 못했을 것이다. 지금은 다르다. 무슨 이유로도 노구치를 원망할 수 없다. 그걸로 충분하다. 그를 원망함으로써 잠시 자존심을 지킨다고 해도 그후 더 큰 비참함으로 내몰릴 것이 뻔히 보인다. 여기서 감사할 수 있어서 다행이다. 그렇게 될 수 있도록 자신을 이끌어준 사람은 노구치다. 감사할수록 솟아오르는 상실감과 싸웠다.

나는, 스승을, 잃은 거구나.

아무것도 잃지 않고 황금빛 왕국의 문을 통과할 수 있다고 생각하지 마. 하지만 그 대가가 노구치이리라고는 생각하지 못했다. 코끝이 뜨거워진다. 울고 싶지 않아서 아랫배에 힘을 준다.

"언제까지고 같은 곳에 머물 순 없어."

알고 있다고 생각했다.

"손에 넣은 것조차 다시 잃어버릴 때도 있어."

그것도 알고 있다고 생각했다.

"그렇다고 해도 다른 뭔가를 손에 넣을 수 있다고 믿고 앞으로 나아갈 수밖에 없어."

키요이가 밤하늘을 올려다보기에 히라도 따라서 시선을 올렸다. 도쿄의 밤하늘은 별이 잘 보이지 않는다. 하지만 별은 분명히 그곳에 있다. 희망의 비유 같은 것이 아니라 그저 사실이 그렇다. 확실하게 빛은 그곳에 존재한다.

"그래도 나아지지 않는다면 죽을 각오를 하고 이유를 물으러 가."

"……죽을 각오?"

"우에다씨의 연극을 했을 때, 첫 연습 날에 나만 못해서 다른 사람들한테까지 엄청 방해가 됐단 말이야. 연습이 끝나고 우에다씨한테 뭐가 잘못된 건지 물어보러 갔었어. 그리고 모두가 보는 앞에서 그보다 더 꼴사나울 순 없게 반격을 당했지."

상상만 해도 꿀꺽, 하고 목이 메었다. 예전에 키요이가 연습하는 걸 보러 간 적이 있다. 그때도 다른 배우들 앞에서 혼나고 있었다. 그때 히라는 그 모습을 차마 볼 수 없어서 도망쳤다. 그걸 두고 노구치는 '사진작가로서는 안일한 태도'라고 지적했다.

"키요이는 대단해."

"반격당했다니까?"

"힘든 상황에서도 도망치지 않잖아."

"바―보. 나는 항상 도망치고 싶다고."

"그래?"

"누가 좋아서 힘든 일을 하겠어? 하지만 도망쳐도 어차피 언젠가는 또 똑같은 녀석에게 잡혀버릴 걸 아니까 그냥 하는 거지."

키요이가 크게 한 걸음을 내디뎠고, 그 바람에 잡고 있던 손이 떨어졌다. 단 한 걸음. 그렇지만 그 한 걸음. 키요이와 자신 사이의 메워지지 않는 차이. 우주의 가장 끝에 위치한 신들의 행성 올림퍼스. 너무나도 멀어서 닿을 수 없지만, 키요이의 흔들림 없는 뒷모습을 바라보며 히라는 걸었다.

언젠가 이 별을 잃는 날이 온다면.

상상만 해도 두렵지만 애초에 분수에 맞지 않는 것이었다. 실제로 이처럼 어이없게 노구치라는 별을 갑자기 잃지 않았나. 불안에 쫓겨 히라의 걸음이 빨라지자 키요이가 돌아보았다. 한심한 표정을 한 히라를 보더니 서로 떨어졌던 손을 다시 잡아준다.

"너한텐 어렵겠지만, 한번 더 말할게. 너무 깊게 생각하지 마."

"……응. 미안해."

"사과하지 마. 나도 매번 방황하고, 잃은 것도 많으니까."

"키요이가?"

"예전부터 같이 일하던 극단에서 요즘은 술자리에 전혀 불러주지 않거든."

"어째서?"

"우에다씨의 연극에 출연했기 때문이겠지. 극단 사람들은 연극 외길만 걸어왔으니까, 아무리 사이좋게 지냈어도 좋든 나쁜

든 나는 결국 아이돌 배우로 구별되거든. 그런 애가 갑자기 거장의 연극에 출연해서 실력파라고 대접받기 시작했으니 기분이 좋진 않겠지."

"키요이의 실력이고, 노력한 결과인데도?"

"이루고 싶은 꿈이 있는 녀석이 노력을 하는 건 당연한 거야. 모두 노력하고 있고, 열심히 하고 있어. 그럼에도 격차는 생기게 마련이지. 운이 좋았다고 해도 인기로 먹고사는 업계에서는 그 운까지 포함해서 실력이라고. 머리로는 이해해도 사람이니까 질투를 해. 그런 감정을 숨기고 계속 어울려도 결국은 삐걱거리게 될 거야. 그렇다면 빨리 떠나는 사람들이 오히려 더 깔끔해. 각자 연기자로 살아가다보면 언젠가 다시 함께 연기를 할 수 있는 날이 올지도 모르고."

"……키요이."

"쓸쓸하지 않아. 나는 한계까지 노력했고 인정받았다는 기쁨이 더 크거든. 하지만 아직 만족하진 않아. 앞으로도 많은 것들을 잃겠지만 그래도 괜찮아. 나는 더 위로 가고 싶고, 그 위가 무엇인지도 내가 정할 거니까."

가슴이 떨렸다. 한계까지 노력했다—그 한마디를 입에 담는 게 얼마나 힘든 일인지를 이제는 안다. 스스로에게 조금이라도 관대하게 굴었다면 할 수 없는 말이다. 다른 사람은 속일 수 있어도 스스로를 속일 순 없기 때문이다. 자신의 약함과 교활함을 못 본 척하며 스스로를 긍정하는 사람도 있지만, 키요이는 그것과 정반대에 위치한 왕의 별이다.

"난 우에다씨의 연극을 잘해낼 수 있었어. 하지만 한 번의 성공에는 그저 한 번이라는 가치와 의미만 있을 뿐이야. 한 번의 성공으로 좋은 평가를 받았다고 해서 흡족해하며 그 자리에 멈춰 서 있으면 뒤처져버려. 반짝 스타로 끝나는 거지. 난 그렇게 되고 싶지 않아. 단 한 번의 성공들을 쌓아올려서 언젠가 커다란 산을 만들고 싶어."

허공을 바라보는 키요이는 꿈 얘기를 하는 것이 아니다.

그저 오롯이 현실을 얘기하고 있다.

나는, 정말, 끝까지 안일해.

첫 개인전이 성공적이었다는 것만으로 마음이 좌우로 크게 흔들리고 있다. 한 번의 성공에는 그저 한 번이라는 가치와 의미만 있을 뿐이다. 키요이의 말 그대로다. 불안과 망설임으로 흔들리는 마음을 전부 끌어안고 앞으로 나아갈 수밖에 없다. 키요이처럼 빛나는 존재조차 걸음을 멈추지 않는다. 그렇다면 자신 따위는 단 일 초도 쉴 수 없다.

한 주가 시작하는 월요일, 오랜만에 학교에 갔다. 개인전 준비로 정신없이 바쁘게 지내느라 떨어진 학점을 다시 채워야 한다. 이제는 노구치의 어시스턴트도 아니기에 눈이 핑핑 돌 만큼 바빴던 나날에서 거짓말처럼 평범한 대학 생활의 일상으로 돌아왔다.

동아리실에 얼굴을 내밀었을 때 동기들은 이미 동아리를 은퇴하고 한창 취업 준비중이라는 사실이 떠올랐다. 그 대신 후배들이 와, 하며 모여들었다.

개인전에도 찾아와준 아이들로, 어서어서 이쪽으로, 하며 자리를 권하더니 다단계 판매라도 할 기세로 히라를 둘러쌌다. 사진을 찍는 법에 대한 초보적인 질문부터 업계의 뒷이야기까지 쉴새없이 질문이 쏟아진다. 히라는 식은땀이 흘렀다.

"노구치 히로미는 역시 대단한가요?"

"안나는 정말 성격이 나빠요?"

"다음에는 뭘 하실 예정이에요?"

"사진집은 언제 나오나요?"

"광고 사진 같은 것도 찍을 건가요?"

후배들의 눈빛이 하나같이 빛나고 있다. 이제 히라는 평범한 학생들 사이에서도 유명하다고 했다. 히라는 제대로 대답도 못 한 채 일이 있다는 핑계를 대며 재빨리 동아리실을 빠져나왔다.

오후의 거리를 목적도 없이 서성였다. 키요이는 어제부터 지방으로 촬영을 하러 갔다. 집으로 돌아가도 아무도 없다. 저녁을 준비할 필요도 없다.

할일이 아무것도 없어.

실은 해야 할 일이 있다. 나나미가 〈히카리 클럽〉을 통해 빠른 시일 내에 사진집을 내자고 말했지만 작품 수가 한참 부족하다. 계속 신작을 찍어야 하지만 촬영을 하러 나간다면 학점을 받지 못해 졸업을 할 수 없다. 프로가 되기로 마음먹었다면 졸업은 신경쓰지 않아도 되는 걸까. 유급을 하면 부모님에게 부담만 될 테니 그렇다면 자퇴를 하는 편이 떳떳할까.

갑자기 뒤에서 누군가가 부딪혔다. 어느샌가 신호가 파란불로 바뀌었다. 이미 불이 깜박이기 시작해서 뛰다시피 건너편으로 향했다. 서둘러 건너편으로 가지 않으면 빨간불로 바뀐다. 발이 묶여 오도 가도 못한다. 그러면 안 된다. 많은 사람들의 도움과 기대. 그 모두를 배신하고 싶지 않다. 실망시키고 싶지 않다. 어찌됐든 앞으로. 앞으로.

그럼 구체적으로 무엇을 해야 할까. 우선 사진집 출간을 위해 작품을 모아야 한다. 다만 그것만으로는 부족하다. 일거리를 받을 수 있도록 스스로를 알리는 작업도 하는 편이 좋다.

오컬트 책에 들어갈 사진을 찍는다든가?

아니, 집에 심령 자료를 두는 건 키요이가 싫어한다. 항상 주목받는 연예인에게 집은 편히 쉴 수 있는 곳이어야 한다. 그럼 작업실을 따로 빌릴까? 그럴 돈이 어디 있나. 역시 일거리를 얻으려면 스스로를 알리고 다녀야 한다.

하지만 스스로를 알리겠다고 해도 무엇을 해야 하는 걸까. 노구치의 어시스턴트를 하면서 인맥은 늘었다. 그 사람들을 찾아가서 일을 달라고 부탁하면 될까. 그전에 전화를 먼저 해야 하나? 메일을 보내봐야 하나? 만날 때는 포트폴리오를 챙겨서 가고, 새로운 기획을 준비해두면 좋다고 들은 적이 있다. 상대 회사와 어울리는 일을 제안하는 것이지만 대체 무엇을 제안해야 좋을까. 모르는 것들이 너무 많다.

넌 이미 커다란 나무에 기대는 쪽이 아니라, 누군가가 기댈 수 있는 나무가 되려는 거야, 라고 노구치가 말했다. 자신은 아직 한창 어린 나무여서 잘 자라려면 적절한 가지치기가 필요하다. 하지만 복잡하게 뻗어나가는 나뭇가지와 잎사귀의 어느 부분을 어떻게 잘라내야 건강하게 자랄 수 있을지 전혀 감도 잡히지 않는다. 실수로 필요한 가지를 잘라내버리면 말라죽을 것이다.

노구치씨와 얘기하고 싶어.

벽에 부딪힐 때마다 스승의 고마움을 깨닫고 상실의 아픔에 휩싸인다. 고개를 숙이고 걷는데 스마트폰에 메일이 왔다는 알림이 떴다.

보낸 사람은 온다 타쿠. 누구지. 내용을 보니 이전에는 감사했습니다, 하고 정중한 인사가 적혀 있어 개인전 뒤풀이에서 이리에가 소개해준 사람이라는 걸 기억해냈다. 히라의 작품에 충격을 받았으며 진심으로 반했으니 꼭 매니지먼트를 하게 해주면 좋겠다, 일단은 직접 만나서 얘기를 하고 싶다—는 내용이 이어진다.

매니지먼트는 무슨 일을 하는 걸까?

키요이의 치프 매니저인 스가는 몇 사람과 팀을 이루어 키요이의 스케줄을 관리하고 기획하고 홍보하고 있다. 잘 웃는 친절한 아저씨 같은 인상이지만 사장인 야마가타와 함께 배우 키요이 소에게 없어서는 안 될 유능한 스태프라고 한다.

히라는 조금 생각해본 뒤 시간은 있으니 언제라도 괜찮습니다, 하고 답장을 보냈다. 그러자 오 분도 채 되지 않아 내일은 어떤가요, 하고 다시 답장이 왔다.

히라는 다음날 강의가 끝난 뒤 시내의 카페로 향했다. 뒤풀이에서 한 번 만난 적이 있지만 그날은 노구치 일로 머리가 가득차서 온다에 대한 인상이 별로 남지 않았다. 카페 안을 둘러보니 창가에 앉아 있던 남자가 일어서서 고개를 숙였다.

"오, 오, 오래 기다리셨나요?"

히라가 꾸벅꾸벅 고개를 숙이자 온다는 더욱 깊이 고개를 숙였다.

"오늘 시간을 내주셔서 감사합니다. 'be rep'의 온다 타쿠입니다."

온다는 서른 살 전후로 히라보다 나이가 많지만 매우 정중하고 겸손하다. 서로 의미도 없이 몇 번이나 고개를 숙이는 일본식 인사를 하고 나서 겨우 자리에 앉았지만 갑자기 말문이 막혔다.

무슨 얘기를 해야 하지?

면접에서는 지원 동기나 자기 어필이 중요하다고 하지만 따지고 보면 지금은 히라가 면접관의 입장이다. 그럼 지원 동기를 물어봐야 좋을까. 왠지 건방진 것 같아서 좀더 부드러운 편이 좋겠다. 그럼 선을 보는 느낌으로 하면 될까. 아주 옛날에 나호가 "선 볼 때 취미란에 적으려고 '르 코르동 블루'에 다니고 있어"라고 말한 적이 있다. 코르동 블루라니 뭐지? 아니, 지금 그건 어찌되든 상관없다. 히라는 예전부터 궁지에 몰리면 엉뚱한 망상이나 생각으로 곧장 도망가버리는 버릇이 있었다. 긴장으로 이마와 뺨이 달아올랐을 때였다.

"히라씨, 전 당신을 사랑하고 있습니다."

갑작스러운 고백에 머릿속이 새하얘졌다.

"……어, 저, 저기."

당황하는 히라를 신경쓰지 않고 온다는 얘기를 시작했다.

"갑자기 부끄러운 얘기를 꺼내서 죄송하지만, 저는 원래 프로 사진작가 지망생이었습니다. 학생 시절에도 동아리의 누구보다 열정적으로 촬영을 했고, 공모전에도 여러 번 응모했었고, 그 덕분에 유급을 해서 부모님이 보내주시던 생활비도 끊겼습니다."

갑자기 자기 얘기를 하는 온다를 보고 히라는 눈을 깜박였다.

"생활비가 끊긴 이상, 아르바이트라도 해서 어떻게든 해나갈 수밖에 없었어요. 일하는 게 힘들지는 않았지만 시간을 많이 빼앗겼고, 그렇게 되니 촬영에 지장을 줘서 대학을 그만뒀습니다. 그 당시 제 머릿속에는 장래에 프로 사진작가가 되어야 한다는 생각뿐이라 학력에는 큰 의미를 두지 않았어요. 이제 와서 생각하면 바보였죠."

한숨을 내쉬는 모습이 마치 일부러 연기하는 것 같았지만 흠흠, 하고 히라는 공감한다는 듯 고개를 끄덕였다. 실제 온다의 얘기는 어제 히라가 생각하던 것과 비슷하게 흘러갔다. 거기다 온다를 언뜻 본 인상은 도시적이고 마른 몸을 한 세련된 남자였지만, 얘기할수록 흥분해서 말이 빨라지는 모습에는 왠지 친근감이 느껴졌다.

"하지만 제게는 재능이 없었습니다."

뭐, 재능이 있었으면 지금쯤 사진작가가 되었겠죠, 하고 곧이어 온다는 자조 섞인 웃음을 지었다. 히라가 거기에 대답하기는 조금 곤란했지만 왠지 모르게 동류의 냄새가 나서 공감도가 올라갔다.

"사진작가가 되는 꿈을 포기하고 실의에 빠져 있던 중, 알고 지내던 갤러리 오너한테 기획전을 도와주면 좋겠다는 부탁을 받았습니다. 거기서 이와다테 고로군과 만났죠. 도쿄 젊은이들의 집을 찍는 '장井' 시리즈로 단번에 세상에 이름을 알린 사진작가입니다."

"아, 그 유명한."

"당시에는 아직 무명이었습니다만 저는 이와다테군의 사진에 마음을 빼앗겼습니다. 이 사람의 사진을 더욱 많은 이들에게 보여주고 싶다. 그 마음이 계기가 되어 매니지먼트의 세계로 뛰어든 겁니다. 원래 사진작가 지망생이었던 저는 비즈니스만을 위한 관계는 만들고 싶지 않습니다. 아니, 일이므로 나름대로 구분은 짓겠습니다만, 제가 진심으로 반한 작가에게는 이해득실을 따지지 않고, 때로는 손해를 보리라는 걸 알아도 힘이 되고 싶습니다."

히라는 고개를 끄덕였다. 자신도 키요이를 응원하는 일에는 이해득실을 따진 적이 없다. 오히려 응원을 하는 것이 삶의 양식이 된다.

"그리고 저는 마침내 히라 카즈나리라는 초신성을 발견한 것입니다."

반짝반짝 빛나는 온다의 눈빛에 히라는 다소 두려움을 느꼈다. 다른 한편으로는 공감을 넘어선 공명을 느꼈다. 키요이를 쫓아다니며 수많은 키요이 팬과 만났다. 인생을 바칠 기세로 키요이를 응원하는 사람들은 다들 이런 눈을 하고 있다.

"히라군의 개인전이 열린 전시회장에서 저는 번개를 맞은 듯한 충격을 받았습니다. 흑백의 폐허 안에서 무릎을 끌어안은 남자의 앞머리 사이로 흘깃 보이는 시선에 목덜미를 잡혀서 한 발

자국도 움직일 수 없었어요. 가만히 보고 있으면 빨려들어갈 것 같은 공포를 느꼈습니다. 한 번 들어가면 두 번 다시 빠져나올 수 없어. 도망쳐야만 해. 하지만 시선을 돌릴 수 없어. 모든 것이 압도적이어서 저는 그 순간 살해당한 기분이었습니다. 이윽고 호흡이 돌아왔을 때는 이미 제 이마에 히라 카즈나리라는 낙인이 찍혀버렸다는 걸 깨달았습니다."

강렬한 데자뷔를 느낀 히라는 무의식적으로 이마에 손을 올렸다. 키요이와 처음 만났던 열일곱 살의 봄, 자신의 이마에도 키요이 소라는 낙인이 찍혀 찬란하게 빛을 발했다. 그 낙인은 지금도 계속 히라의 인생을 비춰주는 빛으로 존재하고 있다.

"……알아요."

히라가 작게 중얼거리자 온다는 "네?" 하고 얼굴을 일그러뜨렸다. 온다는 불쾌함을 억누르듯 흠, 하고 코로 숨을 내쉬고는 아뇨 아뇨, 하고 고개를 가로저으며 실소를 터뜨렸다.

"그 순간 제가 맛본 충격은 결코 알 수 없을 거예요."

그 충격을 준 장본인 앞에서도 온다는 한 발짝도 물러서지 않는다. 이 충격은 자신만의 경험이기에 설령 자신이 응원하는 대상이라 할지라도 공유할 수 없다. 그 고집스러울 만큼 강한 팬의 영혼이 공명하면서 히라의 영혼까지 떨렸다. 히라는 아뇨, 하고 드물게도 딱 잘라 대답했다.

"저한테도 그런 존재가 있어서 알 수 있습니다. 인생에는 지금까지의 모든 것을 뒤엎는, 가히 폭력적인 위력의 폭풍에 휘말린 것 같은 만남이 있습니다. 그런 만남을 경험하면 원래 상태로는 돌아갈 수 없어요."

온다가 눈을 크게 떴다.

"알고 있군요. 인생을 바꾸는 그 충격을."

"알고 있어요. 저항할 수 없는 그 충격을."

이후 정신을 차렸을 때 두 사람은 서로 몸을 내민 채 잔뜩 흥분해서는 빛이니 충격이니 기적이니 하며 각자의 응원 대상에 대해 멋대로 얘기를 늘어놓는 중이었다. 어느새 두 시간 정도가 훌쩍 지나 있었다.

"벌써 시간이 이렇게 됐네? 아직 계약 얘기를 하나도 못해서 미안해요, 히라군."

온다의 말투는 완전히 부드러워졌고, 섬기는 왕은 다르지만 같은 황금빛 왕국의 백성임을 알게 된 히라도 긴장을 풀고 고개를 끄덕였다. 온다가 가방에서 자료를 꺼냈다.

"우리 회사가 매니지먼트하는 포토그래퍼 리스트이고, 똑같은 내용을 회사 홈페이지에서도 확인할 수 있어요. 그리고 이쪽이 제가 담당하는 포토그래퍼들로, 최근에 담당했던 작업 리스트입니다."

히라도 아는 광고 사진들이 옆에 나란히 놓여 있어서 깜짝 놀랐다.

"하지만 히라군에게 이런 일들을 의뢰할 생각은 없어요."

"네?"

"조금 전에도 말했지만 나는 정말이지 진심으로 히라군의 사진에 홀딱 반했어요. 히라군의 작품이 더욱 살아나려면 광고가 아니라 예술 사진이어야 해요. 어느 분야든 각각의 장단점이 있습니다. 하지만 나는 히라군의 개성을 최대한으로 끌어낼 수 있는 방향으로 매니지먼트하고 싶어요. 히라군은 촬영에만 전념하고, 나한테 홍보를 포함한 촬영 외 일체의 잡무를 맡겨주면 좋겠습니다."

"홍보도 말인가요?"

"상업 사진과 예술 사진의 재능은 같은 사진 분야라고 해도 전혀 다릅니다. 대략적으로 나눈다면 한정된 상품이나 이벤트에 대한 관심을 불러일으키는 광고 사진과, 자신의 내면에서 생겨나는 것을 호소하는 예술 사진은 수단도 방법도, 더 나아간다면 필요한 능력도 다르죠. 예술 사진에 필요한 강한 자아와 섬세함, 광고 사진에 필요한 타인과의 조율과 공감은 양립하기 어려워요. 히라군도 그렇지 않나요?"

온다가 똑바로 히라를 바라보았다. 도시적이고 이지적인 시선이 지금은 대상을 살피며 번뜩번뜩 빛나고 있다. 원래 사진작가 지망생이었다는 것도 납득이 간다. 대상을 파헤쳐서 그 안쪽을 들여다보려는 사진작가 특유의 압력이 있다. 그리고 온다의 눈은 정확히 히라의 부족한 면을 잡아냈다.

"히라군은 잡무에 휘둘리지 말고 최대한 재능을 발휘해주면 좋겠어요. 그걸 위해 제가 도움을 주고 싶고요. 부디 한번 생각해봐주길 바랍니다."

온다는 테이블에 이마가 바짝 붙을 정도로 히라를 향해 고개를 숙였다.

집으로 돌아와 다시 한번 자료와 계약서 견본을 확인했다. 첫날부터 계약서라니 놀랐지만 온다는 히라가 학생인 만큼 먼저 매니지먼트가 구체적으로 어떤 일인지를 보여주지 않으면 알기 힘들 것 같아 일단 일반적인 조건의 견본을 준비했다고 했다. 여러 가지로 세심하게 히라를 배려해주고 있다.

히라에게 부족한 노하우를 온다는 가지고 있다. 거기다 히라 자신이 구상하는 방향으로 힘써주겠다고 한다. 온다의 제안은 이보다 더 고마울 수 없을 정도로 매력적이었다. 하지만 큰 결정을 내리자니 망설임이 솟아오른다. 누군가에게 상담하고 싶다고 생각하며 허공을 올려다보았다. 가장 먼저 노구치의 얼굴이 떠올랐지만 히라는 고개를 가로저었다. 자신은 이제 그의 제자가 아니다.

"아……"

몸을 앞으로 숙이고 머리를 휘저어 헝클어뜨렸다. 자신들은 이제 스승과 제자가 아니라고, 그 녀석이 싫다고 말하던 노구치의 단호한 목소리와 엄격한 옆얼굴이 떠올랐다. 몇 번을 되돌려 보아도 희미해지지 않는다. 언제나 신선한 통증이 생겨난다.

어떤 실수를 저질러서 노구치씨를 화나게 한 걸까.

개인전 준비중에 노구치가 키요이와 도시락을 가지고 와줬을 때를 떠올려본다. 전시회 기간에도 첫날에 와줬고, 그 이상 더 잘해줄 수 없을 정도로 힘을 보태줬다. 뒤풀이에서도 내내 기분이 좋아 보였다. 그렇게 행동하던 노구치가 마음속으로는 자신을 버렸던 거라는 생각에 비참함과 소리를 지르고 싶을 만큼 창피함이 치밀어오른다. 세상에는 인연을 끊기 위해 돈을 내는 일도 있다고 한다. 개인전과 관련해서 특별히 좋은 대우를 해준 건 스승으로서 베푸는 마지막 상냥함이었던 걸까. 그렇다면 아무리 고마운 마음을 품어도 모자랄 정도다. 애당초 노구치의 눈에 띈 것 자체가 기적이었다.

……이제 정신 차리자.

상담은 다른 사람한테 하자. 하지만 누구에게? 키요이? 너무 송구스럽다. 거기다 지방 촬영중이다. 자신의 일로 시간을 빼앗다니 죽어도 있을 수 없는 일이다. 그럼 동아리 친구들? 코야마? 절대로 안 된다. 지금은 평범하게 대화하는 사이지만 코야마와는 과거에 여러 가지 일이 있었다. 거기다 같은 학생 처지이니 상담을 해도 유익한 대답이 돌아올 것 같지 않다. 그럼 부모님?

가능하면 취직하기를 바라는 부모님에게 더욱 취직에서 멀어질 것 같은 일로 상담을 할 순 없다.

그럼 또 누가 있지. 업계를 잘 알고 지식이 풍부할 것 같은 사람. 스마트폰에서 얼마 되지 않는 연락처를 스크롤해서 내리다가 이리에의 이름 위에서 딱 멈췄다. 이리에라면 업계를 아주 잘 아는데다 애초에 온다를 소개해준 사람이기도 하다.

그렇더라도 그 이전에 이리에는 노구치의 소개로 알게 된 사람이다. 노구치와 연결된 사람에게 의지해도 될까. 뻔뻔하지 않나. 하지만 그렇게 따지자면 노구치의 곁에 있었던 이 년간의 의미가 사라진다. 노구치는 그렇게 속이 좁은 사람이 아니다. 자신은 버림받은 제자이지만 노구치의 그릇이 크다는 건 알고 있다.

버림받은 제자인데?

또다른 자신이 물어와 히라는 크게 고개를 저었다.

그 일은 이제 생각하지 마.

아니, 생각해도 모르겠다면 느껴봐.

히라는 자리에서 일어나 명상 세트를 준비했다. 거실 바닥에 양초를 늘어놓고, 불을 붙이고, 향을 피우고, 가장 오래된 오리 대장과 함께 가부좌로 앉는다. 눈을 감으면 보이는 번뇌의 세상에는 과거도 미래도 없다. 유구한 시간 안에서 떠돌며 이 세상을 지배하는 진리에 대해 묻는다. 혼란이여, 사라져라.

간절히 기도하지만 오히려 혼란은 커져만 간다. 지금까지 맞보았던 수많은 쓰라린 기억들이 되살아난다. 흘음으로 바보 취급을 당한 일. 유치원 연극에서 항상 대사가 없는 나무나 다시마 역할만 맡았던 일. 누구의 생일 파티에도 초대받지 못하고, 히라의 생일에도 아무도 오지 않았던 일. 보이지 않는 투명인간 취급을 당했던 암흑의 십대 시절. 하지만 그런 것보다 더욱 무섭고 괴로운 일이 있었다.

너랑 오늘밤부터 별거할 거야.

작년 일이었다. 키요이에게 별거를 하겠다는 말을 들은 그 순간, 히라는 지옥을 보았다. 삶의 희망이 무너진 채 마왕 루시퍼의 손에 이끌려 지옥으로 가는 길을 걸었다. 그것보다 무서운 일은 이 세상에 하나밖에 없을 것이다.

앞으로 몇십 년 뒤 분명히 맞이하게 될 키요이의 임종. 자신이 먼저 간다면 괜찮지만, 만약 키요이가 먼저 부름을 받게 된다면—

상상하는 것만으로도 무서워서 의식이 희미해져간다. 키요이의 숭고한 영혼이 하늘의 문을 지날 때, 자신은 조용히 지켜볼 수밖에 없다. 하지만 과연 통곡하지 않을 수 있을까. 세상에 둘도 없을 만큼 아름다운 노인이 된 키요이의 눈꺼풀이 천천히 닫히는 장면을 생생하게 그려본다. 전신의 세포가 공포에 점령당한 순간, 히라는 눈을 번쩍 떴다. 오리대장을 손에 들고 자리에서 일어나 스마트폰을 조작해 망설이지 않고 이리에에게 전화를 걸었다. 이리에는 바로 전화를 받았다.

"응— 히라군, 무슨 일이야?"

"밤늦게 죄송합니다. 상담을 요청하고픈 일이 좀 있어서 전화했습니다. 지금 시간 괜찮으신가요?"

히라는 흩음도 없이 전혀 동요하지 않고 매끄럽게 말할 수 있었다. 조금 전까지 키요이의 임종 장면을 상상하며 맛본 영혼이 찢길 듯한 공포에 비하면 이런 일은 어린애 장난 같다. 괜찮아— 무슨 일이야— 하고 이리에가 대답했다.

"오늘 온다씨와 만나서 매니지먼트 계약에 대한 얘기를 들었습니다."

"오호, 온다군, 변함없이 일 처리가 빠르네."

"어떻게 생각하세요?"

"괜찮지 않아? 약간 강압적인 면도 있는 친구지만 그 정도는 열정으로 봐줄 수 있다고 생각해."

이리에의 말투는 아무런 의도도 없이 그저 사실만을 전달해주는 것처럼 느껴졌다.

"히라군이 홍보 쪽에 약하니까 매니저를 두는 건 좋다고 생각해. 그리고 프리랜서는 확정신고도 해야 하잖아. 수입이 늘면 결국 세무사를 고용하게 될 테고. 온다군네 회사에 재무관리팀도 있으니까 번거로운 절차까지 한 번에 처리할 수 있어."

그런가. 부모님이 인맥을 동원하면서까지 히라에게 취직하라고 권했던 건, 아들이 프리랜서에 필요한 홍보 능력뿐만 아니라 여러 가지 사무 업무에도 맞지 않다는 걸 알았기 때문인가. 하지만 그 약점을 보완해줄 수 있는 사람이 있다면 안심할 수 있지 않을까.

이리에에게 감사의 말을 전하고 전화를 끊은 뒤 히라는 다시 한번 자료를 확인해봤다. 온다가 매니지먼트하는 일은 유명한 것들이 많았다. 업계 사람이 아니어도, 작가의 이름을 알지 못해도 사진을 보면 아, 이거구나, 하고 떠올릴 만한 작품들이었다. 사진작가 저마다의 작품 경향을 되짚어보면 각자의 개성을 살려 작업했음을 잘 알 수 있었다.

새로운 곳에 발을 내딛는 건 항상 무서워.

그러니까 두려움이 쫓아오지 못할 만큼 죽을힘을 다해 달리는 수밖에 없어.

그렇게 생각하고는 그 말을 했던 노구치를 떠올리자 질리지도 않고 또 가슴이 아팠다.

이렇게 화려하게 데뷔해놓고 이제 와서 다시 어시를 하는 건 아니지.

이제 독립할 시기야. 사진집도 낼 거지?

많은 사람들이 여러 얘기를 한다. 스스로는 아무것도 변하지 않은 듯 느껴도, 자신은 변하지 않았다고 해도, 주위가 변하는 일도 있다.

히라가 목표로 하는 새로운 곳은 많은 이들의 시선에 노출되어 평가받는 일을 전제로 하는 세계다. 생판 모르는 타인, 심지어 카메라를 만져본 적도 없는 타인에게 무책임한 칭찬을 받거나 매도당하는 일도 당연해진다. 마음의 평안은 사라질 것이다. 그럼에도 계속 자신을 유지할 수 있을 것인가. 키요이가 말했다. 언제까지고 같은 곳에 머물 순 없다고. 손에 넣은 것조차 다시 잃어버릴 때도 있다고. 그렇다고 해도 다른 뭔가를 손에 넣을 수 있다고 믿고 앞으로 나아갈 수밖에 없다고.

히라는 눈을 감고 깊이 숨을 들이마셨다.

사흘 뒤 지난번과 같은 카페에서 온다를 만나 히라는 계약서에 도장을 찍었다.

"같이 열심히 해봐요. 앞으로는 협력해야 하니까 고민이나 불안한 점이 있으면 전부 말해주세요. 히라군이 작품에 전념할 수 있도록 온 힘을 다해 지원할 테니까요."

온다가 테이블 너머에서 히라의 손을 꽉 움켜잡았다.

"실은 며칠 전에 만난 뒤로 히라군에게 이런 일은 어떨까, 저런 일은 어떨까, 하고 상상이 멈추질 않아서 몇 개쯤 골라뒀어요. 빨리 진행할 테니 또 곧장 연락드리게 될 거라고 생각합니다."

"아, 잘, 잘 부탁드립니다."

온몸으로 기쁜 아우라를 뿜어내며 돌아가는 온다를 히라는 들뜸과 불안이 뒤섞인 마음으로 배웅했다. 이걸로 된 거다. 자신은 확실하게 한 걸음을 내디뎠다.

이걸로 잘된 거야.

잘된 거야.

아마, 아마도, 분명.

그렇지?

자신에게 이렇게 물을 때마다 가슴에 불안정한 파도가 일었다. 단단히 서지 않으면 발이 걸려 넘어질 것 같아 무섭다. 그렇게 멍하니 서 있는데 스마트폰이 진동했다.

—다녀왔어. 집이야.

키요이다운 짧은 메시지였다. 생각하기도 전에 다리가 먼저 역을 향해 달려나갔다.

불안정한 파도를 걷어차는 것처럼. 망설임에서 도망치는 것처럼.

키요이는 거실 소파에 누워 있었다. 일주일 만에 보는 현실 키요이의 모습이 신성하고 고귀해서 히라는 조용히 소파 옆에 무릎을 꿇고 앉았다.

"늦었어—"

나른한 투덜거림. 천천히 눈꺼풀이 열리고 키요이의 아름다운 눈동자가 히라를 비춘다. 수고했어, 촬영은 어땠어? 간단한 말인데도 더듬는다.

"그럭저럭. 피곤해."

키요이가 팔을 뻗어온다. 히라의 머리 뒤쪽으로 손을 감아서 그대로 끌어당긴다. 입술이 닿은 순간 제7천국으로 치솟아오른다. 전해지는 체온. 목소리. 숨결. 향기.

"좀더."

키요이는 히라를 더욱 자기 쪽으로 끌어당겼다. 누워 있는 키요이의 가슴에 머리를 기대는 최고의 자세를 취하고 있자 키요이 안에서 꼬르륵 하고 작은 소리가 들렸다.

"조금 이르지만 저녁 먹을까?"

"좋아. 밖에서 사 먹거나 도시락만 먹어서 오랜만에 네가 만든 음식이 먹고 싶어."

"바로 해줄게."

"그전에 한번 더."

키요이가 입술을 살짝 내민다. 서로 닿기만 하는 입맞춤을 나눈 뒤 히라는 흘러넘치는 기쁨에 감싸여 주방으로 들어갔다. 키요이는 출장을 다녀오면 늘 집밥을 먹고 싶어하니 어제부터 무와 닭날개를 조려뒀다. 무더운 날씨에 산뜻하게 먹을 수 있는 흑초 소스로. 그리고 삼치 소금구이, 달걀찜, 미소국, 채 썬 배추에 유자 후추 드레싱을 곁들인 샐러드까지.

"맛있어 보여."

히라의 어깨에 턱을 괴고 키요이가 냄비 속을 들여다본다.

키요이는 킁킁대며 냄새를 맡은 뒤 콧노래를 흥얼거리며 선반에서 밥그릇과 젓가락을 꺼내 식탁에 놓아줬다.

키요이는 요리를 거의 하지 않지만—이전에 만들어준 신의 전골을 죽기 전에 다시 한번 먹는 것이 히라의 은밀한 소원 중 하나이기도 하다—밥을 뜨거나 젓가락을 놓거나 하는 일은 좋아하는 듯해 히라는 매우 영광스럽게 여기며 고마움을 느끼고 있다.

"잘 먹겠습니다."

서로 마주앉아 밥을 먹으면서 그간 떨어져 있었던 사이에 벌어진 일들을 보고한다. 키요이의 촬영은 힘들었지만 순조롭게 진행됐고, 게다가 내년에 제작되는 드라마의 출연 제안이 두 건이나 들어왔다고 한다.

"한꺼번에 두 건이나 들어오다니 대단해."

"아직 어떻게 될지 몰라. 내년에는 우에다씨의 새로운 작품도 있고, 연극과 병행한다고 해도 드라마는 시기가 겹치니까 하나만 선택해야 해."

키요이는 그렇게 말하면서 젓가락으로 집기만 해도 부서지는 닭날개를 베어 물었다.

"엄청 맛있어."

섬세한 외모와는 어울리지 않게 거침없이 먹어치우는 키요이의 모습을 넋을 잃고 바라보았다. 자신이 만든 요리가 키요이의 몸에 들어가 피가 되고 살이 되어 미래의 키요이를 형성해나간다. 연인으로서도 팬으로서도 이보다 더 행복할 수 있을까.

"넌 어땠어?"

지극한 행복에 잠겨 있는 히라에게 키요이가 물었다.

"최근에 한동안 생각할 게 많았지만, 어떻게든 한 걸음 나아갔다고 생각해."

"드문 일이네."

"뭐가?"

"영화에도 있잖아. 발에 커다란 납덩이를 달고 있는 노예. 네가 딱 그런 이미지거든. 한 걸음 내딛는 게 다른 사람보다 몇 배나 더 힘들지."

과연 그렇구나, 하고 히라는 고개를 끄덕였다.

"그렇지, 언제나 뭘 하든지 항상 늦었어. 하고 싶은 일이 있어도 하지 않아도 되는 변명만 찾았어. 하지만 그래선 안 된다는 걸 깨달았거든."

"깨달았다고?"

"키요이와 노구치씨 같은 황금빛 왕국의 왕뿐만 아니라, 평범하게 살아가는 평범한 사람들 역시 모두 노력하고 있어. 지금까지 그런 당연한 사실을 놓치고 있었던 거야."

키요이는 밥을 한가득 떠먹으며 듣고 있다.

"동아리 친구들이 개인전에 와줬는데 다들 취업 준비를 하느라 정장을 입고 있었어. 같은 또래가 모두 사회로 나가려는 모습을 보니 나도 앞으로 나아가야 한다는 생각이 들었어. 많은 사람들의 힘을 빌렸으니까 모두의 기대를 배신하지 않도록 해야 해."

그런 히라의 말에 키요이가 젓가락을 멈췄다. 입안에 있는 음식을 씹어서 꿀꺽 삼킨 뒤 말없이 가만히 히라를 바라본다.

"왜 그래?"

키요이는 히라에게서 시선을 옮기지 않은 채 뭐지, 하고 고개를 갸웃거렸다.

"무슨 말을 하는 건지 이해할 수 있어. 전부."

"응?"

"너, 요즘은 별로 기분 나쁘지 않아. 평범해."

"평범하다고?"

"엄청나게 바라왔던 일이야. 난 평범한 남자를 좋아하고, 아니, 그건 아니지. 그저 그런 평범한 남자 따윈 별로 흥미 없으니까. 하지만 너한테는 항상 좀더 평범해지기를 바라고 있었어. 지나치게 기분 나쁘고 짜증나니까 말이야. 그치만 뭐랄까, 지금의 너는 평범해서, 그건 기쁜 일이긴 한데—"

적당한 말을 찾으려는 건지 키요이의 시선이 허공에서 방황했다. 당황한 듯한, 어떻게 말해야 좋을지 모르는 듯한 처음 보는 표정을 하고 있다. 왕인 키요이의 생각을 파악하는 건 불가능하지만 그의 기분을 상하게 한 건 틀림없다. 초조함이 밀려온다.

"앞, 앞으로는 좀더 현실을 봐야 한다고 생각해서."

"오호, 현실이라."

전혀 감이 잡히지 않는다는 키요이의 말투와 표정. 초조함이 더욱 커져간다.

"그래서 온다씨랑 계약도 했고."

"계약이라니?"

키요이가 살짝 눈썹을 찌푸렸다.

"매니지먼트 회사 사람인데, 나 대신 홍보를 뛰어서 일을 가져와줄 거야. 나한테 홍보는 어려운 분야기도 하고, 개런티에서 몇 퍼센트 정도 지불해야 하지만."

"들은 적 없어."

"키요이가 촬영하러 간 사이에 나온 얘기야."

"그렇게 짧은 시간에?"

키요이가 무서운 표정으로 몸을 내밀었다.

"도장 찍었어?"

"응?"

"계약서에 이름 쓰고 도장 찍었냐고 묻잖아!"

키요이가 갑자기 소리를 질렀다. 굉장히 험악한 투로 계약서를 보여달라는 말에 히라는 허둥지둥 서랍에서 꺼내 가져왔다. 키요이가 진지한 얼굴로 계약서 내용을 확인해나간다.

"매니지먼트 수수료가 개런티의 30퍼센트라고 되어 있는데, 너희 업계의 평균은?"

"평균?"

"아직 학생이고 완전히 신인인 너한테 매니지먼트 계약서를 가져오다니 이상하지 않아? 게다가 사진이나 출판 쪽은 보통 에이전트 계약이 많잖아. 매니지먼트는 연예인처럼 소속사가 하나부터 열까지 전부 너를 끼고 관리한다는 거야."

"전부 관리한다고?"

키요이가 아름다운 눈썹을 치켜올렸다.

"그런 것도 모르면서 계약한 거야! 잘 생각해봐. 이 계약서에 기간은 삼 년이라고 적혀 있지만 넌 올해 기무라이헤에상을 노리고 있잖아. 그걸 위해서 개인전까지 열었지. 만약 수상하면 그 이후로는 가장 주목 받는 소중한 삼 년이 될 거야. 그 기간 동안 소속사의 관리를 받는 거라고."

하고 싶은 일이 있어도 허락받지 못한다든가, 반대로 하고 싶지 않은 일을 하게 된다든가, 소속사를 그만두려고 해도 계약에 묶이고, 악질적인 곳이라면 처음에 투자해준 금액보다 터무니없게 훨씬 높은 위약금을 요구하는 경우도 있다.

"……나, 속은 거야?"

히라는 온몸에서 핏기가 사라졌다.

"그렇다고 단정지을 순 없어. 일단 우리 사장님한테 봐달라고 하자."

말이 채 끝나기도 전에 키요이의 스마트폰이 울렸다.

"아, 사장님이네?"

타이밍 좋게 야마가타한테서 전화가 걸려온 모양이다. 키요이가 통화 버튼을 눌렀다.

"키요이예요. 좋은 타이밍에 전화하셨어요. 좀 묻고 싶은 일이 있어서요. 지금 사무실에 가도, 아, 히라? 옆에 있어요. 무슨 일인데요?"

스마트폰에서 야마가타의 흥분한 목소리가 새어나왔다. 키요이가 히라에게도 들리도록 스피커폰 버튼을 눌렀다. 화면에는 웃고 있는 야마가타가 비치고 있다.

"히라군, 내가 조금 전에 지인한테 재미있는 얘기를 들었거든."

"무, 무슨 얘기요?"

"올해 기무라이헤에상 말이야, 노구치도 후보라고 하던데 정말이야?"

"네?"

그게 무슨 말이지. 애초에 기무라이헤에상은 소설로 치면 아쿠타가와상처럼 보통 신인상으로 분류된다. 경력이 있는 노구치가 이제 와서 후보에 오르는 일은 있을 수 없다.

“만약 히라군과 노구치가 나란히 후보가 되면 사제 대결이네. 뭐, 일반적으로 보면 사진상은 마이너한 분야지만 노구치가 워낙 유명하니까 다른 때보다 더 주목받을 것 같아. 상의 인지도를 올리는 데는 화제성이 필요하니까.”

내가 노구치씨와 대결한다고?

기무라이헤에사진상을 두고 경쟁한다고?

“설마 그래서 사제의 연을 끊은 건 아니겠지.”

히라가 혼란스러워하자 키요이가 중얼거렸다.

“키요이— 히라군— 듣고 있어—?”

조용한 집안에 야마가타의 즐거운 듯한 목소리만 울렸다.

뜻대로 되지 않는 그

"특별한 문제는 없는 거 같은데."

계약서를 대충 훑어본 뒤 이어진 야마가타의 말에 키요이는 단숨에 긴장이 풀렸다. 녹초가 되어 사무실 가죽 소파에 기대앉은 키요이의 옆에서 히라는 아직 몸을 굳히고 있다.

"오히려 양심적이라고 생각해. 아직 아무런 실적도 없는 신인인데. 나였으면 매니지먼트 수수료를 좀더 올렸을걸."

야마가타의 말을 들으니 키요이는 아, 하고 생각이 났다.

"사장님, 제 계약은—"

"아, 알고 있어. 키요이 건은 초특급으로 새로운 계약서를 준비하는 중이야."

키요이가 가만히 의심스러운 눈길을 보내자 야마가타는 호소하듯 가슴 앞에서 두 손을 모았다.

"정말이야! 믿어줘!"

키요이가 히라의 계약서를 보고 몹시 서둘렀던 건 자신도 같은 경험을 했기 때문이었다. 인지도가 올라가고, 우에다의 연극에 출연한 덕분에 배우로서의 급도 한 단계 더 올라가면서, 그럴 때마다 보너스 같은 것이 지급됐기에 눈치채지 못했는데 안나와 대화를 나누다 우연히 계약 얘기가 나온 것이다.

어, 신인 때랑 똑같이 정액 보수를 받는 거야?

지금 키요이 정도에 완전 성과급제로 바꾸지 않으면 손해야.

인기로 먹고사는 일은 언제 어떻게 될지 모르는 거니까.

벌 수 있을 때 열심히 벌어서 세금도 절약하고 저축도 제대로 해.

어릴 때부터 돈 때문에 고생했다는 안나는 강하게 딱 잘라 말했다. 그후 야마가타에게 계약 재검토를 요구했더니 그렇지, 나도 계속 신경은 쓰고 있었는데 시간이 없어서— 하고 빠른 말투로 변명을 늘어놓았다. 오랫동안 연예계라는 거친 파도를 헤쳐온 만큼 기본적으로는 인정이 많은 야마가타도 아낄 수 있는 돈은 아끼는 편이었다. 안나에게 조언을 받지 않았다면 키요이의 계약은 그후 몇 년간 그대로였을지도—

"그리고 말이지, 이 회사는 업계에서도 평판이 좋아."

화제를 바꿀 필요를 느꼈는지 야마가타가 얘기를 돌렸다.

"잡지 〈Mary〉의 화보를 찍는 모토키군도 'be rep' 소속인데다, 사진작가뿐만 아니라 최근에는 소설가나 에세이스트의 매니지먼트도 하고 있어. 꽤 잘 팔렸던 사하라 모모의 자전 에세이를 집필한 사람도 여기 소속이야."

아는 이름들이 줄줄 나온다. 어쨌든 수상한 회사가 아니라는 걸 알게 된 것만으로도 다행이다. 하지만 그렇게 이름이 알려진 회사가 어째서 히라에게?

"예상 외로 히라군이 주목받고 있다는 뜻이겠지. 게다가 계약을 제안해온 친구가 정말로 히라군 사진에 푹 빠져버린 게 아닐까."

그런가, 하고 키요이는 다시 한번 온다의 명함을 쳐다보았다. 만약 그렇다면 반대할 이유는 없다. 히라의 성격을 생각하면 홍보부터 개런티 교섭, 분쟁 해결까지 한꺼번에 도와주는 회사에 소속되어야 창작에 집중할 수 있다.

"매니저와의 조화가 관건이지만, 그건 해보지 않으면 모르는 일이니까."

그것보다도, 하며 야마가타가 몸을 앞으로 내밀었다.

"노구치와 히라군의 사제 대결 쪽이 더 재밌는데 말이지."

히라는 얼굴에서 싸악 핏기가 가시더니 아, 아, 아 하고 입을 뻐끔거렸다. 히라에게 노구치와의 대결 같은 건 너무나도 다른 차원의 얘기여서 자꾸 말이 막혀버리고 만다.

“전혀 재미없어요.”

쓸모없어진 연인을 대신해 키요이가 대꾸했다.

“애당초 그건 신인상 부문이라면서요. 노구치씨처럼 경력이 화려한 사람이 이제 와서 후보에 오른다는 건 말도 안 되잖아요.”

사무실로 오는 동안 택시 안에서 히라가 더듬더듬 설명해줬다. 야마가타도 그 정도의 지식은 있는 듯했고, 애초에 정보를 준 사람이 사진에는 문외한인 연예 리포터여서 뭐 헛소문이겠지, 라는 결론에 도달했다.

“뭐야— 아쉬운걸. 요즘 노구치가 우리 일을 전혀 받아주지 않으니까 제자한테 밀려서 풀이 죽는 모습을 보고 싶었다고. 그렇지, 히라군?”

야마가타의 농담에 히라는 깜짝 놀라 고개를 들었다.

“저는 겨, 겨, 겨우 개인전을 마친 풋내기인걸요. 스승님……은 아니게 됐지만 노구치씨와 경쟁하다니, 생각만으로도 무서워요.”

두 번이나 말을 더듬을 뻔하며 위기를 극복한 히라가 겨우 제대로 된 말을 했지만, 키요이는 자신도 모르게 “그건 아니지” 하고 지적해버렸다.

“상대가 누구든 상관없어. 온 힘을 다해도 닿을 수 없는 상대인데 시작하기도 전에 마음가짐에서부터 지면 어쩌자는 거야.

흙탕물을 들이켜는 한이 있더라도 이기겠다는 기세로 나아가야지. 그 정도는 해내야 비로소 지더라도 패배의 가치가 생기는 거야."

"패, 패, 패배의 가치."

히라가 눈을 깜박였다. 뭐, 겁을 먹는 기분도 이해한다. 노구치가 겉으로는 가벼워 보여도 재능과 실력, 담력, 그리고 인간적인 매력까지 모두 갖춘 스승이다. 그러니까 히라에게 지금 당장 그를 앞지르라고는 말하지 않는다. 하지만 언젠가는—이라는 기개쯤은 갖춰도 좋지 않을까.

"키요이가 말한 대로야. 제자의 존재 이유는 스승을 넘어서는 데 있고, 스승의 존재 이유는 제자가 자신을 뛰어넘도록 하는 데 있으니까. 무형의 재산을 전부 넘겨주고 다음 세대로 이어가는 것, 그것을 목표로 하지 않는 사제 관계는 의미가 없지."

야마가타의 말에 느끼는 바가 있었는지 히라의 표정이 약간 달라졌다.

"그러니까 사양하지 말고 더욱 폭을 넓혀가며 활약해보라고. 언젠가는 키요이의 사진집을 히라군한테 부탁하고 싶으니까 말이지."

야마가타는 서비스 정신이 왕성한데다 늘 상대를 칭찬해서 능력을 더 키우도록 하는 타입이다. 하지만 부정적인 제국의 황제인 히라를 상대로는 오히려 역효과일 것이다. 최근 들어 히라는 조금씩 개선되고 있지만 어쨌든 완전히 차원이 다른 논리를 따라 점점 더 어두운 쪽으로 나아간다.

"……감, 감사합니다."

고개를 숙인 히라가 갑자기 얼굴을 들었다.

"아, 아, 아직 미숙합니다만, 기대에 부응할 수 있도록 열심히 하겠습니다."

히라는 작게 떨면서도 어떻게든 야마가타와 눈을 마주치며 그렇게 말했다.

그래그래, 열심히 해, 하고 야마가타가 격려하자 히라는 어색하게 고개를 끄덕여 보였다. 그 모습을 멍하니 바라보던 키요이의 귀에 다른 스태프들의 얘기가 들려왔다.

"기분 나쁘다든가 수상한 애라든가 그런 소릴 들었는데, 평범하지 않아?"

"응, 좀 어둡고 소심하고 촌스러운 정도네."

무슨 말을 하는 건가. 히라는 헤어스타일과 옷차림만 바꾸면 엄청난 미남인데다, 그 속은 키요이를 능가할 정도로 부정적인 나님이라고— 하며 평소라면 화를 낼 상황이지만 지금은 그럴 생각이 들지 않았다. 스태프들의 감상이 지금의 히라를 정확하게 표현하고 있었기 때문이다.

어둡고, 소심하고, 촌스러운, 평범하게 좋은 사람.

그게 대체 누군데, 하고 키요이는 히라에게서 시선을 돌렸다.

타인이 건네는 격려를 곡해하지 않으면서 솔직하게 받아들이고, 기대에 부응하고 싶다고 말하고, 눈을 마주치며 감사 인사를 한다. 말에서 그치는 게 아니라 실제로 매니지먼트 계약까지 맺으며 일에 매진하려 한다.

부정적인 제국의 황제에서 너무나도 극적인 전환. 이상할 건 아무것도 없고 오히려 기뻐해야 할 변화다. 히라가 원래 다른 차원에 있었으니 지금의 언동이 묘하게 느껴지는 것일 뿐, 일반적으로 보면 긍정적으로 사고하게 되었다는 건 좋은 일이다. 원래대로 돌아가라고 하는 쪽이 더 이상하다.

하지만 일반적으로 좋은 것이, 히라에게도 좋은 것일까.

"드디어 평범한 연인 사이가 됐네. 축하해."

다음날, 키요이는 일이 끝난 뒤 안나의 집을 방문했다.

"확실히 축하할 일이지. 하지만 이걸 뭐라고 해야 하지, 위화감?"

키요이가 설명하는 데 어려움을 겪자 소파 테이블 맞은편에서 안나가 웃었다.

"변화가 아니라 성장이라고 생각하면 기쁘지 않아?"

주방에서 돌아온 키리야가 여기, 하고 화이트와인을 내밀었다. 포도 과수원을 경영하는 키리야의 본가와 그 지방의 양조장이 공동으로 만든 와인이라고 한다. 입에 착 감기는 상쾌한 단맛이 크림치즈와 무화과를 올린 카나페와 잘 어울렸다.

“우리도 그랬어. 같이 살게 되면서 한동안은 생활 방식이 달라서.”

“좀 다투기도 했고.”

두 사람이 얼굴을 마주본다. 젊은 톱 여배우와 국민 아이돌 그룹의 멤버인 둘은 몇 년간 극비로 교제를 계속하다 드디어 동거를 시작한 참이다.

“빨리 끝날 예정이었던 녹화가 뒤로 미뤄져서 모처럼 안나가 만들어준 저녁을 못 먹은 적도 있었고 말이야. 혼자 살 때는 그런 일이 없었으니까.”

“그때는 생일이기도 했고 특별한 날이었잖아. 일이니까 어쩔 수 없다는 건 잘 알고 있어.”

“다음날에 엄청나게 호화로운 아침밥을 먹었지.”

“아침부터 샴페인도 따고 말이야.”

서로 마주보고 미소 짓는 둘을 무시하고 키요이는 와인을 벌컥벌컥 마셨다. 사귀기까지 서로 견디고 또 견디며 참아온 탓에 반동이라도 온 건지 이 녀석들은 틈만 나면 꽁냥거려서 짜증난다.

“내년에는 대학도 졸업하니까 언제까지 학생인 기분으로 지낼 순 없겠지. 히라군 주변에 엄청난 사람들이 많기도 하고, 좋은 영향을 받는 거라고 생각해.”

“앞으로 점점 의지할 수 있는 어른 남자가 될 테니까.”

키리야가 와인을 따라주며 말한다. 두 사람은 키요이가 마음을 내줄 수 있는 몇 안 되는 친구이고, 히라의 기분 나쁨과 수상함을 실제로 겪어보기도 했다.

"히라군이 정상이 되면 좋겠다고 키요이도 계속 말했었잖아."

"나도 일반적으로는 좋은 일이라고 생각해. 생각은 하는데—"

처음 만났을 때부터 히라는 기분 나쁘고 짜증나는 녀석이었고, 키요이는 기분 나쁘고 짜증나는 모습 그대로의 히라를 좋아하게 되었다. 히라의 기분 나쁘고 짜증나는 모습에 절망하면서도 바로 그 모습 덕분에 구원을 받아온 것이다. 이제 와서는 그 좋고 싫음이 혼연일체가 되었는데 갑자기 히라가 정상이 된 모습을 보이니 당황스럽기만 하다.

"뭔가…… 히라가 아닌 것 같은 느낌이 들어."

"그럼 키요이는 기분 나쁜 히라군이 좋다는 거야?"

"무서운 말 좀 하지 마."

"그럼 지금의 히라군이 싫은 거야?"

"그럴 리 없잖아."

안나와 키리야가 동시에 한숨을 쉬었다.

"키요이도 상당히 어려운 성격이네."

"사귀는 동안 히라군한테 물들어버린 거 아냐?"

소름이 돋았다. 설마. 아니, 그런가? 이미 기분 나쁘고 짜증나는 바이러스에 감염되어버린 건가? 배우로서, 아니, 인간으로서 위기다.

"그렇게 고민되면, 원래대로 돌아가라고 하면 되잖아?"

안나의 말에 키요이는 곧장 고개를 가로저었다.

"말할 수 있었다면 벌써 했겠지. 그 녀석한테 내 말은 신의 계시와도 같아. 그 녀석 스스로 생각할 여지도 없이 결정돼버리는 거라고."

"……신."

둘은 어쩐지 시큰둥한 눈빛으로 키요이를 바라보았다.

"히라군한테 오염된 건 틀림없는데 키요이가 무슨 말을 하는지는 대충 알겠어. 히라군의 인생은 자기 의지로 결정해야 하는 거니까."

"오염이라고 하지 마."

키요이의 찝찝함은 사라지지 않았지만 어쨌든 지금 히라는 의욕이 넘친다. 계약서에 도장도 찍어버렸다. 이제 와서 찬물을 끼얹는 건 좋지 않으니 일단 앞으로 나아갈 수밖에 없다.

"조용히 지켜만 본다는 건 힘들지."

안나는 후우, 하고 숨을 쉬었다. 묘하게 감정 이입을 한 듯 보였다. 보통 사람과는 거리가 있는 국민 아이돌과 거물 여배우 커플이니 그만큼 고민도 많을 것이다.

"애초에 키요이는 거리낌이 없고 외모만 섬세해 보이지 머리와 입이 바로 연결된 단세포니까 조용히 지켜만 보는 게 제일 어려울 거야. 그런데도 대단해."

"안나가 선배만 아니었으면 날려버렸을 거야."

"너의 그런 면을 말하는 거야."

그러면서도 안나는 전혀 개의치 않은 채 있지, 그건 그렇고 말이야, 하며 앞으로 몸을 내밀었다.

"노구치씨가 기무라이헤에상 후보에 오른다는 게 정말이야?"

"또 그 얘기야?"

키요이는 소파에 기대어 야마가타에게 한 것처럼 똑같은 설명을 했다. 하지만 안나는 함께 촬영 작업을 하던 사진작가에게 얘기를 들었다고 한다. 업계에 정통한 프로가 그런 말을 했다는 게 이상하다. 아무 근거도 없는 거짓말이 이렇게까지 널리 퍼질 수 있는 건가.

"상과 관련된 일은 가십에 가까운 소문이 먼저 돌기도 하지만 좀 이상하긴 하네."

"왠지 어디서 누군가가 뭔가를 꾸미고 있다는 느낌도 들어."

연예계 생활이 이십 년 넘는 키리야가 불길한 말을 덧붙였다.

"뭐, 곧 밝혀지긴 하겠지. 키요이, 그보다 일은 어때?"

키리야가 무거워진 분위기를 가볍게 만들려는 듯 화제를 돌렸다.

"드라마 쪽 오퍼가 끝없이 들어오긴 하는데 내년엔 우에다씨의 연극을 우선으로 할 거라 역으로 계산해서 고르고 있어. 그러고 보니 테이 TV에서 하는 이십칠 시간 버라이어티 방송도 들어왔어. 상당히 내용이 좋아서 스가씨가 기뻐하던데."

"이제 완전히 흐름을 탔네."

뭐 그렇지, 하고 키요이는 고개를 끄덕였다. 히라의 일이 신경 쓰이지만 사실 키요이는 작년부터 계속 이어지는 자기 일만으로도 벅찬 상태다.

"키요이가 연극을 좋아한다는 걸 들었을 때는 요즘 드문 일이랄까, 신인이니 연예계를 잘 몰라서 그런 건가 싶었는데, 하지만 그게 정답이었네."

'잘생긴 배우'는 계속해서 우후죽순처럼 나타난다. 대중에게 이름이 기억될 만하면 다음 사람이 등장해서 자리를 차지해버린다. 그럴 때 새로운 자리를 얻을 수 있다면 좋겠지만, 그렇지 않다면 밀려나 무대에서 떨어져버린다.

여럿이 한데 담겨 있는 바구니 속에서 어떻게 눈에 띌 것인가. TV에 노출하는 전략을 세우고 있던 소속사와 반대로 키요이는 연극에 걸었다. TV와 비교해서 노출 양도 개런티도 낮은 데 비해 연습까지 포함하면 훨씬 더 열량을 소모하는 일이다. 다들 그건 돌아가는 길이라고 말했지만 우에다의 연극에서 성과를 내면서 오히려 결과적으로는 가장 빠른 길을 달려나가게 되었다.

"그렇더라도 그건 신인들 사이에서만 할 수 있는 얘기야."

"그렇지. 여기서부터 위는 한층 더 엄격해."

안나의 말대로지만 보는 입장에서는 신인이든 베테랑이든 상관없다. 같은 접시 위에서 실력, 경험, 운을 상황에 따라 적절히 사용해 살아남아야만 한다.

"나도 히라를 걱정할 상황이 아니네."

"조금 바쁜 정도가 딱 좋지 않을까. 한가해지면 연인에게 의존하기 쉽고, 그러면 결과적으로 그리 잘 안 풀리더라고."

"알고 있어. 쓸데없는 오지랖은 대체로 한가한 사람들이 부리니까."

널 생각해서 하는 말이야, 하며 엉뚱한 조언을 하거나 남을 돌보며 자신의 허무한 마음을 메우려 하기도 한다. 하지만 그런 짓을 해도 메워지지 않는다. 메워지기는커녕 상대에게 외면당하는 처지가 된다. 히라와도 그렇게 되는 걸까.

내년이면 히라는 대학을 졸업하고 드디어 일에 전념할 수 있는 상황이 갖춰진다. 상대를 걱정하기보다 먼저 자신이 달려나가야 한다. 서로가 걷고 있는 길이 쉬운 건 아니니까.

"키요이도 히라군도, 이제부터 진짜 시작이지."

키리야가 열심히 해, 하며 잔에 와인을 따라줬다.

키요이가 잡지 인터뷰와 촬영을 마친 뒤 스가 매니저와 저녁을 먹는데 야마가타가 얼굴을 비쳤다. 그러고는 보여주고 싶은 게 있다며 갈색 봉투를 꺼냈다.

"전에 말했던 드라마 기획서가 왔어."

야마가타는 테이블에 두 개의 기획서를 펼쳐놓았다.

"둘 다 내년 방송 예정이야. 테이 TV는 월요일 밤 열시 드라마고, 오바나자와 슌과 공동 주연이야. 우에다씨 연극 이후로는 처음이지. 의문의 공직자 연쇄 자살을 취재하는 신문기자가 정권을 뒤흔드는 거대한 사건에 휘말리는 사회파 미스터리야. 다른 하나는 OTT 오리지널 드라마인데 주연은 아니지만 주요 인물 중 한 명이야. 닌자와 사무라이가 활약하는 판타지 시대극인데 감독은 미국인이고. 이건 국내보다 해외 쪽 흥행을 노리는 것 같아."

거기서 야마가타가 말을 멈췄다.

"어떻게 생각해?"

사장의 물음에 키요이는 나란히 놓인 두 가지 기획서를 동일하게 살펴보았다.

요즘 젊은 층이 멀리한다고들 말하지만 그럼에도 아직은 TV가 대중에게 영향을 미치는 매체로서 충분한 힘을 가지고 있다. 팔로워가 몇 백만 명인 인기 인플루언서라도 그 분야에 흥미가 없는 사람들에게는 '그게 누구야?'라는 소리를 듣는다. 인지도로 경쟁하더라도 아직까지 TV에서 인기 있는 인물과는 비교도 되지 않는다. 한편 OTT 오리지널로 제작된 영화나 드라마가 세계적으로 인기를 얻는 사례도 많다. 세계로 시장을 넓힌다는 건 역시 꿈꿔볼 만한 일이다.

"테이 TV 쪽은 상당히 공을 들이는 모양인지 각본도 그렇고 조연 배우도 굉장한 거물들이 모였어. 한편 OTT의 토니 브룩스 감독은 해외에서도 주목받아 두각을 나타내고 있잖아. 나도 그 감독 작품을 몇 개 봤는데 어쨌든 영상이 멋있더라고."

키요이는 스마트폰으로 감독의 과거 작품을 검색해서 확인해봤다. 확실히 피를 끓어오르게 하는 속도감이 인상적이다. 이런 스타일로 닌자나 사무라이를 찍으면 훌륭하게 돋보일 테고, 해외에서도 좋은 반응을 얻을 수 있을 것이다. 하지만 주연이 아니다. 순서로 따지면 세번째 정도일까. 그래도 잘하면 세계적으로 얼굴과 이름을 알릴 수 있다.

"좋은데요. 둘 다 기대돼요."

그런데 두 사람의 표정은 그리 밝지 않았다.

"무슨 문제라도 있어요?"

"둘 다 굉장히 좋은 배역이야. 하지만 일정상 방송 시작 시점이 계속 맞물리거든. 그다음에는 우에다씨의 연극 상연이 시작되고. 이건 좀 생각해볼 문제지."

키요이는 무엇이 문제인지 이해가 잘 가지 않았다.

"OTT는 어설프게 해외 시장을 겨냥해서 작품을 만들려다 국내 시청자한테 '저게 뭐야?'라는 반응을 얻을 수도 있어. 봐, 외국 감독이 찍은 게이샤나 사무라이가 '?'라는 반응을 얻는 경우가 많잖아. 배경이 홍콩 같은 곳이랑 뒤섞이기도 하고. 자칫하면 키요이의 흑역사가 될 가능성도 있다는 거지."

과연 그렇구나, 하고 키요이는 고개를 끄덕였다.

"그에 반해 테이 TV는 공동이지만 주연이고, 기자 역할이라 재킷이나 정장을 입게 될 거야. 이제 키요이는 성숙한 배우로서 한 꺼풀 더 껍질을 벗어나가야 할 시기잖아. 앞으로 나아갈 방향을 생각하면 오바나자와랑 함께 연기하는 역할이 딱 맞아. 그래도 문제가 하나 있는데 뭔지 알겠어?"

"흥행이 안 될 것 같아서요?"

야마가타가 그 말대로야, 하고 힘없이 고개를 떨구었다.

"솔직히 요즘 시대에는 엔터테인먼트 요소를 제대로 살려서 넣지 않으면 사회파 미스터리는 안 팔려. 게다가 사회인한테는 가장 힘든 월요일 밤 열시 방송이잖아. 지옥 같은 월요일을 버티다 겨우 집으로 돌아왔는데 정치나 부정부패, 공직자의 자살 같은 게 보고 싶겠어? 키요이와 오바나자와의 빛나는 미모로도 고전할 거라고 예상해."

학생도 사회인도 매일 할일이나 공부가 산더미처럼 쌓여 있고, 기본적으로 알아야 할 뉴스도 많다. 거기다 게임에 SNS도 하고 싶다. 스가가 그래도, 하고 야마가타의 말을 이었다.

"테이 TV는 솔직히 시청률이 문제가 아니야. 거물급 배우와 베테랑도 많이 출연하니까 키요이한테 굉장히 좋은 공부가 될 거야. 그런 수준급의 작품에 출연하면 배우에게 좋은 경력이 될 수도 있고. 기존의 팬뿐만 아니라 더 넓은 층에도 어필하고, 거기서 좋은 평가를 받으면 팬들도 자랑스러워할 거야. 그러니까 먼저 이쪽에서 성숙한 배우들 사이에 들어가 경험을 쌓은 뒤 그 다음에 해외 진출을 노리는 게 이상적이긴 한데."

키요이는 그 두 사람이 말하는 '우려'가 무엇인지 점점 이해되기 시작했다.

사회파 드라마는 좋은 경력이 되지만 시청률이 잘 나오지 않고, 만약 이어서 출연하는 OTT 드라마도 크게 실패한다면, 모처럼 우에다 씨의 연극에서 실력을 인정받았음에도 키요이의 이미지는 나빠질 것이다. 두 사람은 지금의 기세가 꺾이는 건 아닐지 걱정하는 것이다.

"그리고 그다음에 이어지는 게 연극이잖아. 그야 천하의 우에다 히데키의 작품이니 주목을 받게 되는 건 틀림없어. 하지만 대중적으로 어필하기에 연극은 약해."

과연. 사회파 드라마에서 낮은 시청률을 기록하고, 해외 시장을 겨냥한 작품에서 우스운 닌자의 모습으로 흑역사를 만들고, 그후 연극에 전념한다며 대중 앞에서 모습을 감추면 '그 사람은 지금 뭐한대?'라는 반응만 나올 것이다. 물론 연기자로서 경험을 쌓고 분명 미래를 향한 밑거름은 될 것이다. 하지만 연예인이, 특히 이제 막 주목받기 시작한 시기에 노출을 줄이는 건 좋지 않은 선택이다.

"반짝반짝 빛나는 왕자님 역할이라면 어느 정도 시청률을 보장할 순 있겠지만 말이지."

야마가타가 보험으로 한 편 정도는 있으면 좋겠는데, 하고 팔짱을 낀 채 한숨을 쉬었다.

"그쪽 제안은 없어?"

"산더미처럼 많았는데 다 거절해버렸어요."

레스토랑의 방 안에 침묵이 감도는 가운데 스가가 아, 하고 중얼거렸다.

"아직 답장을 보내지 않은 게 한 건 있었던 것 같은데."

그러더니 태블릿을 꺼내서 아아, 이거야 이거, 하고 화면을 보여줬다.

"쇼와시대에서 타임 슬립한 젊은 다자이 오사무와 현대의 인터넷 신문 기자를 주인공으로 한 러브 코미디예요. 물론 키요이가 젊은 다자이 역할인데, 부유한 집안 출신에 공격적이면서도 섬세하고 성격이 어두운 바람둥이 도련님이죠. 정신이 좀 아프긴 해도 일단은 왕자 캐릭터예요."

"그거 괜찮은 거야? 후손들한테 욕 먹는 거 아니야?"

"정신적으로 좀 아파도 사랑스럽다니까 괜찮겠죠. 감독도 각본도 꽤 괜찮은 편인데, 앞으로 우리가 밀고 갈 이미지와는 상반

돼서 보고하지 않았어요."

"정신이 아픈 건 둘째치고 다자이가 모델이라면 설정상 문학적인 소양은 유지하겠지. 당연히 지식인에 도련님이고. 그런 문인이 인터넷 신문 기자와 사랑에 빠진다니 재미있지 않을까. 팬들도 좋아할 것 같아. 크랭크인은?"

"내년 4월경이네요. 방송은 여름이고요."

"아아— 방송은 그렇다 쳐도 촬영 일정이 아슬아슬하네."

역시 무리인가— 무리네요— 하고 두 사람은 얼굴을 찌푸렸다.

"할 수 있지 않아요?"

키요이가 그렇게 말하자 둘은 고개를 돌려 쳐다본다.

"아니, 아니, 아니, 무리지."

"왜요?"

"안 그래도 연말연시 특별 방송을 찍으려면 정신없을 텐데, 해가 바뀌고 드라마 촬영을 두 편이나 연달아 들어간다고. 거기다 한 편은 감독이 미국인이니 익숙하지 않은 일도 많을 거야. 다 끝날 즈음이면 연극 일정도 겹칠 테고. 우에다 극단의 연습이 얼마나 엄격한지 알잖아? 거기에 한 편을 더 찍는다면 너무 혹독하지. 드라마 홍보랑 다른 일도 있을 텐데 쉬는 날은커녕 잘 시간도 없을 거야."

"여유는 필요하지만 정작 중요한 순간에 버티지 못하는 녀석은 거기까지인 거예요. 휴가는 그후에 잔뜩 받으면 되고, 무조건 열심히 할 테니 스케줄에 넣어주세요."

키요이가 딱 잘라 말하자 어째선지 두 사람의 입가가 아래로 축 내려갔다.

"……미안."

"왜 사과하는 건데요?"

"우리 스케줄 관리가 미흡해서 배우한테 부담을 주게 됐잖아."

키요이는 그게 무슨 말인지 전혀 이해하지 못했다. 그것보다도—

"그건 제가 두 분의 예상보다 빨리 인기를 얻었기 때문이잖아요?"

"어?"

방송국 주력 드라마의 주연으로 제안을 받는 것도, 세계 시장을 상대하는 OTT 오리지널 드라마의 제안을 받는 것도 작년까진 상상도 못했을 일이다. 단순히 운이 좋았던 게 아니다. 자신은 최선을 다해 노력해왔다.

"사장님과 스가씨의 실력이 좋다는 건 다들 알고 있어요. 안나와 문제가 생겼을 때도 두 분 덕분에 어떻게든 극복할 수 있었고요. 그런 두 분조차 예상 못할 만큼 빠른 속도로 제가 인기를 얻은 거잖아요. 기뻐할 일 아닌가요?"

"과, 과연. 그렇게 말할 수도 있지."

"괜찮아요. 전 그리 약하게 단련된 사람이 아니니까요."

우에다의 연극에서 자존심을 짓밟히고, 누더기가 될 정도로 호된 훈련을 받고, 20킬로그램이나 살을 찌우고, 다시 그만큼을 빼고, 체력도 정신력도 더할 나위 없이 단련됐다. 그 괴로움과 비교하면 무슨 일이든 할 수 있다. 아니, 궁지에 몰리면 몰릴수록 뱃속 깊은 곳에서 전투 의지가 끓어오른다.

"……귀신 멘탈을 넘어서서 이제 형용할 말이 없어."

"……이렇게나 긍정적이면 이제 병이라고 해야 할지도."

두 사람이 신음하듯 중얼거린다.

"칭찬이죠?"

키요이가 그렇게 되묻자 둘은 항복했다는 듯이 두 손을 살짝 들었다. 그러고선 얼굴을 마주본 뒤 서로 고개를 끄덕이고는 키요이 쪽으로 몸을 내밀었다.

"키요이 마음이 그렇다면 사양하지 않고 맡길게. 먼저 다자이 쪽은 다시 한번 기획서를 확인해보고 문제없으면 출연하겠다고 답변을 보낼게. 보험을 든다는 표현이 좀 그렇지만 그 덕분에 테이 TV와 OTT 쪽에도 쓸데없는 아부할 필요 없이 우리 뜻대로 대응할 수 있을 것 같아."

"뭔가 즐거워졌네요. 사회파 신문기자, 닌자, 정신이 아픈 문인 왕자, 우에다씨의 신작 연극. 조금 전까진 부정적인 얘기뿐이었지만 전부 성공할 가능성도 있으니까, 그러면 이제—"

스가가 비장하게 말을 끊었고, 야마가타도 진지한 표정으로 고개를 끄덕였다.

"내년은 엄청나게 도약하는 해가 될지도 몰라."

기대와 흥분이 가득 담긴 두 사람의 눈빛에 키요이는 오싹오싹 닭살이 돋았다. 전투 모드에 들어간 것처럼 온몸이 각성해서 지금 바로, 뭐가 됐든, 뭐든지 좋으니 몸을 움직이고 싶어졌다. 키요이는 잠깐 다녀올게요, 하고 가방을 들고 자리에서 일어났다.

"어디 가?"

"헬스장요."

"응? 밥 다 먹고 가."

"흥분돼서 가만히 앉아 있을 수가 없어요."

"그럼 헬스장까지 데려다줄게."

"가까우니까 뛰어갈래요. 그럼 나머지는 잘 부탁해요."

그렇게 말하면서 방을 나가는 키요이의 등 뒤로 두 사람이 웃으며 말하는 소리가 들려왔다.

"아주 날뛰는 말 같아."

"말 등에서 떨어지지 않도록 우리가 조심해야죠."

키요이는 레스토랑을 나와 헬스장을 향해 달려간다. 온몸이 의욕으로 가득차서 가벼운 발걸음으로 사람들 사이를 헤치고 빠져나간다. 마치 바람이 된 것처럼 기분이 좋다.

하지만 이렇게 마음껏 달릴 수 있는 건 발밑을 탄탄하게 다져

주는 소속사가 있기 때문이라고 다시 한번 깨닫는다. 키요이가 가겠다고 결심하면 구불구불 굽이치는 길 끝까지, 달리기 쉽도록 풀을 베어주고 돌을 치워주며 온 힘을 다해 함께 달려준다. 아무리 멀리 돌아가는 길이라도, 설령 장애물만 잔뜩 있고 산짐승밖에 다니지 않는 길이라고 해도. 물론 가는 길에 잔소리를 듣기는 하겠지만—

혼자서 할 수 있는 일에는 한계가 있다.

혼자만의 다리로 갈 수 있는 곳에는 한계가 있다.

지탱해주는 팀 덕분에 러너는 마음껏 달릴 수 있다.

그 사실을 알게 될수록, 일말의 불안이 가슴을 스친다.

히라는 어떨까.

지금까지 혼자 해오던 일을 주변에 맡기게 되면 아무리 유능한 스태프가 붙어도 처음에는 위화감을 느낄 수 있다. 그런 위화감을 하나씩 하나씩 맞춰가며 서로에게 더 좋은 방법을 찾아나가는 수밖에 없다. 말하자면 이 일은 인간관계의 기본이다.

그 부정적인 나님에게, 과연 그 일이 가능할까.

키요이가 집으로 돌아와보니 현관에 멋스러운 가죽 구두가 있었다. 그 순간, 불쾌함에 입가가 아래로 내려간다. 스니커즈를 벗는 사이 거실에서 히라가 나왔다.

"키요이, 어서 와. 수고했어."

키요이는 다녀왔어, 하고 대답하며 히라의 손에 가방을 넘겨줬다. 선글라스와 모자도 차례로 벗어서 건네주자 히라가 모양이 망가지지 않도록 받아든다.

"오늘도 더웠지? 촬영은 어땠어?"

"건물 옥상에서 가을 옷 입고 찍어서 죽을 뻔했어."

"저녁식사는 준비해뒀는데, 아, 목욕물 먼저 받아줄까?"

알아서 할 테니까 신경쓰지 마, 라고 말하려던 순간이었다.

"굉장한데. 쇼와시대의 홈드라마 같아."

복도 안쪽에서 거실 문이 열리더니 온다가 살짝 얼굴을 내밀었다.

"쇼와시대의 홈드라마?"

"남편이 일을 마치고 돌아오면 부인이 현관까지 맞이하러 가서 가방을 받아주거나, 뒤에 서서 재킷을 벗겨주거나, 그러면서 밥 먹을래요, 목욕 먼저 할래요, 하고 묻는 그런 장면 말이야."

온다의 묘사가 확실히 우리집의 모습 그대로여서 키요이는 눈썹을 꾹 찌푸렸다. 기꺼이 봉사를 하려는 히라를 제지하고 주방으로 향한다. 무엇을 하려는지 눈치챈 히라가 먼저 잔에 물을 따른 뒤 비타민 보충을 위해 냉장고에서 얇게 썬 레몬을 꺼내 넣어준다. 그 모습을 온다가 어이없다는 듯한 얼굴로 보고 있다.

"요즘 시대엔 여성에게 차를 끓여달라고만 해도 사방에서 돌이 날아오는데, 여긴 그 옛날 좋은 시절의 가부장적인 남편과 젊은 아내가 있는 그림 같은 집이네."

온다가 싱긋싱긋 웃으며 찔러오지만 키요이와 히라 중 대체 어느 쪽이 가부장적이라고 생각하는 건지 물어보고 싶었다. 히라는 젊은 아내의 껍질을 뒤집어쓴 무서운 나님이다. 대상의 한쪽 면만 보고 판단하는 녀석이 과연 사진작가의 매니저를 할 수 있을까 하는 의구심을 삼키고 키요이는 서둘러 저녁을 준비하려는 히라를 주방에서 쫓아냈다.

"일하는 중이잖아. 빨리 돌아가."

"키요이군도 피곤할 텐데 미안해. 회의가 길어져서."

"신경쓰지 말고 계속하세요."

키요이는 태연한 척하며 대답했다. 하지만 "미안하면 빨리 돌아가라고"가 솔직한 심정이다. 키요이는 친구는 많지만 개인 공간을 넓게 쓰고 싶어하는 성격이라 집에는 거의 사람을 부르지 않는다. 그렇더라도 히라의 일을 방해하고 싶진 않다.

"그럼 말씀대로 실례하겠습니다. 히라군, 조금 전 얘기 말인데."

온다는 히라를 부르고는 다시 소파에 자리를 잡고 앉았다. 저 녀석은 매번 덥석덥석 그러겠다고 한다니까, 하고 키요이는 생각하며 두 사람을 바라보았다.

테이블에는 외국 잡지가 놓여 있다. 미국 미술 잡지의 이번 달 호로, 히라가 개인전에 낸 사진이 실려 있다. 히라와 작풍이 비슷하다는 프란체스카 우드먼이라는 사진작가의 작품과 나란히 다. 이 기획을 한 사람이 온다라고 한다.

“반응이 좋아서 그쪽에서 다음 기획을 제안해왔어.”

“그, 그런가요?”

“한번 더 프란체스카의 작품과 나란히 실려도 좋겠지만, 그렇다면 이번에는 서로 다른 점을 부각시키고 싶거든. 물론 미국 개인전도 염두에 두고.”

“어, 그, 그런—”

“성급한 것도, 분수에 맞지 않는 것도 아니니까.”

히라의 징징거림을 막으려는 듯 온다가 말을 덧붙인다. 온다는 그대로 얘기를 이어나갔고, 히라는 네, 네, 하며 비장한 표정으로 그 말을 듣고 있다.

누가 고용주인지 모르겠네.

히라가 프로로서 일을 시작한 지 두 달쯤 지났다. 처음에 걱정했던 것과 달리 두 사람의 관계는 양호해 보인다. 매니저로서 온다는 유능한 것 같다.

“걱정하지 않아도 대학 학점은 제대로 받을 수 있도록 스케줄을 짤게. 하지만 해외 개인전은 준비하는 데만도 시간이 좀 걸리는데 기무라이헤에상을 받고 난 다음에 시작하면 다른 여러 일들이 겹칠 거야. 그러니까 지금부터 생각해두는 게 좋겠어.”

“상, 상이라니 그런—”

"응, 못 받아도 완전히 괜찮아. 그야 히라군은 아직 학생이고, 앞으로도 충분히 최연소 수상을 노릴 수 있어. 그치만 현역 대학생으로 수상하는 건 올해만 얻을 수 있는 기회니까 말이야. 야시장에서 사격 게임을 한다는 감각으로 가볍게 도전해보는 것도 재밌을 것 같아."

온다는 장난치듯 라이플 쏘는 흉내를 낸다. 히라는 조금 마음이 놓였는지 네, 하고 얌전하게 고개를 끄덕였다. 온다가 유능한 매니저라고 여겨지는 건 이런 점 때문이다. 일을 많이 가져오지만 히라의 멘탈에 가능한 한 부담을 주지 않으려 한다. 온다가 농담처럼 얘기했어도 현역 대학생의 수상을 진심으로 노리고 있는 건 물론, 실현될 것까지 내다보고 지금부터 준비하는 것이다.

"그후로 뭔가 찍은 거 있어?"

온다가 자연스럽게 화제를 바꿨다. 상당히 애매하게 넘어가긴 했지만 온다가 이로써 해외 개인전 준비를 진행해도 된다는 허락을 받아냈다는 걸 히라는 눈치채고 있을까.

"키요이가 자기 사진을 몇 장 정도 찍을 수 있게 해줬어요."

"오호, 보여줘."

"그건 안 됩니다. 개인적인 사진이라."

이런 부분은 히라가 딱 잘라 거절해서 키요이도 내심 크게 고개를 끄덕였다. 아무리 매니저라도 들어설 수 없는 부분이 있다. 들어오게 하고 싶지 않다.

조금 걱정되긴 하지만 공사 구분이 가능하다면, 뭐 괜찮겠지.

키요이가 그렇게 생각하며 컵을 정리하고 샤워를 하러 가려던 참이었다.

"그래도 나중에 키요이군의 사진집을 찍게 되면 어떻게 할 거야?"

히라가 엇, 하고 눈을 크게 떴고, 키요이도 걸음을 멈췄다.

"제가 키요이의 공식 사진집을 찍는다니, 그런 일은 바다가 갈라져도—"

"전에 안나와 키리야의 사진과 함께 키요이군도 찍었잖아."

"그건 노구치씨 덕분이에요."

"키요이군, 소속사에서 그런 얘기 안 나와?"

갑자기 대화가 키요이 쪽으로 넘어왔다.

"나와요. 나름대로는."

키요이의 첫 사진집은 원래 노구치가 찍어줄 예정이었지만 안나와 관련된 감금 폭행 사건으로 연기됐고, 그후로는 노구치가 바빠서 시간을 내지 못하는 상황이었다. 더이상 뒤로 미룰 순 없기에 다른 후보를 찾는 중이었다. 그 안에 히라의 이름도 올라가 있다.

"전에 우리 사장님이 그렇게 말했잖아."

"그, 그건 그 자리에서만 한 농담이잖아."

"뭐, 지금으로선 미래의 얘기이긴 하지."

역시 중요한 첫 사진집을 완전히 신인인 작가에게 맡길 순 없다.

"봐, 들었지. 실제로 일어날 수 있는 얘기야."

하지만 온다가 기세를 몰아 히라를 다시 마주보았다.

"히라군, 나는 예술가에겐 성역이 필요하다고 생각해. 그리고 그 성역에 언젠가는 들어가야 해. 히라군에게 키요이군은 황금빛 왕국을 다스리는 황금빛 왕이고, 말하자면 성역이잖아. 실현되든 안 되든 마음가짐만은 미리 잘 챙겨두는 편이 좋아."

"마음가짐이요?"

"성역에 들어갈 각오. 프로로서 키요이군을 찍겠다는 각오 말이야."

벼락을 맞은 것처럼 히라의 표정에 금이 갔다.

"성역이라는 건 영원한 테마 같은 거야."

"…영원한 테마."

"거기에 도전하지 않는 사진작가는 어느 한 장에도 진짜를 담아낼 수 없어."

"…도전."

"괜찮아, 미래의 얘기니까. 우선 히라군이 찍은 키요이군의 사진을 보여줘."

"하, 하지만."

"지금의 히라군과 성역 사이에 거리가 얼마나 벌어져 있는지 매니저로서 파악해두고 싶어. 개인적인 사진이라는 둥, 그런 얕은 차원의 얘기를 하는 게 아니야. 키요이군의 미래와도 관련된 지극히 중요한 얘기지. 키요이 소라는 황금 피사체에 과연 네가 얼마나 가까워져 있는지."

"…황금 피사체."

"키요이 소라는 황금을 손상시키지 않을 자신 있어?"

히라는 절레절레 고개를 가로저었다.

"자, 히라군."

온다가 지극히 자연스럽게 손을 내밀자 히라는 네…… 하며 고개를 끄덕이고는 카메라에 담긴 데이터를 내밀었다. 이게 어떻게 된 일인가. 순식간에 온다의 말에 휘말렸다.

노구치씨 미니어처 같은 녀석이네.

원래 사진작가 지망생이었던 만큼 마음을 잘 이해하고, 외국 잡지에 기획을 제안할 만큼 말솜씨가 뛰어나다. 게다가 그 바탕에는 히라의 재능에 대한 존경이 깔려 있다. 매니저로서 더할 나위 없는 인재라고 하겠지만—

"오호, 키요이군이 이런 표정도 짓는구나."

사진을 보자 온다의 표정이 순식간에 밝아졌다.

"TV나 잡지에서 보는 것과는 또다른 매력이 있네. 키요이군은 배우로서의 활약이 눈부시지만 사진의 피사체로서도 굉장히 매력적이야."

"그렇죠. 키요이는 비할 데 없이 특별한 존재이고, 그건 커다란 우주의 별들이—"

히라가 평소처럼 기분 나쁘고 짜증나는 얘기를 폭발시키려던 순간이었다.

"그래서 아쉽기도 하네."

온다의 표정이 엄하게 바뀌었다.

"키요이군의 존재감이 이 정도로 두드러질 거라고는 생각 못 했어. 이 존재감을 다 담아내려면 상당한 실력이 필요해. 지금이라면 그렇지…… 노구치 히로미 급이 아니면."

히라가 점점 더 창백해져간다.

"그, 그렇죠. 저 같은 게 키요이의 사진집이라니 너무 주제넘어요."

"확실히 그래. 안타깝지만 지금의 히라군한테는 아무래도 무리겠어."

온다가 괴롭다는 듯 고개를 가로젓자 히라는 커다란 우주에서 한순간에 절망의 블랙홀로 빨려들어갔다. 키요이가 어이 이봐, 왜 소중한 클라이언트의 자신감을 꺾는 거야. 히라는 틀림없이 천재라고— 하며 끼어들려던 참이었다.

"그래도 희망을 버리지 말자."

온다가 목소리를 밝게 바꿨다.

"키요이군이 황금빛 왕이고, 밤하늘에 빛나는 별인 건 틀림없잖아.”

히라가 크게 고개를 끄덕였다. 키요이는 빨리 샤워를 하러 가고 싶었지만 온다가 무슨 말을 하고 싶은 건지 잘 이해가 가지 않아 신경이 쓰인 나머지 그 자리를 떠날 수 없었다.

“왕이 내뿜는 빛이 눈부실수록 위를 올려다보는 우리의 발밑에는 더 짙은 그림자가 생겨. 그 그림자야말로 황금빛 왕국에 사는 백성의 영광이자 짊어지고 가야 할 업보라고 생각해.”

마치 진리의 말씀이라도 들은 것처럼 히라는 깜짝 놀라 입을 가렸다.

“아무런 대가도 지불하지 않고서 왕이 내뿜는 빛을 그저 누릴 순 없어. 히라군이 황금빛 왕국의 백성에 걸맞은 사람이 될 수 있도록 나도 온 힘을 다해 돕고 싶어.”

“……온다씨.”

히라가 눈을 크게 뜨고 떨기 시작했다. 키요이는 상당히 기분이 나쁘다.

“히라군, 나와 함께 황금빛 왕이 계시는 황금빛 왕성을 목표로 하자.”

“……네!”

“미국 잡지 일도 열심히 해보자.”

“……네!”

“기무라이헤에상도 받을 수 있도록 열심히 하자.”

"네…… 엇, 어, 아?"

"빈손으로 왕을 알현할 생각이야?"

그건 말도 안 된다는 듯 히라가 고개를 가로저었다.

"그렇지. 고귀한 상대에게는 그 신분에 어울리는 고귀한 헌상품이 필요해."

온다가 열심히 하자고 어깨를 붙잡고 흔들자 히라는 고개를 가로저으며 끄덕이는 재주를 부리고 있다. 분명 본인이 처한 상황을 전혀 이해하지 못한 것이다.

이 녀석, 보통내기가 아닌데.

키요이는 깜짝 놀란 채 그 자리에 서 있었다. 온다가 기분 나쁘고 짜증나는 히라와 잘해나가고 있다는 사실을 반신반의하긴 했지만, 완벽하게 그의 손바닥 위에서 히라를 굴리고 있다. 잘해나가지 못하는 것보다야 잘해나가는 편이 당연히 좋지만 이런 방식은 마음에 들지 않는다.

키요이는 샤워를 하러 성큼성큼 거실을 나왔다. 탈의실에서 난폭하게 옷을 벗어던진 뒤 뜨거운 물을 위에서부터 맞으며 머리를 마구 감았다.

온다가 사진집 얘기를 꺼낸 것도, 키요이에게 칭찬을 아끼지 않은 것도, 가장 빠르게 히라의 신뢰를 얻어 기무라이헤에상을 거머쥐는 데 관심을 갖도록 하기 위한 수단이었다. 그 본심에는 자신이 발견한 천재 히라 카즈나리에게 연예인의 사진집을 찍게 할 생각은 눈곱만큼도 없을 것이다. 예술 사진작가의 경력에 오점이 될 뿐이라고 생각하는 건 아닐까.

온다가 히라를 위해 힘을 써주는 건 사실이다.

그건 키요이도 마찬가지지만 그럼에도 공동 전선을 펼칠 마음이 들지 않는다. 언변도 수완도 좋은데다 청산유수처럼 거침없는 화술이 노구치를 떠올리게 하지만, 똑같이 말재주가 좋아도 노구치와 온다에게는 결정적인 차이가 있다. 온다는 노구치처럼 지켜보려는 자세가 없고 히라를 자기 이상대로 움직이려고 한다.

그렇게 보이는 건 기분 탓일까?

매니저와는 조화로움도 중요하기에 아무리 유능해도 호흡이 맞지 않으면 100퍼센트의 힘을 발휘할 수 없다. 야마가타나 스가처럼 자율성을 존중해주면서 너무 세세하게 간섭하지 않는 편이 키요이는 함께 일하기 편하고 결과도 더 잘 나온다.

하지만 돌다리를 두드리고 또 두드리다 결국 부숴버리는 것도 모자라, 성공으로 가는 플래그마저 스스로 꺾어버리는 히라에게는 온다처럼 조금 강압적인 사람이 잘 맞을지도 모른다. 자신이 온다를 마음에 들어하지 않는다고 해서 히라에게도 온다가 나쁘다고 단정짓는 건 공정하지 않다. 개인적인 호불호와 일은 분리해야 한다.

오히려, 나는 아무 말도 하면 안 돼.

만약 키요이가 온다를 향한 좋지 않은 감정을 입에 담으면 히라는 곧바로 온다를 자를 것이다. 거기에 논리적인 개연성은 필요 없고, 그저 "마음에 들지 않아"라는 말 한마디면 충분하다. 자신이 히라에게 미치는 영향을 생각하면 말도 행동도 신중하게 골라야 했다.

노블레스 오블리주―지위에는 책임이 따른다. 결국 지금의 키요이에게 주어진 책임은 '묵묵히 지켜보기'인가. 자신의 말이 황금빛 가치를 지니고 있음을 잊으면 안 된다. 가치가 있는 만큼 함부로 휘둘러서는 안 된다. 가진 게 많은 사람일수록 사려 깊어야 한다.

키요이가 젖은 머리카락을 말리며 탈의실을 나오자 때마침 히라와 온다가 거실에서 나오고 있었다. 드디어 돌아가려는 듯 온다는 가방을 들고 있다.

"늦은 시간까지 실례했습니다."

완전 실례였지, 라고 말하는 대신 키요이는 조용히 고개를 숙여 인사했다.

"키요이, 늦어져서 미안해. 바로 저녁 준비할게."

"오늘 저녁은 키요이군이 좋아하는 새우 크로켓이라던데."

알고 있다. 냉장고에 튀김옷을 입은 동그란 녀석이 들어 있었다.

"나도 먹고 싶다고 했는데 그건 왕의 메뉴라고 거절당했어."

당연하지, 하고 키요이는 내심 콧대가 높아졌다.

"그럼 게 크로켓은 어떠냐고 했더니 그건 스승의 메뉴라고 하더라고."

그것도 당연하다. 아무리 일을 함께하는 파트너여도 어제오늘 알게 된 너는 왕과 스승의 벽을 넘을 수 없어, 하고 키요이는 내심 크게 고개를 끄덕였다.

"그래서 다음에 굴 크로켓을 만들어주기로 했어."

"뭐?"

키요이가 자신도 모르게 침묵을 깨고 쳐다보자 히라가 말했다.

"굴이라면 괜찮을 것 같아서."

바보냐, 굴 크로켓이라고 해봤자 새우 크로켓과 게 크로켓의 소꿉친구 같은 거잖아. 노구치씨는 그렇다 치고 이 녀석한텐 어묵 튀김이나 먹이라고—라고 말하고 싶은 걸 키요이가 겨우 참고 있는데 과연 그렇구나, 하고 온다가 팔짱을 끼더니 고개를 끄덕였다.

"뭐가요?"

키요이가 묻자 온다는 아니, 하며 난처한 미소를 지었다.

"조금 전에 가부장적인 남편과 젊은 아내라고 멋대로 단정지어서 미안하다고…… 젊은 아내가 아니라 감성적인 소녀일지도 모르겠네. 어느 쪽이든 쇼와시대인 건 틀림없지만."

아하하, 하는 온다의 웃음에 결국 키요이의 짜증측정기는 한계를 넘어섰다.

"키요이, 다 왔어."

눈을 뜨자 이미 집 앞에 차가 도착해 있었다.

"미안해. 좀더 자게 해주고 싶었는데."

"괜찮아요. 오늘은 오랜만에 일찍 끝나기도 했고요."

"푹 쉬어. 내일도 이른 시간이지만 잘 부탁해."

스가의 말에 네, 하고 대답하며 키요이는 뒷좌석 문으로 차에서 내렸다.

엘리베이터를 기다리는 동안에도 눈꺼풀이 내려간다. 건강 문제로 하차한 배우를 대신해 급하게 아침 정보 프로그램에 고정 출연을 하게 된 후로 매일 새벽 네시에 일어나는 생활이 이어지고 있다. 내년을 대비하는 보험 차원에서 올해는 방송 출연 빈도를 높이려고 한다. 그래서 최근 두 달간 제대로 된 휴일을 보내지 못해 피로 역시 풀릴 새가 없다.

다음주에는 이십칠 시간 연속 버라이어티 방송의 촬영이 예정되어 있다. 키요이가 출연하는 건 아이들과 함께하는 자선행사라서 지친 얼굴을 보여줄 순 없다. 영양을 보충하고 체중은 늘리지 않으면서 짧은 시간에 질 좋은 수면을 확보해야 한다.

왜 하루는 이십사 시간뿐인 거야.

스승인 우에다가 할 법한 생각을 하며 문을 열자 현관에는 이미 익숙한 가죽 구두가 있었다. 또 온 거냐, 하고 키요이는 피로감이 확 몰려왔다.

"키요이, 수고했어. 오늘은 일찍 왔네."

거실 문이 열리더니 안에서 히라가 나왔다.

"다음 촬영 일정이 변경됐거든."

"키요이군, 어서 와."

히라의 등뒤에서 온다가 얼굴을 내밀었다. 이제 "실례하겠습니다"라고도 말하지 않는다.

"키요이, 저녁 어떡하지? 오늘 늦게 올 줄 알고 준비를 못했는데. 조금만 기다려주면 금방 만들어놓을게. 그동안 목욕을—"

"적당히 사 왔으니까 괜찮아. 신경쓰지 말고 일하러 가."

키요이는 스가가 준비해준 배달 음식이 담긴 비닐을 들어 보였다. 영양과 칼로리 밸런스를 잘 맞춘 전문점의 음식으로, 전자레인지로 데우기만 하면 돼서 번거롭지 않다.

"키요이군, 미안. 그럼 그 말씀을 받들어서 히라군 좀 빌릴게."

온다가 히라와 함께 거실 소파가 있는 곳으로 돌아간다. 역시나 이 녀석이 사양이란 걸 하는 날은 단 하루도 없다. 그뿐만 아니라 〈사자에상〉의 노리스케• 아저씨만큼이나 남의 집에 머무는

• 만화 〈사자에상〉의 등장인물인 출판기자. 원고를 받기 위해 작가의 집에 자주 찾아간다.

빈도도 잦다.

미안, 회의가 길어져서.

온다는 매번 이렇게 말하지만 긴 시간 일하는 게 대단하다고 여겨지던 시대는 이미 옛날에 끝났다. 시간 안에 일을 끝내지 못하는 건 무능하다는 증거다.

그뿐만 아니라, 며칠 전에는 온다가 굴을 가져오더니 회의가 끝난 뒤 히라에게 굴 크로켓을 만들어달라고 했다. 키요이도 먹긴 했지만 평범한 굴 튀김치고 꽤 맛있어서 더욱 성질이 났다.

이 녀석, 공사 구분을 너무 못하는 거 아냐?

사생활과 일 사이에 확실하게 선을 그으라고.

일이라는 핑계로 실은 그저 히라와 가까워지고 싶었던 건 아니겠지.

키요이는 이런 의심이 들긴 하지만 그 말을 입 밖에 낸다면 히라는 두 번 다시 온다를 집에 들이지 않을 것이다. 하지만 그러면 히라의 일을 방해하는 셈이니 키요이는 계속해서 '묵묵히 지켜보기'라는 노블레스 오블리주를 어쩔 수 없이 이어가고 있다.

"역시 이쪽이 더 히라군다운데."

"그런가요."

키요이가 주방에서 저녁을 데우는 사이에 보고 싶지 않아도 두 사람이 회의하는 모습이 눈에 들어온다. 테이블 위에 놓인 열 장 정도의 작품이 온다 쪽과 히라 쪽으로 나뉘어 있어 각자가 선호하는 작품의 편향이 명확하다는 걸 알 수 있다.

"'마리안 갤러리'가 원하는 건 개인전에 출품했던 것처럼 '경계'와 관련된 작품이야. 프란체스카의 작품을 관리하는 갤러리니까 히라군 것이 마음에 들면 내년에 예정된 프란체스카의 회고전에 맞춰서 대대적으로 주목해줄지도 몰라. 그러면 실질적인 뉴욕 데뷔인 거지."

뉴욕 데뷔라는 말을 듣고 키요이는 솔직히 조금 놀랐다. 이제 막 일을 시작한, 그것도 돈을 벌지 못하는 게 당연한 예술 사진 작가인 히라에게 파격적인 수준의 의뢰가 들어오고 있다. 노구치의 제자라는 위세를 빼고 보더라도 온다는 유능한 매니저인 듯하지만—

"새로운 작품을 찍고 싶어하는 건 예술가로서 당연한 욕구지만, 지금은 '경계'라는 세계관이 더 깊게 스며들도록 해야 하는 시기이고 팬들도 그걸 보고 싶어해."

히라는 잠시 생각하더니 고개를 끄덕였다. 키요이 쪽에서 보고 있자니 찌르르 가슴이 타들어간다. 온다가 유능하다는 건 인정한다. 하지만 팬이 보고 싶어한다는 이유만으로 예술가의 방향성을 좌지우지해도 되는 것인가.

"물론 히라군의 마음이 무엇보다 중요하니까 마감만 잘 지켜준다면 그 외의 촬영은 계속 원하는 대로 진행해도 돼."

"감사합니다."

"그리고 가을부터 시작되는 '십인전'에 출품할 작품 말인데, 여름방학 동안에 촬영 계획을 세워놓을게. 4학년이라 졸업 준비도 해야 하니 힘들겠지만 그래도 괜찮겠지?"

히라가 다시 한번 고개를 끄덕여서 키요이는 가슴이 더 크게 타들어갔다. 마감만 지키면 원하는 대로 해도 된다지만 지금 상황에서 자유로운 촬영 시간 따위 거의 낼 수 없지 않은가.

"촬영 장소는 괜찮아 보이는 폐허를 골라둘까?"

"아뇨, 전에 갔었던 나가노가 괜찮았어요."

"그래. 사양하지 말고 뭐든 나한테 부탁해. 촬영 금지 구역이어도 협의해볼 수 있고, 물론 숙박이나 교통편 예약도 도와줄 수 있고, 필요하다면 같이 가줄 수도 있으니까."

"촬영은 혼자서 할 겁니다."

"농담이야. 난 파트너로서 히라군을 이해하는 거니까."

파트너, 이해, 왠지 모르게, 단어 하나하나가 다, 키요이의 신경에 거슬린다.

"그럼 오늘밤은 이 정도로 하지. 알아서 돌아갈 테니 배웅해주지 않아도 돼."

바보냐. 문단속을 해야 하니까 맘대로 나가지 말라고. 손님이면 실례했습니다, 하고 제대로 인사하고 돌아가라고. 하지만 히라는 얌전하게 고개를 끄덕이고는 배웅은 건너뛴 채 테이블에 놓인 작품들을 다시 바라보기 시작했다.

“저럴 때는 가만히 내버려둬. 히라는 예술가니까.”

온다가 살짝 귓속말을 해온다. 아는 척하는 온다가 짜증나지만 어쩔 수 없이 키요이가 현관까지 온다를 배웅했다.

“매니저가 이렇게 참견을 많이 하는 역할이었나.”

키요이가 콕 하고 찌르자 현관에서 구두를 신던 온다가 고개를 돌렸다.

“히라군이 좋아하는 걸 자유롭게 찍도록 해주고는 싶어. 다만 작품을 발표하는 시기나 매체는 잘 판단해야 하니까. 히라군은 천재지만 세상과의 조율은 능숙하지 않지. 그런 부분을 보완하고 작품이 얼마나 대단한지를 일반 대중에게까지 널리 효율적으로 전하는 것. 그게 매니저의 역할인데?”

“거기서 벗어난 것 같으니까 하는 말이잖아?”

그렇게 대꾸하자 온다는 자세를 바꿔 키요이를 쳐다보았다.

“키요이군도 엄격한 연예계에서 치열하게 싸워나가는 몸이니 스태프의 중요성을 뼈저리게 느낄 거야. 배우 자신이 보는 풍경과 매니저나 주변 스태프가 보는 풍경은 또 다르거든. 풍경이라고 해야 하나, 범위라고 해야 하나.”

“스태프 쪽이 더 시야가 넓다고 말하고 싶은 거야?”

“단정할 순 없지. 사람마다 다르라고 생각해. 키요이군처럼 의지가 강한 유형은 핸들을 빼앗지 않는 편이 더 좋은 결과를 얻곤 하지. 그런데 히라군의 경우는 그렇지 않아. 난 비즈니스를 포함한 먼 미래를 보고 있고, 거기에 다다르기 위한 운전도 내가 해. 히라군은 작품에만 집중하는 편이 좋은 유형이니까."

그 진단은 틀리지 않았다. 하지만—

"키요이군의 마음도 이해해. 지금껏 히라군과 일에서도 사생활에서도 전부 파트너였는데 갑자기 나 같은 인간이 나타났으니. 연인으로서 그건 재미없겠지."

그것도 큰 이유긴 하다. 하지만 그뿐만이 아니라—

"그런데 부디 지금은 묵묵히 지켜봐줬으면 해. 히라군이 지금까지 키요이군을 묵묵히 응원해온 것처럼 말이야. 그것이야말로 애정이라고 생각하는데, 어때?"

그 말대로다. 옳은 말이다. 하지만—

"게다가 일에 친한 사람이 끼어들면 대체로 안 좋게 흘러가니까 말이야."

꺼내기 어려운 얘기를 서슴없이 내뱉은 온다는 환하게 웃으며 앞으로도 잘 부탁한다는 듯 키요이의 어깨를 가볍게 두드리더니 그럼 이만, 하고 돌아갔다. 키요이는 작아져가는 발소리를 들으며 마치 묶였던 몸이 풀리기라도 한 듯 크게 얼굴을 일그러뜨리고 문을 잠갔다.

아아, 젠장, 열받아. 온다가 하는 말은 전부 옳았다. 키요이가 반론하지 못하도록 끌고 가다가 마지막에는 웃는 얼굴로 '시끄러워' 하고 일축했다. 하지만.

파트너로서 히라군을 이해하는 거니까.

이해, 이해한다니. 대체 그 녀석은 뭘 이해한다는 건가.

히라와는 고등학교 시절부터 서로 알아왔고, 지금은 동거하는 연인이지만, 그런 키요이조차 아직 히라를 이해했다고는 생각하지 않는다. 연인으로서 히라를 이해하고 싶어도 너무 기분이 나빠서 이해하고 싶지 않다는 딜레마에 빠져 계속 괴로워하고 있다. 뜬금없이 튀어나온 온다 녀석이 애정과 표리일체인 이런 복잡한 고뇌를 쉽게 이해할 리 없다.

네 녀석의 좁은 척도로 히라를 이해했다고 멋대로 생각하지 마.

그 녀석의 재능은 밑도 끝도 없는 기분 나쁨과 직결되어 있다고.

집안을 한 바퀴 빙 돌며 혼자서 이상한 변명을 해대다가 거실로 돌아오니 히라는 아직 테이블에 놓인 작품들을 바라보고 있었다. 방해하지 않는 편이 좋다는 걸 알면서도 히라를 가만히 내버려두라던 온다의 말이 떠올라 괜히 키요이는 부글부글 경쟁심이 끓어올랐다.

"불만이 있으면 제대로 말해."

키요이는 히라 옆에 털썩 주저앉았다. 온다가 하는 말은 옳지만 자신과 히라의 관계성에서도 옳은지는 또다른 얘기다.

"아, 미안. 키요이도 피곤할 텐데 거실을 점령해버려서."

히라가 정신을 차리고 키요이를 쳐다본다.

"그런 말을 하는 게 아니잖아."

키요이는 기세 있게 히라에게 몸을 붙였다.

"그래서 넌 어느 쪽이 좋은 거야?"

이제는 느긋하게 몸을 기댄 채 키요이가 묻자 히라는 인화된 사진을 손으로 들었다. 한 장씩 넘겨가며 보여준다.

"이거랑, 이거, 이것도."

전부 개인전에 출품했던 작품과는 조금씩 달랐다. 배경이 폐허이고 불안감이 감도는 건 여전한데 톤이 밝아졌다. 기본적으로 히라의 사진은 흑백이 많지만 그레이스케일의 명도가 올라가 부드러움이 느껴진다.

"온다씨는 어중간한 느낌이 든다고 했어. 음, 나도 그렇게 생각해. 별로라기보다는 아직 작품으로서 완성도가 부족해."

듣고 보니 그럴지도 모르겠다. 부드러움을 다르게 말하면 허술함이라고도 할 수 있을 테니까. 하지만 키요이가 느끼기에 지금까지의 작품이랑 가장 큰 차이는—

"너, 어디 보고 있는 거야?"

키요이는 전문가가 아니니 기술적인 문제는 알 수 없다. 다만 자신이 연기자여서 그런지 피사체인 히라의 시선이 신경쓰인다. 눈이 멍하니 허공을 방황하고 있었다.

"개인전에 출품한 작품들에선 카메라 쪽을 보고 있었잖아."

난로 안에서, 침대 밑에서, 거의 닫힌 문틈에서, 어둠 속에 숨어서, 가만히 이쪽을 살펴보던 히라의 눈을 떠올렸다. 자신을 드러내고 싶은 건지, 숨기고 싶은 건지, 이쪽으로 나오려는 건지, 저쪽으로 끌어들이려는 건지. 모든 경계가 애매하게 섞인 듯한, 그럼에도 이쪽을 응시하는 남자에게 시선을 뗄 수 없는 사진이었다.

"이 눈은, 여기가 아닌, 어딘가 새로운 곳에 가고 싶다는 표현이야?"

"전혀 가고 싶지 않아."

히라는 곧바로 대답했다.

"모르는 곳에 가는 건 무서우니까. 하지만."

히라가 말끝을 흐리자 키요이는 마음속으로 그 뒤를 이었다.

하지만 '지금 있는 곳'도 점점 좁아지는 거겠지?

앞으로 나아가는 건 무섭다. 그래도 어떻게든 세상은 움직이고, 그 자리에 멈춰 서 있어도 발 디딜 자리는 깎여나갈 뿐이다. 움직이지 못하게 되기 전에 발을 내디딜 수밖에 없다. 그러니까 생각해야 한다. 어느 쪽으로 나아가야 할까.

지금 그것을 생각하는 중, 이라는 건가.

히라의 정해지지 않은 시선이 향하는 곳. 그 목적지를 가장 알고 싶어하는 건 히라 자신이다. 히라는 이런 답답하고 어중간한 모습까지 전부 드러내고 있는 건가.

"이런 사진을 일에 쓸 수 없다는 건 알고 있어."

그렇게 말하며 히라는 테이블에 사진을 내려놓았다.

"온다씨가 선택한 사진이 '히라 카즈나리'답기도 하고 퀄리티도 더 좋아."

하지만, 하고 히라는 시선을 이리저리 돌렸다.

"납득이 안 가는 게 있는 거지?"

키요이가 재촉하자 히라는 생각에 잠긴 듯 손바닥을 내려다보았다.

"응, 그쪽은 이제 '나'의 모습이 아니야."

온다가 추천하는 작품은 아무리 완성도가 높아도 이미 과거이며, 더 앞으로 나아가려는 '지금의 자신'이 아니다. 히라에게 작품은 자기 자신 그 자체인데 '실제 자신'과 멀어지는 것이 기분 나쁘다는 의미일까.

이미 평가를 받은 작품이 있으니 한동안 그 스타일을 이어가는 사이에 다음 테마를 탐색하는 방식이 효율적이지만, 히라는 완성품보다도 현재진행형의 미완성작을 출품하고 싶은 것이다. 그것이 '자신'이니까. 일을 하는 방식은 사람마다 다르니 좋고 나쁨을 따질 수 없겠지만 키요이가 보기에 히라는 예술가 기질로 고생하는 유형이었다.

나라면…… 하고 목 끝까지 올라오는 말을 삼켰다. 자신이라면 생각에 생각을 거듭한 뒤, 그럼에도 떨쳐버릴 수 없을 때는, 실패도 비판도 각오하고 원하는 대로 할 것이다. 정말 신뢰할 수 있는 스태프라면 함께해줄 것이다.

히라에게 그렇게 말하고 싶다. 예전 같았으면 말했을 것이다. 하지만 온다의 말대로, 친한 사람이 일에 너무 참견하는 건 좋지 않다. 안 좋게 끝난 실제 경험담들도 여럿 들어서 알고 있다. 그런데 이대로 온다가 그리는 '최강의 히라 카즈나리' 역할을 하게 될 히라를 두고 보자니 화가 난다.

"그래도 온다씨한테는 고마워. 나 같은 신인 사진작가를 상대로 굉장히 열심히 해주고 있잖아. 나 혼자서는 도저히 할 수 없는 일들뿐인데."

"그건, 뭐, 그렇지."

키요이는 짜증나지만 인정할 수밖에 없다.

"도와주는 사람들을 위해 나도 최선을 다하지 않으면 안 되겠지."

히라는 무릎 위에서 손을 가볍게 쥐었다.

……아아, 이 녀석.

키요이는 새삼스럽게 깨달았다.

이 녀석, 성장했구나.

무슨 일이 생기면 곧장 자기비하의 껍질 속으로 도망쳐 스스로를 보호하던 히라가, 실제로는 키요이조차 능가하는 나님이었던 히라가, 오만과 비굴함과 자기모순의 덩어리였던 히라가, 자신을 억제하고, 스태프에게 감사하고, 주위와 조화를 이루며 앞으로 나아가려 한다.

이전의 히라를 생각하면 말도 안 되는 성장이다.

그런데 어째서 찝찝한 걸까. 자신이 알던 히라가 아닌 것처럼 느껴지다니. 단순히 온다를 질투하는 걸까. 자신이 그렇게 속 좁은 인간이었나. 이런 생각에 빠져 있는 키요이에게 히라가 미안, 하고 사과했다.

"키요이가 훨씬 바쁠 텐데, 이렇게 수준 낮은 얘기를 해서."

"수준 낮은 얘기가 아니야. 오히려 열심히 하고 있잖아."

정말로 그렇게 생각하는데도 말이 잘 나오지 않는다. 히라가 무슨 일일까 하고 불안한 듯한 얼굴로 키요이의 표정을 살피고 있다. 그러던 중, 히라의 스마트폰이 울렸다. 메시지 알림음이었다. 스마트폰을 확인한 히라가 "엇" 하고 소리를 냈다.

"굉장해, 키요이. 〈역사 산책〉에 나오는구나."

히라가 보고 있던 건 키요이의 공식 SNS였다. 스가가 키요이의 소소한 일상이나 앞으로의 활동 정보 등을 비정기적으로 올려주고 있다. 이제 공개하게 된 〈역사 산책〉은 거물 배우인 사와구치 토모로가 게스트와 함께 전국의 명소와 유적지를 둘러보는 방송이다. 거기에 게스트로 출연하면 일류 연예인의 반열에 들 수 있다고 할 정도로 오랜 세월 인기를 누리고 있다.

"출연 요청이 왔을 때 사장님도 스가씨도 좋아서 깡충깡충 뛰었어. 메인인 사와구치씨가 우에다씨랑 친해서 작년 연극 때 나를 좋게 봐준 것 같아."

"굉장해, 역시 키요이야."

"내가 아니라 우에다씨가 대단한 거지."

우에다의 연극에 출연한 것만으로 이제 저 배우를 가볍게 다룰 수 없겠다는 분위기가 생겨난다. 눈에는 보이지 않는, 격이라고 할까. 연예인에게는 중요한 부분이다.

"아직 공개 허락이 떨어지진 않았는데, 나 연말 스페셜 방송에도 출연해."

"더 굉장해!"

"문인들이 사랑했던 숙소를 돌아보는 기획 같아. 사와구치씨는 역사도 잘 알지만 독서가로도 유명하니까. 내 코너는 나가노에서 촬영한대. 거기에 다자이 오사무가 자주 찾던 숙소가 있다나봐. 나도 내년에 다자이 역을 연기할 예정이니까 그 점도 같이 고려해준 것 같아. 그때까지 대표작이나 전기를 몇 권쯤은 읽어둬야지."

"……키요이가 연기하는 다자이. 분명히 악마가 깃든 것처럼 아름다운 다자이일 거야."

"아냐, 현대의 인터넷 신문 기자랑 사랑에 빠지는 병적 계열의 러브 코미디라고 했어."

"러브 코미디! 그, 그걸 보기 전에는 절대로 못 죽어."

히라가 스마트폰으로 스케줄 표에 메모하기 시작한다.

"아, 그러고 보니 전에 갔었던 나가노의 폐허 근처에 과거 문인이 연인과 자주 찾았던 '구 금류정'이라는 숙소가 있다고 했어. 지금은 영업을 안 하지만 키요이의 별장이라고 해도 좋을 만큼 아름다운 울림을 주는 숙소야. 이번 촬영 일정을 세우다 발견했어. 혹시 다자이도 왔었을까."

"오호, 시간 괜찮으면 사진 찍어줘."

키요이는 아무렇지도 않게 얘기를 나누면서도 마음속에는 아까의 찝찝함이 계속 남아 있었다.

원래는 누군가에게 하고 싶은 말이 있으면 쌓아두지 않고 직접 말하자는 주의다. 그게 스트레스를 최소한으로 막는 방법이기 때문이다. 유일한 예외는 이 기분 나쁘고 짜증나는 녀석이다. 줄곧 히라가 정상적이기를 바라왔고, 이제야 겨우 그렇게 될 조짐이 보이기 시작했건만.

기분 나빠도, 기분 나쁘지 않아도, 이 녀석은 나를 고민하게 만들어.

그렇게 억울함을 참고 있는데 히라의 스마트폰이 다시 한번 짧게 울렸다.

"또 새로운 정보인가."

히라는 기쁜 듯이 확인하더니 아…… 하고 웃음이 사라진다.

"무슨 일이야?"

"아, 그게, 파티 초대장이야."

화면을 들여다보니 나나미로부터 노구치의 사진집 발행 기념 파티의 초대장이 와 있었다. 히라는 조금 생각한 뒤 '사진집 발매를 축하드립니다. 그날은 일이 많아서—' 하고 거절의 답장을 쓰기 시작했다.

"왜 거절하는 거야? 스승의 사진집 발매 기념이잖아. 가봐."

"못 가. 미움받고 있는걸."

"잊어버려. 그런 말은 못 들은 척하고 아무렇지도 않은 얼굴로 가서 사진집 발매를 축하드립니다, 하면 돼. 그게 어른의 사회생활이야. 일일이 신경쓰지 마."

"그, 그럴 수 있다면 좋겠지만."

히라는 어두운 얼굴로 고개를 숙였다. 참으로 끝까지 힘들게 사는 녀석이다.

하지만 키요이는 이거야말로 좋은 기회다, 하고 자신의 스케줄을 확인한 뒤 일정을 적어넣었다.

노구치 히로미가 몇 년 만에 단독으로 발매하는 사진집인 만큼 파티장은 화려한 분위기로 가득차 있다. 입구는 한쪽 벽면을 사진집으로 가득 채워 꾸몄고, 유명 인사들로부터 온 축하 화환이 넘쳐났다. 책이 잘 팔리지 않는 시대에 더욱 팔리지 않는 사진집의 출간 기념 파티가 열리는 건 이례적인 일이다. 출판사가 그만큼 잘 팔릴 거라고 예상하고 힘을 쏟는 것이다.

이 표지라면 당연한 일이지.

키요이는 장식된 사진집을 올려다본다. 표지를 장식한 건 안나와 키리야 케이스케. 일본 전역을 떠들썩하게 했던 두 사람의 열애 보도 이후에 그 관계를 당당히 공개한 사진이었다.

창문으로 들어오는 자연광을 받으며 나란히 서서 설거지를 하는 두 사람을 뒤에서 찍은 것이었다. 어디서든 볼 수 있는 평범한 연인의 일상을 담아낸 한 장.

무책임한 주간지의 열애 보도에 휘말려 키요이까지 세간의 질타를 받았고, 결국 안나의 팬이 히라를 공격하는 사건까지 일어났다. 세상이 속물근성을 고스란히 드러내며 이 사건에 쏟은 흥미와 관심을 노구치는 이 한 장의 사진으로 조용하게 만들었다.

공적으로 활약하는 연예인에게도 일상의 삶이 있고, 그 일상은 타인이 흙 묻은 발로 짓밟고 어지럽혀도 되는 것이 아니라는 당연한 사실이 이 사진 한 장으로 전해졌다. 사진이 실린 잡지가 발매 전부터 대대적으로 중쇄를 거듭하며 TV에서도 연일 다뤄졌기에 많은 사람들이 한 번쯤은 본 적이 있을 것이다.

그리고 사진집의 페이지를 넘겨보면 지금까지 노구치가 찍어온 수많은 연예인들의 멋진 사진이 담겨 있다. 각 연예인의 팬이라면 군침을 흘릴 만한 사진집으로, 역시나 이미 대대적으로 중쇄중이다. 물론 최고 수준의 퀄리티에 상업적으로도 쏠쏠한 한 권이다.

노구치는 최고의 예술가이자 사업가야.

야마가타와 스가는 감탄을 아끼지 않았지만, 한편으로는 다른 의견도 있다.

노구치는 광고 사진을 많이 찍었고 큰 상도 꽤 받았다. 원래는 도시의 풍경을 주로 찍었는데, 그 시기의 작품 역시 높은 평가를 받았다. 그런 노구치가 몇 년 만에 단독으로 발매한 사진집이 거의 연예인의 화보인 것이다. 지나치게 상업적으로 치우쳐서 예술가로서 이래도 좋은가, 하는 의견이 있었다.

노구치씨 정도면, 명예보다 실속인 걸까요.

아니, 아니, 속물처럼 보이지만 까다로운 녀석이야.

아는 척을 곁들인 각양각색의 의견이 나왔다.

파티장 입구에서 안으로 들어가자 키요이씨— 하고 누군가가 불렀다. 죽 늘어선 취재진이 입구 쪽을 향해 카메라를 들고 있고, 파티에 초대받은 연예인과 모델, 인플루언서들이 포즈를 취하고 있다. 책을 홍보하기 위해 출판사가 준비한 미디어 존이다. 플래시 빛으로 번쩍이는 파티장에서 한 걸음 밖으로 나오니 기자가 노트북을 펼쳐들고 바닥에 앉아 있다. 현장에서 직접 원고를 쓴 뒤 방금 찍은 사진을 기사와 함께 웹 미디어에 바로 올리는 것이다.

한창 잘나가는 젊은 배우인 키요이에게도 끈질길 정도로 플래시가 쏟아졌다. "이쪽 봐주세요" 하고 여기저기서 날아오는 목소리에 응답하는 와중에 한 사진기자의 어깨 너머로 노구치가 보였다. 키요이는 죄송하다고 말한 뒤 촬영을 마무리했다. 그리고 노구치와 인사를 나누는 업계 사람에게 고개 숙여 양해를 구하고는 덥석 노구치의 팔을 잡아 파티장 구석으로 끌고 갔다. 오늘의 주인공을 혼자 독차지하는 게 매너 위반이라는 건 충분히 알고 있다.

"노구치씨, 잠깐 할 얘기가—"

"그래그래. 히라한테 새로운 매니저가 생겼지."

노구치는 어쩔 수 없다는 듯 벽에 기댔고, 키요이는 눈을 크게 떴다.

"역시 뭔가 문제 있는 녀석인가요?"

키요이가 몰아붙이자 노구치는 아니, 아니, 하며 팔짱을 끼고는 고개를 가로저었다.

"질투심 많은 소녀인 키요이니까 갑자기 나타난 정체 모를 남자가 연인의 파트너인 척을 하면 사나워졌겠다고 예상했을 뿐이야."

키요이의 미간에 잡힌 주름이 더욱 깊어졌다.

"하고 싶은 말이 많지만 일단 가장 먼저 정정하고 싶은 건, 제가 개인적인 감정으로 트집을 잡는 게 아니라는 거예요. 다만 히라의 작업 방향까지 그 남자가 결정하는 걸 납득할 수 없다고요."

키요이가 단숨에 그간의 일을 설명하는 동안 노구치는 지루하다는 듯 술을 홀짝였다.

"그 말을 그대로 히라한테 하면 되잖아. 아니, 전부 말할 필요도 없어. '그 녀석을 잘라버려'라고 키요이가 한마디만 하면 히라는 그렇게 할 거야."

노구치는 그렇게 말하고서 싱긋 웃었다.

"뭐, 그걸 아니까 말 못하는 거겠지?"

키요이는 속으로 혀를 찼다.

"참으로 키요이는 겉보기와 달리 잔걱정이 많네."

그냥 내버려두라고 말하려다 노구치를 만나려 한 건 자신이라는 사실을 떠올렸다. 키요이는 스마트폰을 꺼내서 몰래 찍어둔 히라의 최근 작품을 노구치에게 보여줬다.

"봐주세요. 원본을 다시 찍은 거라 제대로 보이진 않지만."

"아— 싫어. 귀찮아."

"스승이잖아요."

"이제 아니야."

"네네, 그럼 이제 대등하다는 의미네요."

"누가 그런 거랑 대등하대."

"전에 개인전을 준비하면서 히라가 찍은 습작을 보고 위축됐던 거 알고 있어요."

키요이가 직설적으로 몰아붙이자 노구치는 살짝 눈썹을 찌푸렸다.

"위축됐지만 최대한 제자가 재능을 펼치도록 해주고 개인전에도 도움을 아끼지 않았죠. 그 녀석의 스승이 노구치씨여서 다행이라고 생각했어요."

"뭐, 내 아량이 넓은 덕이지. 그리고 위축된 적 없어."

"알았으니까 어서 봐주세요. 저도 빨리 돌아가고 싶다고요."

"저기, 내 말 듣고 있어? 얼마나 왕자님인 거야?"

노구치는 투덜거리면서도 키요이의 스마트폰을 받아들고는 손끝으로 재빨리 화면을 넘겼다. 표정에서는 아무것도 읽을 수 없었다. 마지막까지 다 본 건지 노구치가 말없이 스마트폰을 돌려줬고, 키요이는 그걸 받아 다시 주머니에 넣었다.

"그 온다라는 매니저의 생각도 이해가 안 가는 건 아니야."

예상치 못한 대답에 이번에는 키요이의 미간이 좁아졌다.

"뭐랄까. 결과를 만들어낸 신인일수록 조급해지기 마련이거든."

노구치는 귀찮은 듯 한숨을 쉬었다.

갑작스러운 주목과 칭찬은 마약처럼 강한 자극을 주며 사람을 바꾼다. 지나치게 긍정적으로 변한다. 거만해진다. 아니면 받게 된 높은 평가가 떨어지지 않도록 지금껏 인식하지 않았던 세상의 반응을 신경쓰기 시작한다. 무엇을 찍어도 이걸로 괜찮은 건지 의심하고, 두려움에 새로운 작품을 찍지 못하거나 세상이 원하는 작품만을 찍는다. 그렇게 방황하다 결국 재능 고갈의 길로 사라져가는 신인을 노구치는 많이 봐왔다고 했다.

"커리어가 쌓이면 방황하지 않느냐고 묻는다면 그것도 아니야. 팔리지 않는 시기가 길어질수록 삐뚤어지거나 세상을 원망하기도 하지. 팔리는 건 신경쓰지 않기로 하고 좋아하는 걸 찍으면 되지 않느냐고 할 수도 있겠지만 좋아하는 것만 찍어서 먹고 살 정도로 여유 있는 업계는 아니니까. 먹고살려면 자신을 굽혀야 하는 일도 수두룩해. 좋아하는 걸 찍어서 상업적으로 성공하면 그 나름대로 이번에는 예술적인 사진을 찍고 싶어지지. 돈도 지위도 손에 넣으면 마지막에는 타인에게 존경받고 싶어지는 심리야. 그리고 다시 헤매게 되는 것까지가 이 루프의 완성이지."

인생은 함정투성이야~ 하며 노구치는 이상한 음정으로 장난을 쳤다.

"히라의 사진, 미묘하게 밝아졌잖아요. 완성도는 낮지만 그것까지 포함해서 '지금의 자신'이라고 했어요. 개인전의 사진은 '과거의 자신'이라고."

"그런 패기도 신인답네. 그렇게 단기간에 인간이 변할 리 없잖아. 나라면 작년에도, 올해도, 아마 내년에도 그렇게 안 변할 거야."

노구치가 싫다는 듯 얼굴을 일그러뜨렸다.

"정체를 알 수 없는 불안감이나 공포가 스멀스멀 전해져오는 게 그 녀석 사진의 매력이지만 호불호가 갈리기도 쉬운 스타일이지. 거기에 빛이나 투명감이 좀더 더해지면 지금처럼 찬반이 갈리는 상황에서 벗어나 단숨에 주류가 될 거야."

히라가 주류가 되기를 바란다고는 도저히 생각할 수 없다. 노구치의 말대로, 갑작스러운 주목과 칭찬에 본인도 눈치채지 못한 사이에 도취됐다면, 지금의 히라가 그런 상태라면? 히라가 '지금의 자신'이라고 생각하는 것 자체도 환상에 불과할지 모른다.

"온다씨가 그걸 우려해서 히라와는 반대 의견을 내 밸런스를 맞출 가능성도 있나요? 나한테는 보이지 않는 뭔가가 온다씨한테는 보이는 건가요?"

"글쎄 어떠려나. 거기까지 꿰뚫어볼 수 있으면 대단한 녀석이긴 한데."

하지만, 하고 노구치가 말을 이었다.

"그게 보인다고 자만한 순간, 잃어버릴 수도 있지."

노구치는 지나가는 웨이터가 든 쟁반에서 와인잔을 집었다.

'생각한 순간'이 아니라 '자만한 순간'이다.

"난 히라를 이해할 수 없어요. 예전에도 지금도. 그래도 뭐…… 좋아하니까. 내가 좋아하는 녀석이 아픈 경험은 하지 않았으면 좋겠어요. 하지만 성공하든 실패하든 결국 그 녀석의 인생이고, 어느 쪽이건 내가 곁에 있다는 건 변하지 않을 테니까요."

"갑자기 연애 자랑하지 마."

"그게 아니라 제가 히라라면 원하는 대로 할 거라는 말이에요. 남의 말에 따라서 성공해도 성취감은 맛볼 수 없을 거고, 실패하면 남에게 휩쓸려버린 자신이 싫어질 테니까요. 전부 멋대로 하라는 건 아니지만 어디까지나 주체는 자신이어야 한다는 거죠."

다만 키요이는 그 방식을 히라에게 강요하고 싶지 않다. 그러면 온다와 다를 바 없는 행동을 하게 된다. 자신에게는 자신의 방식이 있고, 히라에게는 히라의 방식이 있다. 하지만 지켜보는 것과 방치는 뭐가 다른 걸까. 키요이가 그런 생각을 하는데 툭 하고 머리에 손이 올라왔다.

"정말, 외모와는 정반대로 정이 깊다니까."

노구치가 달래듯이 톡톡 쓰다듬는 손길에 키요이는 부끄러워져 고개를 돌렸다.

"내가 아무리 생각해봤자 그 녀석을 이해할 순 없겠지만요."

자신이 평범하다는 건 자각하고 있다. 히라처럼 감각적인 번뜩임은 없지만 목표로 하는 높은 곳을 향해 하나하나 차곡차곡 돌을 쌓아가는 타입이다. 그런 자신이 보잘것없이 느껴지기도 하지만 그럼에도 주어진 무기가 이것이라면 이 무기로 싸울 수밖에 없다.

"히라가 무의식적으로 주위의 비위를 맞추려고 변화한 건지,

그런 것과는 관계없이 단순히 그렇게 찍고 싶은 건지는 아무도 몰라. 성공이냐 실패냐 하는 결과에 따라 대답도 바뀔 테고, 무엇을 성공이라고 부를지도 히라가 정하기 나름이야."

노구치는 그렇게 말하다가 문득 한 손을 들어올렸다.

"저, 기, 노구치씨, 오랜만에 뵙습니다."

키요이가 고개를 돌리니 히라가 서 있었다. 파티에 오지 못한다고 답장을 보냈었는데 옆에 온다가 있는 것을 보니 억지로 끌려온 모양이었다. 평소의 촌스럽기 그지없는 체크무늬 셔츠가 아닌 광택이 있는 차콜 그레이 색 셔츠 차림에 머리도 바짝 세팅했다. 요즘 들어 히라는 스타일링을 포함해 모든 것을 이 녀석한테 맡기고 있다.

"일이 많아서 못 온다고 나나미씨가 그러던데."

노구치가 말을 건넸다.

"네, 하지만 노구치씨의 사진집 발매니까 일정을 조정했습니다."

히라보다 먼저 온다가 대답했다.

"저런, 일부러 여기까지 와주다니 고맙기 그지없네."

노구치가 장난스레 고개를 숙이자 히라는 동요한 나머지 시선만 빠쁘게 좌우로 옮겼고, 온다는 생글생글 웃으며 말없이 자세를 고쳤다. 이 일과 상관 없는 키요이까지 속이 쓰려왔다. 자신과 히라와 노구치까지 셋이 모였을 때 이런 분위기가 된 건 처음이기에 마음이 편치 않았다.

"맞다. 노구치씨, '리얼 포토그래피 어워드' 후보에 오르신 것 축하드려요. 히라군도 후보자이니 함께 승부하게 되었네요."

키요이는 들어본 적 없는 상의 이름에 고개를 갸웃했다. 현재 주목하고 있던 건 기무라이헤에상 아니었나. 노구치는 반응이 없다. 히라는 키요이만큼 어리둥절해 보였다.

"그게 무슨 말이에요?"

히라가 겁을 먹은 듯 온다에게 물었다.

"올해부터 새로 생긴 사진상이야."

전국의 갤러리 오너들이 중심이 되어 창설한 상으로, 1차 심사에서 현재 활약하는 사진작가 가운데 후보를 선발하고 2차 심사에서 대상을 결정한다. 기무라이헤에상과 다른 점이라면 심사위원이 아니라 현역으로 활동하는 사진작가나 관계자—지방의 사진 스튜디오 등에 속한 직원—의 투표로 수상자가 결정된다는 것이다. 권위에서 벗어나 리얼하게 현대를 비추는 작품을, 이라는 의미를 담아 '리얼 포토그래피 어워드'라는 이름이 붙었다.

"갤러리 오너들이 실행위원을 맡는다고 외부적으로는 알려져 있지만, 이런저런 유명한 상을 받았거나 심사위원 경험도 있는 사진작가들이 뒤에서 지원해주고 있다나. 노구치씨의 동기인 사카자키씨나 모리씨 같은 분들이요."

어디까지나 소문이지만요, 하고 온다는 일단 그렇다는 듯 덧붙였다. 노구치는 팔짱을 낀 채 엉뚱한 곳을 바라보고 있지만, 키요이도 사카자키나 모리라는 이름은 들어본 적이 있다. 이전에 히라의 개인전 뒤풀이에서 나나미와 노구치의 대화중에 나왔던 이름이다. 그렇다면 아마 사실일 것이다.

"권위만 커지고 작품에 관한 대중의 이해나 흥미로는 거의 연결되지 않는 기존의 사진상을 향해 카운터를 날리는 의미의 상으로서 창설됐다고 들었습니다. 예술성이냐 재미냐, 어느 쪽에 중점을 둘지는 개인의 자유지만 이 기념할 만한 제1회에서 과거의 인연까지 얽힌 사제 대결이 펼쳐진다니 굉장히 재미있겠다고 생각했어요."

"사제 대결이라니 히라와 노구치씨를 말하는 거야?"

키요이가 자신도 모르게 끼어들었다.

"그렇게 되겠지. 원칙상 신인에게 수여되는 이헤에상과 달리 '리얼 포토그래피 어워드'는 체급을 나눠서 겨루는 게 아니니까 업계인들한테는 드림 매치야."

키요이의 사장도 전에 비슷한 얘기를 한 적이 있다. 이헤에상에 관한 것이었지만 아마 이 상에 대한 정보가 잘못 누출됐던 모양이다.

"사제 대결은 그렇다 치고 과거의 인연이라니 무슨 말이야?"

키요이가 묻자 온다는 노구치 쪽을 바라보았다.

"말해도 됩니까?"

노구치는 시치미를 떼듯 고개를 갸웃했다.

"그럼…… 십 년 전쯤의 얘기야. 히라군처럼 첫 개인전에서 주목받은 젊은 사진작가가 있었지. 그해 어느 사진상의 유력한 수상자로 여겨졌지만 막상 뚜껑을 열어보니 후보에도 오르지 못했어. 상은 당시 영향력이 컸던 심사위원의 제자가 받게 됐고."

"승부 조작이었다는 거야?"

"난 그런 말은 한마디도 안 했어."

온다가 책임을 회피했다.

"후보조차 되지 못했던 그 젊은 작가는 예술 사진의 세계에 염증을 느끼고 상업 사진으로 전향했지. 그래서 대성공을 하게 됐다나. 덧붙이자면, 올해의 그 어느 상을 받게 될 사람은 한창 주목받고 있는 히라군과 현재 상당히 영향력 있는 심사위원의 제자의 제자라는 사람, 그 둘 중 하나인 것 같아."

"그게 뭐야. 즉 당시의 젊은 사진작가였던 노구치씨가 떨어진 것처럼 올해는 히라가 떨어질 것 같다는 말이야?"

"아니, 아니, 이번엔 제자의 제자가 어떻고 하는 일은 없을 거야. 노구치씨와 그 어느 상의 인연에다 이번에 신설된 상을 엮어서, 거기다 노구치씨와 히라군이 사제 관계라는 것까지 엮어서 재미있고 웃기게 얘기를 부풀리고 싶은 사람들의 허튼소리라고 생각해."

온다가 하지만, 하고 표정을 바꿨다.

"이헤에상의 베테랑 심사위원이 히라군의 작품을 혹평했다는 얘기도 확실한 것 같아. 물론 평가는 자유지만 후보자 발표를 앞둔 이런 시기에 본인 위치를 생각하면 경솔한 발언이었지. 뭐, 그런 자리에 있는 사람이 히라군의 작품을 이해할 수 없다고 평하는 건, 말하자면 스스로 보는 눈이 없음을 드러내는 거라는 의견도 있고."

온다가 어이없다는 듯 고개를 가로저었다.

"솔직히 말해서 얼마 전까진 히라군이 현역 대학생이자 최연소로 수상하는 걸 노렸어. 하지만 일이 이렇게 되면 권위만 있을 뿐인 트로피는 내버려두고 '리얼 포토그래피 어워드'를 노리는 편이 좋아. 이제 1회라서 아직 인지도는 낮지만 수상작은 일 년간 전국 갤러리를 순회하며 전시될 거야. 작품 운반이나 설치, 현장 운영은 전시에 참가하고 싶은 모든 갤러리가 감당하니까 수상자한텐 부담도 없고."

지방의 문화적 중심지 역할을 하는 서점이나 도서관과 손잡고 여러 가지 이벤트 기획도 진행중이라고 했다. 각 지방의 언론에서도 취재하러 올 테니 프리랜서 사진작가로서 히라의 이름을 알릴 수 있는 기회이기도 하다. 사진 작품을 대중에게 널리 어필할 수 있다는 의미에서도 좋은 상인 것 같다.

"프로페셔널을 여러 가지로 정의할 수 있지만, 나는 그 일로 생활을 유지할 수 있는지 없는지가 가장 중요한 기준이라고 생각해. 히라군한테 직장인 생활은 맞지 않으니 사진을 생업으로 삼을 수밖에 없어. 이번 상은 그걸 위해서도 가장 좋은—"

"히라는 공장에서 아르바이트를 할 수 있어."

키요이가 자신도 모르게 끼어들자 온다가 쳐다보았다.

"컨베이어 벨트에 실려온 노란색 몽블랑에 노란색 밤을 올릴 수 있어."

"음, 그건 무슨 말이야?"

히라한테는 히라의 선택지와 선택권이 있어.

히라가 살아가는 방식을 네가 결정하지 마.

키요이가 최대한 인내심을 유지하며 가만히 있는데 온다는 어깨를 으쓱하고 외국인처럼 손바닥을 위로 올리는 제스처를 취했다. 하나하나 다 짜증나는 녀석이다.

"그런 거니까 함께 힘내보자고, 히라군."

히라는 움찔하고 어깨를 떨었다. 고개를 숙인 채 시선만 움직여 노구치를 본다. 겁을 먹은 표정. 노구치는 느긋하게 히라와 눈을 마주치고 있다. 히라는 작게 고개를 가로저었다.

"무리예요. 노구치씨와 경쟁하다니."

늦여름의 모기보다도 가녀린 목소리였다.

"그야 그렇지. 원래 스승이니까. 하지만 스승은 제자가 자신을 뛰어넘길 바라는 마음으로 기술을 전수해주는 거야. 노구치씨도 히라군이 스승을 뛰어넘기를 진심으로 바라고 있을 거야."

키요이도 기본적으로는 같은 의견이지만 온다가 말하니 어딘가 찝찝했다.

"바보냐."

조용히 듣고 있던 노구치가 드디어 입을 열었다.

"제자는 항상 세 걸음 뒤에서 스승의 뒤를 따라 걷고, 야 하고 부르면 네 하고 달려와서 미소국을 바치기 위해 존재하는 거야. 난 누군가가 나를 뛰어넘는 건 원하지 않고, 튀어나올 것 같은 말뚝은 망치로 두드려 다시 밀어넣을 거야. 어쨌든 가진 힘을 전부 써서라도 이 녀석을 찌부러뜨릴 거야."

노구치가 손가락으로 정확히 히라를 가리켰다. 프로레슬링 선수가 카메라 앞에서 할 법한 퍼포먼스다. 겨우 평소의 분위기로 돌아왔다고 생각한 것도 잠시, 과연 그렇군요, 하고 온다가 입을 열었다.

"스승이 맞서 싸우겠다면 제자도 마음껏 부딪힐 수 있겠군요."

그 도발에 응하는 것이나 다름없는 온다의 말에 히라가 눈을 크게 뜬다.

"저, 저, 저, 저기, 노구치씨, 저는 그럴 생각은—"

패닉에 빠진 히라에게 노구치가 얼굴을 가까이 들이민다.

"뭐, 힘내서 나를 뛰어넘어보라고."

노구치는 시합을 시작하기 직전의 복서처럼 이마를 마주 붙이고 그렇게 말한 뒤 획 발걸음을 돌려 자리를 떠났다. 농담처럼 말했지만 눈빛은 진심이었다. 히라는 창백해진 얼굴로 굳은 채였다.

“어라, 설마 내가 화나게 했나.”

온다가 조금 초조한 듯 말했다.

“당신도 말이야, 적당히 좀 해. 아무리 히라를 부추기려 한 행동이어도 노구치씨를 이용하다니 너무 심하잖아. 방금은 싸움을 건 거나 다름없어.”

키요이가 노려보자 온다의 얼굴에서 싸악 표정이 사라졌다.

“나, 싸움 걸고 싶었던 걸까.”

그러고는 작게 중얼거리더니 다시 싹 표정을 바꾼다.

“아니, 노구치씨라면 좋은 방향으로 히라군을 자극해서 분발하게 해줄 거라고 생각했는데. 설마 진심으로 받아들인 걸까. 아, 아무래도 이번 사태를 미리 짐작하고 사제 관계를 먼저 정리한 걸까. 그럼 정말 진심으로 겨루는 승부가 되겠지만.”

말을 좀 잘못했네, 노구치씨를 화나게 하는 건 좋은 방법이 아닌데 말이지, 하고 온다는 중얼중얼 말을 이었고, 히라는 계속 고개를 숙이고 있다.

키요이도 적잖게 동요하고 있었다. 노구치의 진짜 의도가 무엇인지는 알 수 없다. 설령 상을 두고 경쟁하게 되더라도 둘의 관계는 뒤집히지 않으리라고 생각하지만—

지난주 '리얼 포토그래피 어워드'의 창설과 함께 제1회 후보자 명단이 발표됐다. 현역으로 활약하는 사진작가들의 응원까지 더해져 세간의 주목도도 높은 듯하다. 후보자는 노구치, 히라, 그 외에 신인 한 명과 경력 있는 작가 두 명이다. 가장 주목을 받는 인물은 히라와 노구치 둘이다. 온다가 말한 대로 사진상에 얽힌 노구치의 과거 사연과 함께 분위기가 고조되고 있다고 한다.

한편, 노구치가 후보에 오른 것에 대해서는 의견이 갈리고 있다.

물론 실력도 실적도 흠잡을 데 없다. 노구치의 사진집은 발매 전부터 중쇄가 계속 이어져 아마 사진집으로는 최근 몇 년간 가장 성공한 작품이 될 것으로 기대를 모으고 있다. 그렇더라도 연예인의 인기에 편승한 결과가 아닌가, 순수하게 작품만을 평가하면 지금까지 출간한 사진집에 비해 내용이 빈약한 것 아닌가, 노구치 히로미라면 더욱 대단한 작품을 찍을 수 있는데 이 정도로 상을 주는 게 괜찮은가 같은 말들이 들려온다.

알지도 못하면서 무책임하게 내뱉는 사람들의 말에 씁쓸한 마음이 들지만, 노구치에 대한 비판은 히라의 수상에 유리하게 작용할 것이다. 그런 한편으로, 히라가 상을 받으면 노구치와의 관계 회복은 어려워지리라는 생각도 든다. 그건 그것대로 고민스럽다.

어쨌든 히라가 빨리 회복해야 할 텐데.

간절한 마음을 안고 집에 돌아오니 역시 눈에 익은 가죽 구두가 현관에 있었다. 또 온 거냐, 라는 생각은 이제 들지 않는다. 그보다 비강을 간질이는 동양적인 향기가 신경쓰인다. 키요이는 조용히 신발을 벗은 뒤 조심스럽게 복도를 따라 걸어가 침실 문을 살짝 열고 안을 들여다보았다.

암막 커튼으로 창문을 막은 캄캄한 방 안에서 히라가 명상을 하고 있다. 원형으로 놓여 있던 촛불이 오늘은 타원형으로 일그러져 있고, 히라는 그 안에서 양손을 내밀고 무릎을 꿇은 자세로 엎드려 있었다.

큰일이다. 어제보다 더 안 좋아졌어.

키요이는 살짝 문을 닫았다. 항상 거실에서 하던 의식이 최근에는 일상이 되었고, 그에 따라 장소가 침실로 옮겨졌다. 어디서 하든 기분 나쁜 건 마찬가지지만 거실에서 그러면 키요이가 편히 쉴 수 없다며 히라 스스로 장소를 옮겼기에 그 점만은 다행이었다. 그래봤자 다행인 건 그 한 가지일 뿐, 그런다고 신경 안 쓰이는 게 아니잖아, 라고 핀잔을 주고 싶은 마음을 꾹 참았다.

"아아, 어서 와."

거실 문을 열자 온다가 식탁에 노트북을 펼쳐놓고 있었다. 매일매일 오지 마, 네가 노리스케 아저씨냐, 하고 키요이는 매번 짜증을 냈었지만 이제 와서 돌이켜보면 그 시절은 아직 평화로웠다는 생각이 들 정도다.

"수고했어. 차라도 마실래?"

"그럼 아이스커피로."

네, 네, 하며 온다가 자리에서 일어나 냉장고에서 아이스커피가 담긴 주전자를 꺼내 얼음을 가득 채운 유리잔에 듬뿍 따라서 건네준다.

"저녁은? 히라군이 채소랑 닭가슴살로 요리를 해두긴 했어."

"현장에서 먹고 왔어. 당신은?"

"조금 전에 배달 시켜서 먹었으니까 신경쓰지 마."

키요이는 그래, 하고 아이스커피를 한 손에 든 채 소파에 앉아 온다가 빠르게 뭔가를 타이핑하는 모습을 바라보았다. 이제는 거의 가족 같은 분위기다.

노구치와의 사건 이후로 히라는 예정되어 있던 촬영도 취소하고 집에 틀어박혔다. 온다는 매일 상태를 보러 오지만 히라는 완전히 닫힌 상태로 카메라를 만지려고도 하지 않는다.

향이 바뀌었어.

키요이가 스읍, 하고 냄새를 맡았다. 히라가 새로운 향에 불을 붙인 것이다. 연소 시간을 생각하면 적어도 앞으로 이십오 분 동안은 나오지 않을 것이다.

"마감이 닥친 일이 있는데 오늘밤은 어렵겠네."

온다가 한숨을 쉬고 노트북을 닫았다. 키요이는 암막 커튼을 친 방에서 촛불과 향을 피워놓고 명상하는 히라의 수상한 의식을 처음 보았을 때의 온다를 떠올렸다. 위험한 약을 하는 게 아니냐며 온다는 창백한 얼굴로 물었고, 키요이가 늘 있는 일이라고 알려주자 그전까지와는 다른 의미로 질려하는 것 같았다. 키요이는 그때 처음으로 온다에게 친밀감을 느꼈다.

"동요할 거라고는 생각했지만 이렇게까지 덜컹거릴 줄이야."

"노구치씨와의 일로 불을 붙여보려 한 거라면 저 녀석한텐 오히려 역효과였어."

키요이가 그렇게 말하자 온다가 한심한 표정을 짓고 어깨를 늘어뜨렸다.

"안심해. 당신뿐만이 아니니까."

"응?"

"저 녀석이랑 얽히는 인간은 거의 예외 없이 억울한 일을 당하거든."

더 가까워지고 싶어서 필사적으로 연애 플래그를 세워놨더니 다른 차원의 논리로 무참히 두들겨 꺾어버리거나, 자기비하가 한 바퀴 돌아 새로운 가부장 스타일에 가까운 행동을 하거나, 연인인데 일개 팬처럼 쫓아다니거나. 세어보면 끝도 없는 만행들 사이를 '대체 왜 저러는 거지' 하며 의미를 알 수 없는 기분 나쁨으로 가득 채우는 나날—

"그렇더라도 당신은 스스로 히라 행성에 발을 들였으니까 난

동정 못해. 저 녀석을 컨트롤하려고 해봤자 오히려 당하기만 할 뿐이라고."

"컨트롤이라니?"

"히라의 작품 방향을 조종하려고 했잖아."

"그러니까, 그건 그런 게—"

온다는 아니야, 라고 말하려다 말을 삼켰다.

"이러쿵저러쿵 말해봤자 변명으로만 들리겠지만 난 나름대로 미래를 생각해서 한 일이었어. 노구치씨와 부딪히는 것도 뭔가 타개책이 되지 않을까 싶어서 그랬던 거고."

개인전이 성공한 뒤 히라의 사진작가 인생은 신인이라고 보기 어려울 정도로 순조롭게 출발했다. 그에 따라 사진에도 변화가 생겼다. 그것이 신인에게 자주 보이는 초조함인지, 아니면 근본부터 달라진 건지 알기 전까지는 어설프게 변화중인 히라의 사진을 밖에 내보이고 싶지 않았다고, 온다는 노트북을 가방에 넣으며 말했다.

"노구치씨도 비슷한 말을 했었어."

"그건 영광이네. 하지만 내가 히라군한테도 노구치씨한테도 대응을 잘못했어. 노구치씨라면 우리 쪽 생각도 알아챌 줄 알았는데. 좀 어설펐지. 키요이군한테도 걱정을 끼쳤네."

온다가 미안해, 하고 고개를 숙였다. 온다에게는 자신만의 원칙이 있고, 거기다 잘못을 인정하지 못할 정도로 속 좁은 남자가 아니라는 사실에 키요이는 안도했다.

"솔직히 말하자면, 나는 이전부터 히라군을 알고 있었어."

"뭐?"

"난 제6회 '영 포토 그라피카'의 수상자거든."

아마 히라가 처음 응모했다가 1차 심사에서 탈락한 사진상이 그런 이름이었을 것이다. 그것을 계기로 히라는 노구치의 어시스턴트가 되었지만 사실 히라를 탈락시킨 장본인이 당시 심사위원이었던 노구치였다는 사실은 나중에 들었다.

"뭐, 나는 상을 받았어도 주목받지 못했고, 생활도 유지하지 못했지만 말이야. 당시 심사위원이었던 노구치씨와는 시상식에서도 만났지만 나 같은 건 잊어버렸겠지."

어째선지 키요이가 잘 대응하지 못하는 방향으로 얘기가 복잡해진다.

"그러니까 당신은 원래 사진작가였다는 거구나."

"자신에게 눈에 띄는 재능이 없음을 자각할 수 있을 만큼의 재능만 가졌던, 이른바 자칭 사진작가라고나 할까. 일거리가 없어서 선배들의 일을 돕다가 굉장한 재능을 가진 사진작가와 만난 게 계기가 되어 매니지먼트 하나에만 집중하기로 했었어."

결론부터 말하자면, 온다의 이직은 성공적이었다. 온다는 찍는 쪽이 아니라 찍게 하는 쪽으로 재능이 있었다. 기획을 세우는 것부터 작가의 작업을 조율하는 것까지 보람을 느꼈다고 한다.

그렇게 온다가 꿈을 포기했다는 아픔조차 잊어버렸을 때쯤 소문을 들었다.

"노구치 히로미가 처음으로 제자를 들였는데 그게 현역 대학생인데다 '영 포토 그라피카' 1차 심사에서 떨어진 완전 신인이래."

같은 상에 응모하고 수상까지 한 자신은 제자리걸음만 하다 진로를 바꿨는데, 1차 심사에서 떨어진 히라는 노구치의 애제자가 되어 그 유명한 안나와 키리야의 사진으로 화려하게 데뷔했다. 그 일은 업계에서도 상당히 화제가 되었다고 말하며 온다는 의자 깊숙이 몸을 기댄 채 숨을 내쉬었다.

"히라군은 내 존재조차 모르는데 나 혼자 멋대로 의식해서 결코 히라군의 작품을 보려고 하지 않았어. 그런데도 계속 목에 걸린 생선 가시처럼 신경쓰였지."

그러던 중 히라의 첫 개인전 소식이 들려왔다. 노구치가 밀어주고 〈히카리 클럽〉의 나나미가 비평을 실어주고, 보고 싶지도 않은데 SNS에 후기가 계속 올라왔다. 누가 봐도 차세대 유망주가 될 신인 사진작가였다. 더는 못 본 척하는 것도 한계에 달해 온다는 결국 히라의 개인전으로 발걸음을 옮겼다.

"……굉장했어."

온다는 회상하듯 천장을 올려다보았다. 굉장하다는 감정과 무섭다는 감정은 결국 같은 마음이라는 것을 느꼈다고 온다는 말했다. 이런 천재를 상대로 질투를 하던 자신이 사랑스럽기까지 했다고.

"그래서 마음이 확 바뀌어 히라에게 말을 건 거구나."

하지만 온다는 고개를 가로저었다.

"무서운 것일수록 내 손안에 두는 편이 안심되니까."

뭐야, 그 삐뚤어진 생각은. 다루기 쉽지 않은 히라와 드물게도 잘해나간다고 생각했건만— 동굴에서 깡통차기라도 하는 것처럼 온다의 웃음소리가 허무하게 울렸다.

"그게 너무 지나쳐서 무의식적으로 히라를 완전히 지배하려 했다는 거야?"

"글쎄. 무의식적으로 그랬다면 나도 알 수 없으니까."

키요이는 납득했다. 그리고 온다의 방식이 100퍼센트 잘못됐다고 딱 잘라 단정지을 수 없게 되었다.

히라의 변화에 대한 노구치와 온다의 의견은 일치했다. 표면적인 변화인가, 아니면 진짜 변화한 것인가. 그걸 알 수 없으니 온다는 히라를 컨트롤하려고 했고, 키요이는 히라가 원하는 대로 해야 한다고 생각했다. 그것은 '각각의 방식'이며, 히라 본인에게도 선택의 자유는 있다.

"다시 시작할 수 있을까."

"그건 히라의 의욕에 달려 있지."

"나도 의욕은 있었어."

문득 온다가 키요이를 쳐다보았다.

"그래도 사진작가의 꿈을 포기할 수밖에 없었어."

"당신과 히라는 다른 사람이니까."

그 말이 키요이의 예상보다 더 깊이 온다를 찌른 것 같았다.

"그렇지. 할 수만 있다면 나는 히라군이 되고 싶었어."

온다는 풀죽은 개처럼 고개를 떨구었다.

온다가 돌아간 뒤 침실을 들여다보니 히라는 아직 타원형으로 놓인 촛불 한가운데에 무릎을 꿇은 자세로 엎드려 있었다. 키요이가 안으로 들어가자 히라는 느릿느릿 고개를 들었다.

"……키요이."

히라는 바닥에 엎드린 채 키요이를 올려다보았다. 멍한 표정도 그렇고, 그 모습이 폐허의 어둠 속에서 이쪽을 바라보던 사진 속 히라와 겹쳐졌다.

"미안, 돌아온 걸 알아채지 못했어."

히라가 일어나려 했지만 긴 시간 같은 자세로 있었던 탓인지 움직임이 어색하다.

"괜찮아. 온다씨도 돌아갔어."

키요이는 다리를 포개고 바닥에 앉았다. 히라도 몸을 일으켰지만 어째선지 무릎을 꿇고 키요이와 마주앉는다. 하지만 조용히 바닥에 시선을 떨구고 있을 뿐이다.

"마감이 얼마 안 남은 일이 있다고 온다씨가 그러던데."

히라는 고개를 끄덕였다.

"정신적으로 힘든 건 알겠지만 일은 제대로 해. 도무지 못할 것 같으면 빨리 말해주고. 일정이 아슬아슬하면 온다씨도 클라이언트도 곤란하잖아."

히라는 다시 한번 고개를 끄덕였다. 실패다. 전혀 전해지지 않는다. 그건 그렇고, 어째서 자신이 온다의 전서구 노릇을 해야 하는가.

"생각이 조금은 정리됐어?"

히라의 어깨가 희미하게 떨렸다.

"……왠지 여러 가지로 무리인 것 같아서."

"뭐가 무리인지 구체적으로 말해봐. 사진 찍는 게 싫어졌어?"

히라는 무슨 말을 하려는 듯 입을 열었다가 그대로 굳어버렸다. 그런 행동을 몇 번이나 반복한 뒤 결국 고개를 숙여버렸다. 아아, 짜증나. 목 끝까지 답답함이 치밀어오른다. 지금이라도 흘러넘쳐버릴 것 같다. 아니다, 참아야 한다. 여기서는 참아야 한다. 위압적인 태도는 NG다.

"노구치씨와 싸우고 싶지 않아."

"싸우다니. 그렇게까지 엄청난 일은 아니잖아."

주위에서는 재미있어하며 이런저런 말을 할지 몰라도 어디까지나 술안주 정도의 얘기다. 그런 녀석들은 다음 이야깃거리가 등장하면 그쪽으로 옮겨가 나불댈 것이다.

"지는 게 무서운 거야?"

히라는 고개를 가로저었다.

"그럼 뭔데?"

"……사, 사진 때문에 소중한 사람과 싸우고 싶지 않아."

히라가 무슨 말을 하는지 키요이는 이해할 수 없었다.

아니, 머리로는 이해할 수 있지만 근본적으로 자신과는 맞지 않는다.

만약 자신이 우에다와 하나의 상을 두고 경쟁한다면 그와 같은 대결장에 오르게 된 스스로를 칭찬할 것이다. 온 힘을 다해 부딪쳐볼 수 있는 상대가 있다는 사실에 흥분할 것이다. 키요이는 그것이 연극을 통해 만난 우에다와 관계를 맺는 방법이라고 생각한다.

"노구치씨와의 관계를 망가뜨리면서까지 내가 사진을 찍을 의미가 있을까."

웅얼웅얼 중얼거리는 히라를 향한 짜증이 부풀어오른다.

"찍는 일은 좋지만 그래도―"

"사진을 그만둔 너 따위는 노구치씨한테 아무런 가치도 없어."

히라가 눈을 크게 떴다.

그 눈에 한껏 날카로워진 자신이 비치고 있다.

아아, 실패다. 더는 무리다.

기다리는 것도 한계다. 더이상 침묵하는 건 키요이 자신답지 않고, 히라와의 관계도 일그러질 것이다. 참았던 만큼 뱃속에 쌓여 있던 말이 격류가 되어 목구멍으로 치솟아오른다.

"관계가 망가지는 게 무서워? 네가 사진을 찍지 않았으면 처음부터 생기지도 않았을 관계잖아? 잃을 게 뭔데? 애초에 네가 사진을 찍었기 때문에 받을 수 있었던 호의 아니야? 은혜를 최악의 원수로 갚은 주제에."

정신을 차려보니 어느새 키요이는 히라의 멱살을 잡아올리고 있었다.

"왕이니, 황금빛 왕국이니, 오리대장이니 하면서 나랑 노구치 씨를 그렇게 질리게 만들어놓고 결국은 이거야? 프로가 되었으니까 열심히 하겠다느니, 모두의 덕분이었다느니, 감사하다느니, 듣기 좋은 말만 잔뜩 했으면서. 그냥 쪼그라든 겁쟁이가 된 것뿐이잖아. 실망시키는 것도 정도껏이지."

"키, 키요이……!"

"사진을 그만둔 너 따위는 그냥 기분 나쁜 녀석일 뿐이야. 아니, 찍을 때도 기분 나빠. 그럼 차라리 최고봉에서 기분 나쁘고 짜증나는 녀석이 되라고."

움켜쥔 멱살을 내던지듯 힘껏 놓아버렸다. 히라는 멍하니 키요이를 바라보고 있다. 키요이는 흥, 하고 콧방귀를 뀌고는 자리에서 일어나 옷장에서 캐리어를 꺼냈다. 적당히 속옷과 옷을 마구잡이로 쑤셔넣는다.

"한동안은 호텔에서 지낼게."

그렇게 말하자 히라가 당황해서 몸을 일으켰다.

"그, 그럼 내가 나갈게. 여기는—"

키요이는 기세 좋게 캐리어의 뚜껑을 덮고 히라를 노려보았다. 싸움을 하고 처음으로 별거하게 되었을 때 집에서 나간 건 히라였다. 나가라고 말한 건 키요이였지만 혼자 남겨져버린 기분이 들었다. 또다시 그런 기분을 겪는 건 이제 사양이다.

"말해두겠지만 헤어지는 게 아니야."

키요이는 자리에서 일어나 벌레를 보는 냉혹한 왕의 눈으로 히라를 내려다보았다.

"한심하기 짝이 없는 어중간한 지금의 너와 한 지붕 아래에 있으면 스트레스만 쌓이니까 일단 떨어져 지내는 거야. 난 지금 굉장히 중요한 시기고 일도 바빠. 너의 그 유치한 고민을 들어줄 시간이 없어. 결국 네 고민은 너 자신이 사진과 마주보는 것으로만 해결할 수 있으니까. 그럼 서로를 위해서도 별거하는 게 최선이야."

키요이는 모자와 선글라스를 썼다.

"별거하지만 헤어지는 게 아니야. 이럴 때 드라마라면 마음을 오해해서 서로 어긋나거나 관계가 꼬이겠지만 내가 아침이랑 밤에는 연락할 테니 불안해하지 마. 나한테 걱정을 끼치지 않도록 너도 아침이랑 밤에는 연락해. 그 외 나머지 시간에는 혼자서 사진이랑 마주해. 그래서 빨리 원래의 기분 나쁘고 짜증나는 녀석으로 돌아와. 그럼 별거는 끝이야."

"……키요이."

눈물을 글썽이는 히라의 뺨을 때려버리고 싶을 정도로 화가 났다. 하지만 지금의 히라에게 더이상 상처를 주고 싶지 않다. 아아, 하고 싶은 말을 했건만 아직 전혀 충분하지 않다. 이 빌어먹을 기분 나쁘고 짜증나는 녀석을 당장 버려버릴 수 있다면 속이 시원해지겠지만.

"밥은 잘 챙겨 먹어."

어째선지 히라를 신경쓰는 말을 남긴 자신에게 더욱 화를 내며 키요이는 집에서 나왔다.

호텔 생활 이틀째를 맞이했다. 아침에는 '안녕', 점심에는 식사 사진, 밤에는 '잘 자' 하고 세 번 메시지를 보낸다. 그럴 때마다 히라에게서도 답장이 온다. 그 외에 특별히 세세한 얘기들은 보내지 않는다. 별거중이지만 서로 이어져 있다는 사실이 중요하다.

"오호, 또 별거하는구나."

안나가 웃는다. 오늘 스케줄은 이번 가을에 안나가 출연하는 한일 공동 제작 드라마를 주제로 키요이가 후배로서 인터뷰를 하는 기획물이었다. 인터뷰가 끝난 뒤 촬영을 했던 호텔 방에서 점심 휴식을 취하는 중에도 안나는 계속 스마트폰을 만지고 있다.

"있지, 있지, 양배추로 만드는 참신한 요리 아는 거 있어?"

"뭐야. 살쪘어?"

방송국에서 준비해준 도시락에는 칼로리가 높은 음식이 많다. 안나는 스테이크 도시락의 고기에는 손도 대지 않고 밥도 딱 삼분의 일만 따로 떠서 반찬인 우엉볶음과 채소절임만으로 식사를 하고 있다. 키요이는 지금 체중 관리중이 아니어서 안나의 고기까지 먹는다.

"살쪘다느니 말랐다느니, 외모와 관련된 것을 묻는 건 성희롱이야."

"안나가 먼저 물어봤잖아."

"내가 물어본 건 양배추 레시피잖아. 키리야네 집에서 양배추를 엄청 많이 보내줬어. 둘이서 그걸로 요리하긴 하는데 더는 정말 생각나는 메뉴가 없어."

"그 녀석한테 책임지고 생으로 씹어 먹으라고 해. 그보다 더 깊이 파고들라고."

"뭘?"

"별거에 대한 얘기 말이야."

"어차피 히라군이 뭔가 기분 나쁜 짓을 한 거잖아?"

그런 인식이 박혀 있는 것도 키요이는 화가 나지만 지금 그 문제는 내버려두기로 한다.

"그게 말이지, 기분 나쁜 건 아니야."

그제야 안나는 레시피를 검색하던 스마트폰 화면에서 시선을 떼고 올려다보았다.

"평범하게 고민 많은 신인 예술가가 되었어."

"아, 이제 막 데뷔했으니까. 평범한 일이잖아. 뭐가 마음에 안 드는 거야?"

"평범한 게 나쁘다는 건 아니야."

"그럼 뭔데?"

"나의 히라가 아니야."

안나가 살짝 눈을 크게 뜨고서 아아— 하며 미간을 좁혔다.

"평범하지 않은, 기분 나쁜 히라군이 좋다고 결국 인정한 거야?"

키요이는 테이블에 턱을 괸 채 안나의 시선을 피하며 대답하지 않았다.

"무시하지 마. 깊이 파고들라고 한 건 너잖아."

그야 맞지만, 다른 사람의 입을 통해 다시 한번 들으니 충격이 크다.

"나는 히라가 원래의 기분 나쁜 녀석으로 빨리 돌아오길 원해서 별거하는 건 맞지만, 결코 기분 나쁜 그 녀석을 좋아하는 건 아니야. 세상에서 말하는 평범함보다 히라 자신으로 있어줬으면

할 뿐이야. 정말 싫긴 하지만 그게 히라라면 어쩔 수 없는 거니까."

한창 설명하는데 안나의 표정이 위인이라도 보는 것처럼 바뀐다.

"키요이는 쇼와시대 예능인의 아내도 될 수 있을 것 같아."

"되고 싶지 않아."

"이미 되어버렸으니 늦었어."

키요이는 그만해, 하고 미지근해진 커피를 단숨에 들이켰다.

"그건 그렇다 치고, 이제 막 데뷔하면 누구나 방황하고 고민하는 거잖아."

"나는 별로 고민하지 않았어."

"키요이는 강철 멘탈이니까 같은 취급을 하면 안 되지."

그렇게 얘기를 나누고 있는데 노크 소리가 들리더니 스가가 얼굴을 내밀었다.

"키요이, 갑작스럽긴 한데, 오늘밤부터 드라마 대본 리딩이 잡혀버렸어."

"그건 괜찮지만 대본을 안 가져왔어요."

"집까지 가지러 갈까? 데려다줄게."

"지금 잠시 별거중이라 못 돌아가요."

"또 히라군이 기분 나쁜 짓이라도 했어?"

그러니까 어쩌다 그런 인식이 박혀버린 걸까.

"늘 있는 일이기도 하고, 밤까지 시간도 있으니 겸사겸사 화해해둬."

스가는 별거 사건을 대수롭지 않게 흘려버리고는 차를 빼둘게, 하고 방을 나갔다. 옆에서는 안나가 억지로 웃음을 참고 있었기에 키요이는 시무룩하게 돌아갈 준비를 했다.

다들 너무 차가운 거 아닌가, 하고 심기가 불편해진 채 주차장으로 내려왔다. 예전에 별거할 때는 히라와 헤어졌다고 오해해서 모두 엄청나게 걱정했지만 지금은 부부 싸움은 칼로 물 베기라는 듯 흘려넘겨버린다. 나름대로 심각한 일인데 억울하네. 조금은 걱정하라고. 뭐, 절대로 헤어지진 않을 거지만. 키요이가 이런 생각을 하는 동안 집 앞에 도착했다.

별로 만나고 싶진 않지만.

자기 자신에게 변명해가며 이틀 만에 집에 왔다. 기분 나쁘고 짜증나는 녀석으로 조금은 돌아와 있으면 좋겠는데. 변함없이 늘 하던 의식에 빠져 있으면 날려버리자.

키요이는 조용히 열쇠를 돌려 현관문을 열었다. 계속 진하게 감돌던 향의 냄새가 옅어졌다. 살금살금 복도를 지나 침실을 엿보았지만 히라는 보이지 않았다. 거실 문을 열었지만 여기에도 없다. 키요이는 실망스럽게 소파에 앉았다가 앗, 하고 고개를 가로저었다.

그러니까! 별로! 만나고 싶었던 건 아니라니까!

맞아, 맞아, 대본을 가지러 온 거야, 하고 자리에서 일어난 순간에 주머니 안에서 스마트폰이 진동했다. 히라에게서 온 메시지였다.

—수고하십니다. 갑작스럽지만 전에 말했던 나가노의 폐허로 촬영하러 가기로 했습니다. 키요이는 집에 돌아와주세요. 일주일 정도 있다가 돌아갈 겁니다.

용건만을 적은 메시지에 이어 편의점에서 산 삼각김밥의 사진이 따라왔다. 꼬박꼬박 점심 보고까지 하는 게 역시 히라답다. 키요이는 답장을 적었다.

—알았어. 온다씨한테는 연락해둬.

—네, 알겠습니다.

히라와의 메시지는 항상 짧고 간결하게 끝난다.

키요이는 후우, 하고 숨을 내쉰 뒤 소파에서 자세를 고쳐 앉았다. 등받이에 머리를 대고 눈을 감는다.

일단 다행이야.

자신이 있으면 키요이가 집에 돌아오지 못한다고 생각해서 나간 걸까. 아니면 왕의 기분을 해친 일개 병사의 조건반사적인 행동으로 촬영을 하러 간 걸까. 어느 쪽이든 아직 문제는 아무것도 해결되지 않았지만 그래도 히라가 밖으로 나왔다. 사진을 찍을 마음이 생겼다. 그것만으로도 별거한 보람이 있었다.

—계속 보내서 미안합니다.

다시 스마트폰이 울렸다.

—음식을 만들어서 냉동해뒀습니다.

—괜찮으면 드세요.

바보스러울 정도로 정중한 메시지에 키요이는 저절로 입꼬리가 올라갔다.

주방에 가서 냉동실을 확인한다. 전자레인지에 돌려서 바로 먹을 수 있는 반찬이 가득차 있는 것에 한층 더 마음이 놓였다. 메뉴를 결정하고, 장을 보고, 조리에 관리까지. 요리는 창작이 가미된 행위라 머리가 멍한 상태로는 이렇게 많은 음식을 만들 수 없다. 새우와 브로콜리 그라탱을 전자레인지로 데운다. 한입 먹는다.

아아, 맛있어.

눈을 감고서 요리가 목 안으로 미끄러져내려가 위에 도착해 자신의 일부가 되어가는 모습을 상상한다.

—잘 먹었어.

—오랜만에 먹는 네 요리였어.

히라에게 그렇게만 보내고 키요이는 소파에 누웠다. 히라가 없는 집. 그래도 몸 안쪽까지 히라의 기운으로 가득차 있다. 몸에 익숙한 그 기운이 키요이를 완전히 진정시켜준다.

눈을 감고 오랜만에 깊은 잠에 빠져들었다.

히라가 촬영을 하러 떠난 지 닷새가 지났다. 키요이는 호텔 생활을 끝내고 집으로 돌아왔다. 히라가 없으면 온다도 찾아오지 않아서 지극히 평화로운 나날이 이어지고 있다.

"상당히 늦어졌네. 내일은 데리러 올게."

스가가 집 앞에 차를 세우고 운전석에서 돌아보았다.

"괜찮아요. 택시 타고 갈게요."

"안 돼. 태풍도 온다고 하니 만약을 위해 데리러 올게."

스가는 걱정이 많다. 네, 하고 대답하고 키요이는 차에서 내렸다. 출연중인 아침 정보 프로그램 때문에 새벽 네시 반에 일어나는 생활이 계속되고 있다. 일찌감치 침대에 파고들었지만 너무 피곤해서 그런지 잠이 잘 오지 않는다. 방음이 철저한 집인데도 오늘밤은 바람소리가 들려온다.

키요이는 스마트폰으로 인터넷 뉴스를 확인했다. 스가가 말한 대로 대형 태풍이 접근하고 있다. 아마 내일은 열차 시간표에 변동이 많을 것이다. 정보 프로그램에서 할 코멘트를 생각해둬야 하는데 피로가 쌓인 탓인지 센스 있는 말이 떠오르지 않는다.

—촬영이 길어졌어. 피곤해.

히라에게 메시지를 보냈다. 히라는 키요이가 메시지를 보내면 바로 답장을 보내오지만, 자신이 용건이 없는 한 먼저 보내지는 않는다. 키요이가 바쁠 때 보내면 미안하니까, 하고 전에 말했었다. 바쁠 때는 편해서 좋긴 하지만 이럴 때는 쓸쓸하다. 키요이 자신이 생각해도 제멋대로다.

—몸은 괜찮은가요? 너무 힘들지 않아요?

바로 답장이 왔다. 히라가 걱정해주는 것이 기쁘다.

—조금 열이 있을지도.

작은 거짓말을 했다. 오늘은 응석을 부리고 몽글몽글해지고 싶다.

—아침 일찍 돌아갈게요.

—감기약이나 필요한 게 있으면 말해주세요.

위험해, 하고 키요이는 당황했다.

—안 와도 돼. 큰일은 아니야.

—돌아갈게요. 혼자 있으면 무슨 일이 생길까 걱정돼서요.

잠시 공백이 생겼다.

—키요이가 힘들 때 집을 비워서 미안합니다.

—괜찮아. 정말 신경쓰지 마.

—너는 촬영 열심히 해.

다시 공백이 생긴 뒤, 예상과는 다르게 전화가 걸려왔다.

"키요이?"

오랜만에 듣는 목소리에 자신도 모르게 움찔했다.

"몸도 안 좋은데 전화해서 미안해."

"나도 촬영하는데 방해해서 미안."

"오늘 촬영은 끝났고, 마침 키요이를 생각하고 있었어."

살며시 웃음이 번졌다.

"수고했어. 고민은 해결된 거야?"

히라는 생각에 잠긴 듯한 침묵 뒤에 "아니" 하고 대답했다. 뭐, 그렇겠지. 겨우 며칠 사이에 깨달음을 얻을 수 있다면 인생을 헤엄쳐나가기란 더욱 쉬울 것이다.

"그래도 소중한 가르침을 받았어."

"누구한테?"

"오리대—"

"알았어. 전부 말 안 해도 돼."

"내일 밤에는 돌아갈게."

"응."

"선물 가져갈 테니까."

"만주랑 키 홀더는 빼고 부탁해."

서로 작게 웃고는 잘 자, 하고 전화를 끊었다.

키요이는 스마트폰의 빛이 사라진 방에서 눈을 감았다. 말투나 공백을 두는 방식부터 오리대장까지. 기분 나쁘지는 않았지만 전부 키요이가 잘 아는 히라였다.

빨리 만나고 싶어.

히라의 목소리를 떠올리며 키요이는 스르르 잠에 빠져들었다.

다음날 밤, 히라는 돌아오지 않았다.

—어이, 무슨 일 있어?

키요이가 메시지를 보냈지만 읽었다는 표시가 뜨지 않는다. 예상처럼 오늘 도쿄는 태풍의 영향으로 열차 시간표가 대폭 바뀌었다. 검색해보니 이번에는 나가노에도 이례적인 폭우가 쏟아졌다고 한다. 히라는 전파가 불안정한 곳에서 발이 묶인 건지도 모른다. 호텔을 잡았다면 다행이지만 촬영을 다니며 야외나 다름없는 곳에서 자는 데도 익숙해졌을 테니 괜찮을 거라고, 키요이는 억지로 스스로를 납득시켰다.

하지만 다음날 오후가 되어도 어젯밤에 보낸 메시지에 읽음 표시가 뜨지 않자 아무래도 이상하다 싶어 점점 걱정이 깊어졌다. 스마트폰을 잃어버리기라도 한 건가. 아니, 촬영하러 갈 때는 반드시 노트북도 챙겨가니까 그걸로도 확인할 수 있을 것이다.

—히라군이랑 연락돼?

오후가 되자 온다에게서 메시지가 왔다.

—어젯밤에 돌아올 거라고 했는데 돌아왔다는 연락을 아직 받지 못해서. 무사히 돌아왔다면 괜찮아. 좀 진정되면 연락 달라고 전해줘.

—나도 어제부터 연락이 안 돼.

키요이가 답장을 보냈더니 곧바로 전화가 걸려왔다.

"히라군이 간 지역 곳곳에서 산사태가 일어났다는 것 같아."

"휩쓸린 거야?"

멍청한 질문이었다. 온다도 그걸 모르니까 전화를 걸어온 것이다.

"단정할 순 없지만 이렇게까지 연락이 안 되는 건 이상해. 무슨 일이 생겼다고 판단하는 게 맞겠어. 어쨌든 오늘밤에 내가 현지에 다녀올게. 그쪽 경찰에 신고해보고, 뭔가 정보가 있으면 바로 연락해줄게."

키요이가 나도 갈게—라고 말하려던 순간에 대기실 문이 열리며 스가가 얼굴을 내밀었다.

"키요이, 슬슬 나가야 하니까 준비해."

"일하는 중에 미안. 그럼 또 연락할게."

다급하게 전화가 끊겼다. 키요이는 대기실을 나와 스튜디오로 향하면서 앞서 걷는 스가에게 이후 일정을 물었다. 어— 하고 스가가 스마트폰을 꺼낸다.

"오늘은 저녁까지 촬영이 있고, 그다음에는 아시아 각국의 팬들을 위한 짧은 메시지 영상을 하나씩 찍어야 해. 저녁은 에비스에서 우에다 극단 선배들과 같이 먹고…… 그걸로 끝이야. 내일은 아침 일찍부터 '아사 리쿠'의 촬영이고, 오전에 잠깐 자고 나면 오후에는 〈Mary〉의 화보 촬영이랑—"

"그렇군요. 알겠어요."

일정이 꽉 차 있다는 건 알고 있다. 히라에게 자신이 했던 말을 떠올리면 여기서 일을 내던져버릴 순 없다. 아무리 스스로를 타일러봐도 가슴이 싫은 느낌으로 일렁인다.

"안녕하세요—"

스튜디오에 들어가니 여기저기서 인사하는 목소리가 들렸다.

"수고하십니다. 오늘 잘 부탁드립니다."

키요이는 정해진 위치에 서서 베테랑 사회자인 거물 코미디언에게 고개를 숙였다. 같이 합을 맞추는 건 처음이라 다들 대본을 넘기며 가볍게 회의를 시작했다.

"키요이군, 이 부분에서 막 몰아세워도 괜찮아?"

"부담 없이 해주시길 부탁드립니다."

"남자다운걸. 그렇게 여자같이 예쁜 얼굴인데."

"하마모토씨, 외모지상주의예요, 외모지상주의."

프로듀서의 지적에 "예쁜 걸 예쁘다고 말하면 안 된다니, 이제 아저씨는 따라갈 수 없는 시대야" 하고 하마모토가 토라진 척을 하자 스튜디오에 웃음이 퍼져나갔다. 키요이에게 버라이어티 쇼 촬영은 익숙하지 않지만, 촬영 전에 게스트를 편안하게 해주는 걸 보니 사회자와 스태프를 포함해 모든 것이 좋은 방송이다. 키요이는 일단 잡념을 쫓아내고 촬영에 집중했다.

"키요이군, 젊은데도 전혀 주눅들지 않네."

다음에는 술자리에도 한번 오라는 말과 함께 하마모토와 연락처를 교환했다.

"고정 출연 제안이 들어오려나."

스가가 싱글벙글한 얼굴로 대기실을 향해 걸어간다. 하마모토는 겉으로는 부드럽지만 그건 프로로서 방송이 잘 되도록 하기 위한 것이고 사실 그 속은 상당히 까다롭다. 그런 사람이 사적인 술자리에 초대했다는 건 키요이가 꽤나 마음에 들었다는 증거인 듯하다.

"키요이처럼 매너를 지키면서도 직설적으로 말하는 스타일을 오히려 어중간하지 않은 진짜 거물들이 꽤나 좋아한다니까. 주변에서 다들 조심스럽게 대하기만 하니까 그런 게 오히려 더 피곤한 거겠지."

"그런 걸까요."

키요이는 대기실에 도착하자마자 가장 먼저 스마트폰을 확인했다. 히라한테 온 연락은 없었다. 대신 온다에게 메시지가 와 있기에 바로 열어봤다.

—나가노에 도착했어. 히라군이 간다고 했던 촬영지로 향하는 길목에 산사태가 일어나 통행이 불가능한 상황이라 현지 경찰에 수색 요청을 하러 왔어. 다시 연락할게.

키요이는 핏기가 사악 가셨다.

수색 요청을 하면 바로 찾을 수 있는 건가.

히라가 어디 있는지 알아도 산사태 때문에 갈 수 없는 상황인 거잖아?

괜찮은 건가?

지금 당장 나가노에 가고 싶다.

지금 당장, 지금 당장, 지금 당장.

"키요이, 무슨 일이야? 얼굴색이 안 좋아."

"…… 그게, 히라가 돌아오지 않아서요."

"아직 별거중이야? 빨리 화해하라니까."

키요이는 스마트폰을 손에 든 채 그게 아니라…… 하고 중얼거렸다.

"촬영하러 갔는데 돌아오지 않아서, 나가노에서 산사태에 휩쓸린 게 아닌가 해서요."

"뭐?"

스가 역시 표정이 달라졌다. 경위나 상황을 이것저것 물어와도 키요이는 적절한 말이 나오지 않는다. 그저 조용히 스마트폰을 건네주자 스가는 화면에 떠 있는 온다의 메시지를 읽고는 당황한 듯 자신의 스마트폰을 꺼냈다.

"잠깐 기다려. 스케줄 취소할 수 있을지 알아볼게."

해외 팬들을 위한 영상 촬영과 저녁식사는 취소해도 괜찮지만 아침 방송은 리포트가 있어서 어려워, 아니, 방송국 아나운서가 있으니 대신해줄 수 있지 않을까, 하고 어딘가로 전화를 걸려는 스가의 손을 키요이는 됐어요, 하고 막았다.

"이렇게 갑자기 민폐잖아요."

"하지만 히라군이—"

"아직 무슨 일이 생겼는지는 모르니까요. 태풍에 발이 묶였거나 사고가 나서 스마트폰이나 노트북이 망가져 연락을 못하는 건지도 모르고요.."

"정말 그렇게 생각해?"

키요이는 아무 대답도 못하고 그저 메이크업을 지우기 위해 가만히 화장솜을 집어들었다. 얼굴을 닦아내자 파운데이션이 진하게 묻어나온다. 화장솜을 한 장 더 집어든다.

일은 제대로 해.

도무지 못할 것 같으면 빨리 말해주고.

아슬아슬하면 온다씨도 곤란하잖아.

그렇게 말한 건 키요이 자신이다. 뭐라도 된 것처럼 히라에게 그렇게 말했다. 자신의 말과 행동에 책임을 져야 한다. 눈꼬리에 그려진 아이라인이 지워지지 않는다. 강하게 눈가를 문지르는 손을 무언가가 막는다.

"그렇게 세게 닦으면 안 돼."

스가가 클렌징 오일을 덜어서 준비한 면봉에 스며들게 했다.

"키요이, 오늘밤까지만 힘내자."

흠뻑 적신 면봉으로 부드럽게 눈가를 닦아준다.

"빨리 영상을 찍고, 우에다 극단과의 저녁식사에는 못 간다고 양해를 구하고, 그 대신 내일 오후에 예정된 화보를 오늘밤에 찍어버리자. 아침 방송은 대역을 부탁해보고. 내일 아침 일찍 나가노에 갈 수 있도록 스케줄을 조정할 테니까."

"스가씨, 저는—"

"같은 실수를 반복하진 말자고."

언제나 온화한 스가가 드물게도 엄한 표정으로 키요이를 바라보았다.

"전에 네가 연극 때문에 체중을 20킬로그램이나 늘렸을 때, 소속사 직원들 다 크게 걱정했었고 속사정을 알고 나서는 엄청 후회했어. 소속 배우가 가장 먼저 고민을 털어놓을 수 있는 존재가 되어주지 못했으니까. 무슨 일이 생기면 대처해줄 자기편이라는 믿음을 주지 못했던 거야. 이보다 한심한 일은 없지. 친절함이나 배려 같은 감정적인 얘기를 하는 게 아니야. 배우의 고민을 덜어주고, 최고의 퍼포먼스를 발휘하도록 해서 수익을 올리는, 그런 상황을 만들어내고 유지하는 게 우리의 일이야. 그땐 그걸 제대로 못했었지."

스가는 깨끗하게 지워졌어, 하고 면봉을 쓰레기통에 버렸다. 그러고선 태블릿을 꺼낸 뒤 여기저기에 연락하기 시작했다. 그리고 키보드를 두드리며 말을 이었다.

"키요이한테 히라군이 얼마나 소중한 존재인지는 지겨울 정도로 잘 알아. 그럼에도 일을 내던지지 못하는 키요이의 성격도 잘 알고. 하지만 말이야, 그런 상황에선 무슨 일이든 제대로 해내기 어려울 거야. 그러다 만약의 일이 벌어지면 키요이도 우리도 후회하고 또 후회해도 끝이 없을 테고. 그렇다면 소속사가 할 일은 각 거래처에 고개를 숙이고 스케줄을 조정해서 한시라도 빨리 키요이를 나가노로 가게 해주는 것뿐이지."

스가의 말에 키요이는 뻣뻣하게 굳어 있던 등이 풀어졌다. 열심히 하는 것과 타인에게 의지하지 않는 것은 다르다. 그 사실을 알고 있었는데도 어느새 또다시 같은 함정에 빠져버렸다는 걸 깨달았다. 요즘 들어서는 어른이 되었다고 자부했는데. 히라에게마저 뭐라도 된 양 거만한 말들을 쏟아낸 주제에.

나, 엄청 어리잖아.

"스가씨."

"응?"

"고마워요. 엄청나게 의지하고 있어요."

스가가 손을 멈추고 키요이를 향해 엄지손가락을 들었다.

그 뒤로는 성난 파도 같은 기세로 일에 몰두했다. 아시아 팬을 위한 짧은 메시지 영상을 몇 개나 찍고, 내일 예정되어 있던 잡지의 화보 촬영과 인터뷰도 앞당겨 진행했다. 일을 의뢰받았던 사진작가가 간사이 지방으로 출장을 간 상황이었으나 무리하게 부탁했더니 마지막 신칸센을 타고 돌아와 촬영을 시작할 수 있었다. 급하게 〈Mary〉의 편집장도 디렉션에 합류했고, 스타일리스트가 의상을 준비하느라 바쁘게 뛰어다녔고, 메이크업과 조명에 소품까지 많은 사람들의 일정을 꼬이게 해버렸다.

"민폐를 끼치게 됐습니다. 잘 부탁드립니다."

키요이는 모두에게 사과한 뒤, 모든 컷마다 한 번에 OK 사인을 받도록 하겠다는 각오를 다지며 촬영에 들어갔다. 내일 아침에 나가노로 갈 수 있다. 그 마음 하나로 버티며 집중했다.

촬영이 끝난 건 새벽 세시. 스태프들에게 다시 한번 감사인사와 사과의 말을 전한 뒤 스튜디오를 나서자 스가가 곧장 집으로 데려다줬다. 그때부터 잠깐 눈을 붙인 뒤 다시 아침 여덟시에 도쿄역에서 스가와 합류해 나가노로 향했다. 키요이는 자신과 스가, 온다, 히라를 초대한 메시지 방을 만들어 실시간으로 상황을 공유하도록 해뒀다.

—히라, 이거 보면 바로 연락해.

메시지를 몇 개나 보내고 있지만 읽음 표시가 뜨지 않는다. 키요이는 부풀어오르는 불길한 예감을 억누르며 나가노역에서 지역 열차로 갈아타고 유야마다역에서 내렸다.

열차에서 내린 순간, 숨이 턱턱 막힐 정도의 습기에 숨쉬기조차 힘들었다. 무거운 회색으로 가득찬 하늘을 보니 이틀 만에 한 달 치 비가 내렸다는 뉴스가 떠올랐다. 개찰구를 빠져나오자 온다가 마중을 나와 셋이서 택시를 타고 경찰서로 향했다.

"히라군이 촬영하러 간 장소는 여기서 호텔 방향과는 반대로 십 분 정도 버스를 타고 가야 해. 그곳 산의 입구에서 이십 분 정도 더 올라가면 있는 폐허야. 산 중턱쯤에 위치해 있어."

어제 수색 요청을 해뒀다고 온다가 알려줬다. 경찰의 판단으로는 히라가 산속에서 사고를 당했을 가능성이 높다는 듯하다. 구조는 실종 후 칠십이 시간이 분기점이라 상황이 다소 긴박하게 돌아가고 있었다.

"전화로 히라군이 엊그제 밤에 돌아올 거라고 했지? 도쿄까지 약 세 시간이 걸리니까 역으로 계산해보면 저녁에는 이미 유야마다를 빠져나왔어야 해."

행방을 알 수 없게 된 뒤로 이미 사십이 시간 정도가 지났다. 조급하게 굴어도 별 방법이 없다는 건 알지만, 무더위까지 한몫해서 불쾌한 땀이 목덜미를 타고 흐른다.

경찰서에 도착하니 이미 소방대가 모여서 수색 준비를 하고 있었다. 커다란 테이블에 지도를 펼쳐놓고 수색 경로를 확인한다. 큰비가 내려 지반이 불안정해진 이상, 산사태로 막힌 길을 우회하는 수밖에 없어 어려운 듯했다.

"가장 빠른 경로가 산사태로 통행금지 상태입니다. 길이 복구될 때까지 기다릴 순 없으니 이 지역 허브 농장의 사유 도로를 사용할 수 있도록 허가를 받았습니다."

소방대장이 지도를 가리키며 길을 설명해줬다.

"미하라다니 쪽은 안 가는 겁니까?"

다른 대원이 묻는다.

"어렵지. 오후에 또 비가 온다니까 길도 시야도 더 안 좋아질 거야. 이래저래 낭비되는 시간을 생각하면 아마 모든 곳을 돌아보기 전에 어두워질 테고. 게다가 중요 수색처가 구 이토 병원이니까."

"병원이요?"

키요이가 자신도 모르게 묻자 소방대장이 설명했다.

"작년에 개봉한 공포영화의 촬영지였던 곳인데 실제로 유령이 찍혔다고 해서 단숨에 유명해진 폐허예요. 이 구조 대상자가 전에 촬영하러 왔을 때 얘기를 나눈 경찰관이 있는데, 그 학생이라면 공포영화 감독 지망생이니 반드시 여기에 갈 거라고 했습니다."

공포영화? 그건 뭐지. 정보가 복잡하게 뒤섞인 것 같다.

"등산로 근처의 식당에서 목격 정보도 나왔습니다. 구조 대상자로 추정되는, 카메라 장비를 멘 대학생으로 보이는 젊은 남자가 열심히 병원 정보를 확인하고 있었다고요."

여기요, 하고 건네받은 지역 관광 지도의 표지에 커다랗게 오리대장이 그려져 있었다. 촌스러운 산골의 분위기와 전혀 어울리지 않지만 마을 활성화의 일환으로 협업이라도 한 걸까. 새로운 관광지가 된 구 이토 병원의 페이지에는 '나는 무섭지 않아~' 라고 말하며 떨고 있는 오리대장의 일러스트가 그려져 있었다.

"히라는 병원에 흥미가 있어서 이걸 보고 있었던 게 아니에요."

"무슨 말입니까?"

이 오리는 히라가 어린 시절부터 섬겨왔던 스승인데, 지금도 황금빛 왕국에서 흘러가는 황금빛 강을 히라와 함께 떠다니는— 안 돼, 말할 수 없어. 아니 말하고 싶지 않다.

"어쨌든 거기 아니에요. 거기보다."

여기, 하고 키요이는 펼쳐진 지도 위의 한 점을 가리켰다.

아, 그러고 보니 전에 갔었던 나가노의 폐허 근처에 과거 문인이 연인과 자주 찾았던 '구 금류정'이라는 숙소가 있다고 했어. 지금은 영업을 안 하지만 키요이의 별장이라고 해도 좋을 만큼 아름다운 울림을 주는 숙소야. 이번 촬영 일정을 세우다 발견했어. 혹시 다자이도 왔었을까.

히라가 그렇게 말했던 것을 떠올렸다. 그리고 자신이 어떻게 대답했는지도.

오호, 시간 괜찮으면 사진 찍어줘.

그렇다. 사진을 찍어달라고 부탁한 것이다. 자신이. 히라에게.

"왜 여기입니까? 이유는요?"

"제 일과 관련이 있는 건물이라 전에 이곳의 사진을 찍어 오겠다고 말했어요."

"사전에 받았던 일정에는 없는데."

온다가 히라와 공유하는 캘린더 앱을 확인했다.

"전화할 때 그 녀석이 나한테 선물을 가져오겠다고 했어."

"선물용 과자 세트나 키 홀더를 말한 거 아냐?"

"아니야. 평소에는 굳이 그런 말을 하는 녀석이 아니거든. 이 여관의 사진을 찍으러 간 거야. 내가 찍어오라고 했으니까. 나를 위해서—"

"적당히 좀 해. 이런 상황에서도 연애 자랑이라니."

온다가 짜증스럽게 말을 막았다. 소방대원도 곤란한 눈으로 키요이를 쳐다보고 있다. 다들 키요이의 말을 이 상황에 놀라 어쩔 줄 모르는 연인의 망언으로 여기고 있다. 그 속에서 게이 커플이라는 걸 알고 호기심이 어린 시선도 느꼈다. 도쿄에 있으면 잊기 쉽지만 아직까지 지방에서 우리 같은 사람들은 살아가기 어렵다.

"전문가의 의견은 어떻습니까?"

온다가 소방대를 향해 물었다.

"물론 친한 지인의 의견을 존중하고 싶습니다. 하지만 지도상으로 가까워 보여도 구 금류정으로 가는 길은 워낙 수풀이 우거져 야생동물이나 그 길로 다니지 사람은 등반 경험자가 아닌 이상 가기 어려워요. 그쪽으로 가더라도 도중에 포기하고 돌아오지 싶은데요."

소방대장이 형광펜으로 지도에 선을 그린다.

"경찰관의 증언이나 목격 정보를 감안하면 구 이토 병원 쪽일

확률이 높습니다. 행방불명이 된 지 하루 반이나 지났으니 오늘 안으로 찾지 못하면 위험해요."

위험하다는 말에 키요이는 소름이 돋았다. 더는 한시도 지체할 수 없다며 소방대는 곧장 차에 올랐고, 키요이는 온다랑 스가와 나란히 서서 잘 부탁드립니다, 하고 그들을 배웅했다.

"……부탁이니까 빨리 찾아줘."

온다가 기도하듯 하늘을 올려다보았다.

"키요이, 일단 호텔로 가자."

스가가 위로하듯 어깨를 만진다. 셋이서 택시를 타고 호텔로 가 각자의 방에서 대기하기로 했다. 스가가 함께 있어주겠다고 했지만 키요이는 거절했다.

"고마워요. 전 괜찮아요."

키요이는 방으로 돌아와 경찰서에서 받아온 지도를 침대에 펼친 뒤 다시 한번 구 금류정으로 가는 길을 확인했다. 이 지역 주민도, 산에 대해 잘 아는 전문가도 아니지만 히라라면 반드시 이곳에 갔을 거라는 사실만은 알았다. 함께 받은 관광 지도도 넘겨봤다. 오리대장이 거창하게 안내하는 구 이토 병원과 같은 페이지에 산에서 마을로 흐르는 강에 대한 설명도 있었다.

"금류강은 가을의 풍작을 축복하는 산신님께서 마을에 내려오실 때 사용하는 길이야. 지금은 '비단 금錦'을 쓰지만 원래는 '쇠 금金'을 써서 '금류金流강'이었어. 황금빛 이삭을 기원하며 지은 이름이지."

흠흠, 하고 우쭐대는 오리대장의 작은 일러스트. 전화로 얘기할 때 히라는 대장에게서 소중한 가르침을 받았다고 했다. 그 가르침이 바로 이것이라는 생각이 들었다.

신이 지나가는 길, 황금이 흐르는 강. 이처럼 다 갖춘 강의 이름을 딴 여관인 '구 금류정'으로 히라가 가지 않았을 리 없다. 그럼에도 전문가의 의견 역시 무시할 순 없다.

그렇다면 이쪽은 내가 찾아보자.

키요이는 만일을 위해 챙겨온 방수 나일론 바람막이를 걸치고 모자를 쓴 뒤 방을 나섰다. 두 장의 지도를 손에 든 채 스가의 방 앞을 빠른 걸음으로 달리듯 지나쳤다. 가겠다고 말하면 분명 막을 것이기 때문이다.

미안해요, 스가씨. 키요이는 마음속으로 사과했다.

호텔 앞에 줄지어 서 있던 택시 운전사에게 지도를 보여주고, 산사태로 통행이 금지된 길을 돌아가 다른 등산로 입구에 내려 달라고 부탁했다.

"이쪽은 거의 안 쓰는 길인데다 큰비가 와서 상당히 미끄러울 텐데요?"

걱정하는 운전사에게 키요이는 괜찮아요, 감사합니다, 라고 대답한 뒤 저벅저벅 산으로 걸어들어갔다. 쓰지 않는 길이라고 했듯이 폭이 좁다. 입구에서부터 그랬는데 올라갈수록 더욱 좁아지고 경사가 급해진다.

매일 헬스장에서 몸을 단련하니 체력은 자신이 있었지만 습도 탓에 숨을 쉬기 어렵다. 게다가 벌레가 크고 많다. 모자를 눈까지 깊게 눌러쓰고 나일론 바람막이를 벗어 벌레를 쫓으며 걷다 보니 눈 깜짝할 사이에 피로감이 커진다. 배낭을 멘 등에는 열이 모여서 티셔츠가 이미 땀으로 흠뻑 젖었다.

여름 산이라고 너무 얕본 건가.

어렴풋이 갈림길처럼 보이는 곳이 나와 잠시 쉴 겸 지도를 확인했다. 스마트폰의 지도 앱과 진짜 지도를 비교해보려고 했지만 전파가 약하다. 자리에서 일어나 여러 방향으로 시도해보고 나서야 겨우 신호가 잡혔다.

배낭에서 물을 꺼내 한 모금 마신 순간, 툭 하고 무언가가 모자를 두드렸다. 예보된 것보다 일찍 비가 오기 시작했다. 멀리서 천둥소리가 무겁고 낮게 울려퍼진다. 잎이 무성한 여름 산이 급격하게 어둠을 더해간다. 키요이는 서두르려고 나일론 바람막이를 다시 걸친 뒤 미묘하게 좀더 길의 흔적이 남아 있는 오른쪽 방향으로 나아갔다.

비가 점점 거세지는 사이에 스마트폰이 진동했다. 스가에게서 온 것이다. 어디 있어, 설마 산에 간 거야, 하고 연달아 메시지가 들어온다.

—구 금류정을 보고 올게. 미안.

그렇게 보내고 나자 전파가 끊겼다. 스마트폰을 집어넣고 오로지 위로 올라가기만 했다. 젖은 풀과 진흙탕에 발이 걸려서 몇 번이나 미끄러졌다. 물을 흠씬 머금은 옷이 무겁다. 게다가 체온까지 빼앗겨 몸이 차가워진다.

정말 이 길이 맞는 걸까?

이중으로 조난을 당하기 전에 돌아갈까?

불안으로 생각이 흔들린다. 그래도 발은 멈추지 않는다. 멋대로 앞으로 나아간다. 자신보다도 히라가 더욱 불안할 것이다. 마음을 놓을 수 없을 것이다. 다쳤을지도 모른다.

꼭 찾아낼 테니까.

반드시 갈 테니까.

살아서 기다려.

젖은 얼굴을 손등으로 거칠게 문지른 순간, 키요이의 시선 끝에 선명한 노란색이 스쳤다. 모자 챙을 들어올리자 조금 앞에 있는 나뭇가지에 노랗고 작은 무언가가 매달려 있다.

……저건.

자신도 모르게 달렸다. 가까이 다가가보니 역시 히라가 부적처럼 키 홀더에 몇 개씩이나 달아뒀던 작은 크기의 오리대장이었다.

역시 여기 온 거구나.

주위를 둘러보니 간신히 눈에 띌 정도로 아슬아슬한 지점에 같은 노란색이 보였다. 무언가 표시를 해놓은 것처럼 매달려 있다. 키요이는 너무 조급하게 움직이다 진흙탕에서 크게 미끄러졌고, 그 반동으로 옆쪽의 경사면을 몇 미터나 미끄러져 내려갔다. 어떻게든 도중에 멈춰 자세를 바로잡으려 애쓰던 그때, 나뭇잎을 두드리는 빗방울 소리에 섞여 희미하게 물 흐르는 소리가 들렸다.

젖은 나무들 너머로 어렴풋이 강이 보였다. 경사면을 더 내려가자 갑자기 시야가 트이면서 시냇물이 나타났다. 상류에 오래된 건물이 보였다. 비 때문에 앞이 흐릿했지만 사진으로 본 구금류정임을 알 수 있었다. 하지만 그 절반이 산사태에 휩쓸려 내려간 것처럼 눌려 허물어진 채다.

"……히라."

피로와 추위로 뿌옇게 흐렸던 머리가 서서히 맑아졌다.

"……히라!"

키요이는 앞으로 쓰러지듯 달려나갔다.

불꽃

나가노로 온 지 닷새째 되던 날 촬영을 모두 끝낸 뒤 호텔 근처의 소바 가게에서 저녁을 먹었다. 봄이나 가을이었다면 촬영하는 김에 폐허에서 잠을 잘 수도 있겠지만 더울 때는 역시 샤워를 하고 싶어 숙소를 잡는다. 주문을 마치고 테이블에 놓인 관광지도에서 스승의 모습을 발견한 히라는 지도를 집어들었다.

오리대장, 이런 곳에서도 활약하고 있군요.

표지에 그려진 오리대장을 존경하며 받든 뒤 지역 명소에 관한 설명을 읽어나간다. 진짜 유령이 나온다는 폐병원에 대해서는 예전에 어느 경찰관에게 들어서 알고 있었다. 그 사람에게 자신은 영원히 공포영화 감독을 꿈꾸는 학생이겠지, 하고 생각하던 중이었다.

"금류강은 가을의 풍작을 축복하는 산신님께서 마을에 내려오실 때 사용하는 길이야. 지금은 '비단 금錦'을 쓰지만 원래는 '쇠 금金'을 써서 '금류金流강'이었어. 황금빛 이삭을 기원하며 지은 이름이지"라는 설명에 히라는 시선을 사로잡혔다.

스마트폰을 꺼내 지도에서 구 금류정으로 가는 길을 확인했다. 역시 그랬다. 이 숙소는 금류강 연안에 지어져 있다.

키요이의 작품 얘기를 들은 후로 줄곧 구 금류정에 반드시 가봐야겠다고 마음먹고 있었다. 사전에 확인해본 길은 상당히 험난해 보였지만 조금이라도 키요이의 일에 도움이 된다면 에베레스트를 올라야 하는 일이더라도 도전할 가치가 있다.

게다가 신이 지나는 길이며 황금이 흐른다는, 마치 키요이를 위해 존재하는 듯한 강 연안에 지어진 건물이라니. 심지어 그걸 알려준 게 오리대장 아닌가. 히라는 황금빛 왕국에 흐르는 황금빛 강을 오리대장과 함께 떠다니다 키요이 곁에 다다르는 자신의 모습을 상상했다.

이건 꼭 찍고 싶어.

그 순간, 샘물처럼 벅찬 감정이 솟구쳐올랐다.

그런 감각은 오랜만이었다.

키요이가 큰 소리로 호통을 쳤던 그날 밤부터 계속 생각했다. 사진을 계기로 키요이와 가까워지고, 노구치와 만나고, 개인전을 열고, 온다와 만나면서 상상으로도 좇아가지 못할 정도로 히라의 세상이 넓어져갔다. 자신의 작은 손에는 벅찰 만큼 풍성한 열매가 열렸고 동시에 묵직해졌다.

최근 들어서는 사진을 찍는 이유가 변했다는 느낌이 들었다. 좋아하는 것과 심장이 뛰는 것은 히라에게 있어 전혀 다르다. 사진을 찍는 건 파도처럼 밀려오는 감정을 진정시키기 위한 행위였다. 슬픔, 분함, 분노, 증오 등 일상에서 생겨나는 다양한 부정적인 감정을 카메라로 담아내고 자신과 떼어놓음으로써 제자리로 돌아올 수 있었다.

그렇게 찍힌 사진은 '없애고 싶었던 진실한 자신' 그 자체였고, 그렇기에 개인전을 열어 그 모습을 세상에 내보이기가 무서웠다.

누구라도 자신의 모습을 일방적으로 평가받는 건 싫을 테니까.

그렇기에 이런 결과는 상상도 하지 못했다.

고맙고 행복해서 세상에 감사함을 느끼는 기분을 처음으로 알게 되었다.

다른 한편으로는 자신이 생각하는 사진과 세상이 바라는 사진 사이의 간극이 조금씩 벌어져간다는 사실이 불쾌했다. 달려나가려는데 셔츠의 뒷자락을 붙잡힌 듯한 답답함. 신경쓰지 말고 뿌리치면 되는데 실망시키고 싶지 않으니까 할 수 없다. 이런 자신을 평가해주고 필요로 해주는 사람들을, 다정하게 대해주는 사람들을 낙담시키고 싶지 않다.

아니, 그게 아니다. 그런 선한 말로 마음속까지 포장하지만 실은 자신이 다른 이들을 실망을 시키고 다시 가치 없는 인간으로 돌아가는 게 무서워진 것이다. 원래 아무것도 갖지 않았던 주제에 무언가를 갖자마자 잃을 일을 무서워하다니.

예전의 히라가 본다면 지금 있는 장소야말로 황금빛 왕국일 것이다. 줄곧 동경해왔던 곳에 있게 되었다. 분명 여기가 그곳이다. 그렇다면 계속 여기 있으면 된다. '진실한 자신' 따위야 이제 아무래도 좋지 않은가. '진실한 자신' 따위가 아니라 모두가 바라는 자신을 내밀면 누군가를 실망시킬 일은 없다. 계속 꿈속에 있을 수 있다.

하지만 그 달콤한 희망이 한순간에 산산이 부서졌다.

뭐, 힘내서 나를 뛰어넘어보라고.

노구치의 그런 눈을 본 건 처음이었다.

밝고 미지근한 환상의 바다가 갑자기 거칠어지더니 히라를 머리부터 삼켜버렸다.

노구치와 경쟁하다니 생각만으로도 무섭다.

노구치와의 관계를 망가뜨려가면서 사진 같은 건 찍고 싶지 않다.

그리고 깨달았다. 사진을 찍으면서 생겨난 모든 관계, 생각, 환경. 그것들이 어느샌가 본래의 의미를 잃고 또다른 더 깊은 바다에 빠져버렸다는 것을.

나는, 정말로, 사진을, 좋아하는 걸까?

우연히 부모님이 카메라를 사줬으니까. 친구 없이 혼자서도 할 수 있는 취미였으니까. 한번 렌즈에 담고 나면 추한 자신 그대로도 그 세계의 왕이 될 수 있었으니까. 계속해서 사람을 지우고 멋대로 세상을 저주할 수 있었으니까.

혼자서 놀 수 있는 일이라면 카메라가 아니어도 되지 않았을까. 소설을 쓴다든가, 만화를 그린다든가, 심지어 공장에서 케이크에 밤을 올리는 일이어도 되었다. 이렇게 쉽게 성공해 취해 앞으로 나아가지도 않고 좋은 기분에만 푹 빠져 있다는 게 바로 그 증거 아닌가.

나에게, 사진은, 뭐지?

왜 프로가 되려고 생각했던 거지?

키요이가 열심히 하라고 했으니까? 노구치가 독려해줬으니까? 그것밖에 칭찬받을 수 있는 일이 없으니까? 사진을 그만두면 단지 사회 부적응자가 될 뿐이니까? 그렇다면 사진을 좋아하는 게 아니라, 사진을 찍어서 칭찬을 받는 자신이 좋은 것 아닌가? 행복의 조건을 만족시킬 만한 다른 무언가가 있으면 사진이 아니어도 괜찮지 않을까?

이제, 그만둘까.

아무리 온다가 부추겨도, 마감이 다가와도, 무엇 하나 찍고 싶다는 생각이 들지 않았다. 카메라를 만지는 것도 무서워졌다. 창문으로 들어오는 빛이 불쾌해서 암막 커튼을 치고 향을 피워 내면의 우주로 도망쳤다. 나비가 된 줄 알았는데 다시 번데기로 퇴화해서는 그 안에서 질척하게 녹아 썩어가고 있었다. 그럼에도 밖으로 나가는 게 무서웠다.

사진을 그만둔 너 따위는 노구치씨한테 아무런 가치도 없어.

하지만 연약한 번데기의 껍질은 깨졌다.

처음 빛을 마주한 약하디약한 벌레에게 키요이가 내뿜는 빛은 너무 눈부셨다.

자신을 지원해주는 모두에게 고맙다고 말하면서 미적지근한 환상에 젖어 그 누구의 기대에도 진정으로 부응하지 못했다. 그런 히라를 키요이는 아무런 망설임도 없이 단칼에 내리그었다.

은혜를 최악의 원수로 갚은 주제에.

사진을 그만둔 너 따위는 그냥 기분 나쁜 녀석일 뿐이야. 아니, 찍을 때도 기분 나빠. 그럼 차라리 최고봉에서 기분 나쁘고 짜증나는 녀석이 되라고!

키요이는 거짓말을 하지 않는다.

항상 거침없이 현실을 내민다.

지금의 자신은 아무런 가치도 없고 은혜조차 모르는 쓰레기 같은 인간이다.

중요한 시기인 키요이에게 스트레스만 줄 뿐이다.

너무 저급하고 최악이어서 망연자실할 수밖에 없었다.

빨리 기분 나쁜 일개 병사로 돌아가지 않으면.

그러기 위해서 이제 찍을 수밖에 없어졌다.

고민은 하나도 해결하지 못한 채 출구만 불쑥 나타났다.

키요이는 신이고, 신의 계시에 의미를 부여할 필요는 없다.

그저 온 마음을 다해 할 수 있는 일을 하는 수밖에.

히라는 키요이가 나가버린 방에서 잠시 멍하니 있다가 벌떡 일어섰다.

밥은 잘 챙겨 먹으라던 키요이의 말에 따라 일단 물을 끓였다. 무언가 만들려고 생각했지만 머리가 멍해서 몸도 잘 움직이지 않는다. 컵라면에 뜨거운 물을 붓고 바닥에 무릎을 꿇고 앉아 삼 분을 기다린 뒤, 뚜껑을 싹 벗기고 부드러운 면을 담담하게 후루룩 삼켰다. 몸 안쪽이 따뜻해지고 위가 채워지자 천천히 뇌가 움직이기 시작한다. 멈춰 있었던 톱니바퀴가 삐걱거리며 돌아가기 시작했다.

오랜만에 컴퓨터를 켜서 그간 열어보지도 않았던 온다의 메일을 확인해나갔다. 일에 관한 안건, 마감, 진척, 확인 등이 적힌 내용의 마지막에는 걱정하고 있어, 조금 휴식을 가져보자, 걱정, 미안, 걱정, 미안, 이라는 두 가지 말뿐이었다.

일에 관해서는 정말로 여유가 없었다. 최악의 경우에 개인전에 출품했던 것이라도 좋으니 클라이언트에게 허락을 받아보겠다는 내용의 메일도 있었는데, 히라는 지금이라면 아슬아슬하게 마감을 맞출 수 있을 거라고 판단했다. 상황이 이렇게 되기 전에 온다와 회의를 하며 정해둔 마감 순서가 떠올랐다.

이런 상황에선 촬영을 해도 좋은 작품은 못 찍는 거 아닐까?

문득 이런 생각에 손이 멈추려 할 때마다 키요이의 말을 곱씹었다. 은혜를 모르는 쓰레기 같은 자신의 생각에 가치 따위 없다. 생각하지 마. 일단은 움직여. 움직여. 움직여.

촬영의 순서와 일정을 정하고 숙소와 신칸센 티켓까지 예약하고 나니 다음날 밤이었다. 오랜만에 마주하는 현실이 버거워서 히라는 목욕을 하는 것도 뒤로 미루고 그대로 잠들어버렸다.

다음날, 잠에서 깨어나 근처의 마트에 갔다.

식재료를 보면서 메뉴를 정하고, 오랜만에 주방에 섰다. 키요이는 지금이 아주 중요한 시기여서 아침부터 밤까지 일에 파묻힌 나날을 보내고 있다. 그런 키요이에게 자신만의 일로 벅차서 아무런 도움도 되지 못했다. 아아, 애초에 자신 같은 게 도움이 될 수 있다고 생각하는 것 자체가 우습기 그지없다. 적어도 방해가 되지 않도록 영양가 있는 식사를 만들고 방을 정리하는 것밖에 하지 못하는 주제에, 그것조차 태만해져 키요이에게 스트레스를 주고 심지어 호텔 생활까지 하게 만들다니. 이천 년 동안 떨어져야 겨우 닿을 수 있다는 제일 밑바닥의 무간지옥에 가야 할 만큼 큰 죄다.

하지만 지금은 이천 년이라는 집행유예를 기다리고 있을 시간이 없다. 바쁜 와중에 호텔 생활을 하는 건 부담스러운 일이다. 그러니 자신이 빨리 촬영을 하러 떠나서 키요이에게 집으로 돌아오라고 해야 한다. 오리대장 모양의 쿠킹 타이머를 놓고 차례차례 음식을 만들고 전부 냉동실에 넣고 나니 점심시간이 지나 있었다.

기자재를 챙겨 들고 집에서 나와 신칸센 안에서 키요이에게 메시지를 보냈다. 촬영을 하러 간다고, 그리고 주제넘지만 음식을 만들어뒀다는 내용을 전달했다.

이런 것으로 갚을 수 있는 죄는 아니지만 적어도 반성하고 뉘우치는 마음이 전해질 수 있도록 정중하게.

—오랜만에 먹는 네 요리였어.

키요이에게 받은 답장은 짧지만 지극히 높은 말에만 깃든 진실로 가득차 흘러넘쳤다.

존귀한 마음으로 눈을 감으니 기분좋고 밝은 잠이 히라를 유혹해왔다.

키요이.

눈을 뜨자 희미하게 어두워진 채 흙냄새가 짙게 감도는 장소에 있었다. 어느샌가 잠들어버린 듯 꿈과 현실의 격차가 커서 지금 자신이 있는 장소가 어디인지 알 수 없었다.

나, 언제부터 여기 있었지?

촬영 일정을 전부 소화한 다음날에 구 금류정을 방문할 생각이었다.

새벽부터 큰비가 내렸지만 그 기세가 너무 대단해서 오히려 곧 그칠 거라고 판단했다. 태풍도 매번 나가노까지는 오지 않았고, 실제로도 호텔에서 체크아웃할 즈음에는 빗줄기가 약해진 터라 예정대로 구 금류정으로 향했다.

잠시 그쳤던 비는 산을 오르기 시작하자마자 다시 세차게 내렸다. 이곳 주민들조차 산짐승만 다니는 길이라고 한 코스가 상상 이상으로 알아보기 어려워 돌아가는 길을 알 수 있도록 배낭에 달아둔 오리대장 키 홀더를 나뭇가지에 매달며 앞으로 나아갔다.

부디 무사히 키요이 곁으로 돌아갈 수 있기를.

히라는 비에 젖어 흔들리는 오리대장에게 두 손을 모아 기도했다.

젖은 풀에 발이 걸리고 진흙탕에 빠지면서 구 금류정에 도착했을 때는 게릴라성 호우처럼 비가 퍼붓고 있었다.

일단은 처마 밑으로 피신한 뒤, 방수 기능이 있는 케이스에서 카메라를 꺼내 비를 막는 커버를 씌우고 건물의 외관을 찍어나갔다. 여관이 문을 닫은 건 십 년쯤 전이라고 하지만 산속의 강

가라는 악조건 탓에 손상이 심했다. 토대를 산비탈에 쌓아올린 탓도 있어 아마 건물은 그리 오래 버티지 못할 것이다.

현관은 삼각형 모양의 작은 지붕 장식이 덧붙여진 일본식 건축 양식이지만 정면 로비에는 붉은색 카펫이 깔려 있었다. 장식이 더해진 벽난로 앞에는 묵직한 고양이 발 모양의 소파가 놓여 있다. 모든 것이 시간에 노출되어 부드럽게 빛이 바랬다.

비 오는 풍경의 회색에 잠긴 음울함이 아름다워 계속 안쪽으로 이끌려 들어간다. 빗소리와 셔터 소리가 뒤섞여 리듬을 만들어내는 사이 점점 머릿속이 텅 비어간다. 가공의 선율을 타고 거듭 셔터를 누른다. 스스로가 눈동자만 있는 생물이 된 듯한 착각이 들었다.

파인더 너머가 전부인 이 감각이 좋았다. 자신을 둘러싼 '진짜 세상'을 잊을 수 있으니까. 히라 자신에게 '진짜 세상'은 항상 아픈 것이었으니까. 히라는 무언가를 자르는 소리와도 닮은 셔터 소리로 세상을 잘라내고 있었다.

예술가는 불행할수록 좋은 작품을 만들더라고.

누군가가 웃으면서 그렇게 말했었다.

그런 잔혹한 말을 잘도 한다. 하지만 히라의 경우에는 맞는 말이었다.

지금 자신을 둘러싼 세상은 힘들지도 아프지도 않다. 키요이가 있고, 노구치가 있고, 도움을 주는 사람들이 있으니 그 누구도 자신을 비웃지 않는다. 애정과 선의가 있고, 그것이 자신의 '진짜 세상'이 되었는데, 어째서 아직 파인더 너머를 엿보려는 건가. 그곳은 이제 '도망칠 곳'이 아니건만.

지금의 내가, 대체, 무엇을 찍을 수 있을까.

그 누구보다도 자신이 그 답을 제일 알고 싶다는 마음으로 한 발짝 내디딘 순간이었다. 빗소리와 셔터 소리에 희미하게 다른 소리가 섞였다. 뚝, 뚝, 실이 끊기는 듯한. 촬영 리듬이 흐트러져 일단 카메라를 내린 것과 동시에 땅이 울리는 소리와 함께 건물이 크게 흔들렸다.

재빨리 방에서 나가려고 했지만 바닥이 비스듬히 기울어져 그 위로 무릎을 꿇고 말았다. 복도 쪽 벽이 무너지면서 흙모래가 대량으로 흘러들어왔다. 히라는 순간적으로 몸을 웅크리고 머리를 감쌌다. 땅이 울리는 소리와 흔들림이 겨우 잦아들었을 때는 이미 어스레한 어둠에 갇힌 뒤였다. 넘어진 벽과 부러진 기둥이 서로 지탱하는 모양새가 되어 히라를 중심으로 한 평 남짓한 공간이 형성되어 있었다. 천장은 허리를 굽혀야 겨우 들어갈 정도의 높이밖에 되지 않았고, 새어나오는 물과 축축한 흙냄새로 짐작하건대 주변은 흙모래로 막혀 있는 듯했다.

하나뿐인 틈새로 약한 빛이 새어나오고 있다. 여기로 빠져나갈 수 있을까 싶어 틈새를 밀어 넓혀간다. 손목을 내밀 수 있을 만큼 넓어진 순간, 머리 위로 젖은 흙모래가 질퍽하게 뭉친 채 쏟아져내렸다. 안 되겠다. 어설프게 움직였다간 전체가 다 무너져내린다.

도움을 청하려고 주머니에서 꺼낸 스마트폰은 신호가 잡히지 않았다.

아무런 상황이 변하지 않은 채 이틀 정도가 지났다.

천장이 무너져내리지 않도록 조심조심 세심히 주의를 기울여 틈을 넓혀보려 했지만 소용없었다. 그렇다면 이쪽은 어떨까 싶어 반대쪽의 흙모래를 파봤지만 자갈 섞인 점토질이라 사람의 손으로는 파낼 수 없었다. 어떻게든 신호가 잡히지 않을까 하는 생각에 스마트폰을 틈새로 내밀어봤지만 안테나 표시는 뜨지 않았고 몇 번이나 시도하는 동안 배터리가 나가버렸다.

발버둥칠수록 주변의 조그마한 공간이 더욱 답답하게 느껴졌다. 모든 수단을 강구해봤다는 생각에 히라는 웅크리고 앉아 벽에 등을 기댄 채 무릎에 올려둔 카메라를 계속 만졌다. 낙하 방지 스트랩 덕분에 카메라를 잃어버리지 않았다. 지금 자신과 세상을 연결해주는 건 이것뿐이었다.

틈새로 들려오는 간헐적인 빗소리. 가끔씩 건물이 삐걱대며 흔들렸다. 무섭다. 목이 마르다. 배가 고프다. 지쳤다. 여기저기 다 아프다. 세상의 온갖 불쾌함이 천천히 거리를 좁혀오더니 이제는 새까만 그림자가 되어 히라 옆에 바짝 붙어 있다. 그 그림자의 이름을 알고 있다. 그 이름을 입에 담는 순간, 그림자는 실체가 되어 히라를 삼켜버릴 것만 같다. 차라리 삼켜지는 쪽이 마음은 편하겠지만.

내일 밤에는 돌아갈게.

그렇게 말했는데.

선물 가져갈 테니까.

그렇게 말했건만 약속한 '내일'은 이미 한참 지났다.

이런 곳에 오는 게 아니었다. 자신처럼 볼품없는 인간이 키요이의 일에 도움이 되려고 하다니 정말 건방지기 짝이 없다. 아아, 아니다. 그게 아니다.

키요이가 자신이 돌아오길 기다리고 있다.

어떻게든 돌아가지 않으면 안 된다.

히라는 구부린 무릎 위에 묻고 있던 얼굴을 들어 발밑에 고인 진흙물에서 그나마 맑은 윗부분을 손바닥으로 떠서 마셨다. 허기보다 갈증이 더욱 견디기 힘들었지만 곰팡이 냄새가 나는 흙맛에 헛구역질이 났다. 그럼에도 마셨다. 본능적인 눈물이 흘러넘쳤다. 나가고 싶다. 여기서 나가고 싶다.

"……키요이."

다 쉬어버린 목소리로 중얼거렸다. 키요이. 키요이. 사진을 찍는 이유도, 의미도, 노구치와 경쟁하는 것도, 세상의 평가도, 모든 것이 다 무의미해지고 마지막에 단 하나만 남았다.

키요이와 한번 더 만나고 싶다.

그걸 위해서 살고 싶다.

그걸 위해서 죽고 싶지 않다.

몽롱해지는 의식 저편에서 희미하게 키요이의 목소리가 들리는 것만 같았다. 결국 그림자에 잡혀버린 걸까. 여기서 끝인 걸까. 환상이어도 좋으니 마지막에 키요이의 목소리를 들려준 신이시여, 감사합니다. 당신을 버린 인간에게도 자비를 내려주시는군요.

"히라!"

움찔하고 몸이 흔들렸다. 목소리가 가까워진다.

"히라, 있으면 대답해!"

천천히 고개를 들었다.

발소리도 들린다.

환청이 아니다.

"히라!"

잘못 들을 리가 없는—

"……키요이."

목소리를 내려고 했지만 아예 다 쉬어서 나오지 않았다. 발밑의 진흙물을 떠서 목을 축인다. 숨을 들이쉰다. 곰팡이 냄새가 나는 공기로 폐가 부풀었다. 크게 입을 열었다.

"키요이!"

잠시 정적이 돌아온 뒤, 자신을 부르는 목소리가 한층 더 커졌다. 부르는 소리가 들려오면 히라도 대답하듯 키요이를 불렀다. 어디 있느냐고 물어오지만 자신도 알 수 없다. 그러니까 몇 번이고 부른다. 키요이. 키요이.

"히라?"

바로 근처에서 목소리가 들렸다. 틈새로 손을 내밀자 건너편에서 꽉 잡아왔다. 몇 번이나 닿은 적 있는 감촉에 믿기지 않을 만큼 눈물이 흘러넘쳤다.

"살아 있는 거지? 괜찮은 거지?"

괜찮아, 살아 있어. 그렇게 대답하고 싶건만 흐느낌만 새어나올 뿐 말이 나오지 않는다.

"늦게 와서 미안해. 이제, 이제 괜찮아."

목이 멘 목소리로 키요이가 말을 걸어온다. 안도감과 필사적인 마음이 고스란히 전해진다.

"키요이, 어떻게, 내가 여기 있는 걸 어떻게 알았어?"

그 누구에게도 말하지 않았는데.

"설명하기 귀찮아. 그래도 반드시 여기 있을 줄 알았어. 오리대장이 걸려 있어서 도움이 됐고. 너치고는 아주 잘했던데."

아아, 오리대장, 고마워, 고마워요. 눈물에 젖어 엉망인 상태로 손을 움켜잡자 키요이가 더욱 강한 힘으로 맞잡았다.

"좀더 기다릴 수 있겠어? 바로 사람들을 불러올게."

히라가 알겠다고 대답한 순간, 바닥이 스르르 비스듬하게 미끄러졌다. 자신 쪽에서도, 키요이 쪽에서도 동시에 우앗, 하고 소리가 터져나왔다. 키요이의 손을 놓칠 뻔해 히라가 반사적으로 끌어당기는 반동으로 틈새가 벌어지면서 아슬아슬하게 밸런스를 유지하던 천장이 무너져내렸다.

"히라!"

한 평 남짓한 공간이 절반쯤 막혀버렸다. 경사면 위에서 아슬아슬하게 버티고 있던 건물이 사람이 늘어난 탓에 균형을 잃었는지 삐걱삐걱 하는 소리가 계속 울리고 있다.

더이상, 버틸 수 없어.

조금 전까지 공포로 짓눌려 있던 마음이 사르르 진정되어간다.

이제 언제 무너져도 이상하지 않다.

한시라도 빨리 키요이를 여기서 멀리 보내야 한다.

"키요이, 빨리 움직여."

"응?"

"이제 체력이 한계야. 더 못 버티겠어. 빨리 가서 사람들을 불러와."

어째선지 맞은편에서 대답이 없다.

"키요이?"

"……싫어."

키요이가 손을 꽉 잡아왔다.

"아, 어째서?"

"……모르겠어. 그래도 싫어."

"빨리 구해달라는 거잖아?"

"알고 있어. 그래도 싫어."

지면의 흔들림과 건물이 삐걱대는 소리가 멈추지 않는다.

"키요이, 빨리."

"그러니까…… 싫다고 하잖아!"

싫어, 싫어, 하고 키요이는 떼를 쓰는 아이처럼 계속 히라의 손을 강하게 잡는다.

둘이서 말하는 동안에도 천장이 조금씩 무너져내렸다. 아아, 이제 더는 버틸 수 없다.

"……싫어할 거야."

키요이의 손이 움찔하고 반응했다.

"내가 하는 말 듣지 않으면, 싫어할 거야."

조금 전까지는 죽는 것이 무서웠다. 지금도 무섭다. 굉장히, 굉장히 무섭다. 하지만 키요이의 목숨이 걸려 있다면, 어느 쪽이든 하나밖에 선택할 수 없다면, 망설일 여지 같은 건 전혀 없다.

"키요이를, 엄청나게 싫어할 거야."

긴 침묵 끝에 키요이의 손에서 천천히 힘이 빠져나간다.

그래, 빨리, 빨리, 손을 놔.

문득 따뜻함이 멀어졌다. 자갈을 밟는 소리가 빗소리에 섞여 들려왔다. 한 걸음, 한 걸음, 뒷걸음질치고 있다. 사박사박하는 소리가 나더니 아주 잠시 망설이다 결심하고 달려나간다. 키요이의 발소리가 멀어져간다. 그래, 좀더 빨리 뛰어, 좀더 멀리 가버려.

그리고 다시 한번 어스레한 어둠 속에서 히라는 혼자가 되었다.

마음 깊은 곳에서부터 안도감이 밀려왔다.

키요이를 휘말리게 하지 않아 다행이다.

눈을 감고 거듭해서 숨을 내쉬고 있으니 지끈지끈 가슴이 욱신거렸다.

키요이에게 엄청나게 싫어할 거라고 말할 날이 오리라고는 꿈에도 생각하지 못했다. 이대로 나이를 먹으면서 언젠가 맞이할 영원한 이별을 두려워했다. 하지만 어떤 장면을 상상하든 고마움과 사랑의 말뿐이었다. 이런 식으로 갑작스럽게 의도와는 다른 이별의 말로 그날을 맞이하게 되다니—

만약 키요이와 만나지 않았다면, 하고 히라는 생각했다.

만나지 않았다면, 이런 곳에 오지 않았을 것이다.

만나지 않았다면, 평범하게 대학을 졸업하고 평범하게 취직을 했을 것이다.

산소가 옅은 회색빛 세상에서 숨쉬기조차 어려워 헐떡이며 살아갔을 것이다.

하지만 키요이를 만났으니까—

키요이를 만났으니까, 지금껏 알지 못했던 수많은 행복을 알게 되었다.

지금까지와는 전혀 다른, 숨이 멎을 듯한 환희와 두근거림을 알게 되었다.

키요이를 만났으니까, 빛나는 황금빛 왕국을 목표로 할 수 있었다.

그러니까, 여기가 끝입니다, 라고 한다면 조용히 받아들일 것이다.

키요이를 만나지 못한 인생이야말로 훨씬 더 받아들이기 힘들 테니까.

단지 한 가지가 마음에 걸렸다. 이대로 끝난다면 키요이는 스스로를 탓할 것이다. 여기까지 와준 것만으로도 기적인데, 스스로에게 엄격한 키요이는 연인을 내버려두고 떠났다며 자책할 것이다. 분명히, 많이, 아주 많이 괴로워할 것이다.

물론 키요이는 언젠가 극복해낼 것이다. 거부할 새도 없이 일상은 흘러가겠지만 그럼에도 괜찮아지는 날에 이르기까지는 아픈 경험을 할 것이다. 그것만은 싫다. 키요이가 괴로워할 바에야, 지금까지 함께한 모든 시간을, 키요이의 인생에서 자신의 기억을 지워버리고 싶다.

지금 내가 무엇을 할 수 있지?

히라는 격렬한 빗소리가 들려오는 틈새를 바라보았다. 그리고 캄캄한 공간 안을 둘러보고는 조금 전에 무너져내린 흙모래를 한 알 씹었다. 잠시 생각한 뒤, 젖은 흙을 긁어모아 틈새 앞에 쌓아올려서 60센티미터쯤 되는 받침대 모양의 산을 만들었다.

힘이 들어가지 않는 손으로 카메라를 들자 애용하는 카메라인데도 평소보다 무겁게 느껴졌다. 거리를 재고 초점을 대강 맞춘 뒤 감도를 올리고 셔터 속도를 조절했다.

받침대 모양으로 쌓은 흙 위에 틈새에서 새어들어오는 약한 빛을 등지도록 카메라를 올려놓고 타이머를 세팅한 뒤 그 앞에 앉았다. 이걸로 어떻게든 찍을 수 있을까. 램프에 불이 들어오면서 촬영 이 초 전임을 알렸다. 그리고 좁은 공간에 셔터 소리가 울렸다.

카메라를 들고 재생 버튼을 눌러 화면으로 확인해보니 온통 그림자처럼 가라앉아 있었다. 감도를 한계까지 올린 탓에 노이즈도 심하다. 이런 사진으로는 전할 수 없다. 어떻게 하면 좋을까. 무너뜨릴 각오로 틈새를 넓혀 더 많은 빛을 들여야 할까?

히라. 조명 전부 빼.

노구치의 목소리가 스쳐 지나갔다.

처음 노구치의 어시스턴트로 들어갔을 때, 갑자기 내린 게릴라성 호우 속에서 안나를 촬영했던 순간이 떠올랐다. 피사체에 직접적으로 스트로브의 빛을 비추는 꽤 거칠었던 촬영. 그렇게 하면 아무리 어두운 곳이라도 사진에 담을 수 있다. 하지만 그건 노구치의 기술과 센스가 있었기에 가능했다. 배터리도 얼마 남지 않아 시간도 없다. 만족할 때까지 계속 다시 찍을 수도 없다. 그렇지만, 하고 머뭇머뭇 카메라를 들어본다.

찍을 수 있을까?

이런 악조건에서?

빗소리가 점점 더 격렬해지면서 무거워지는 흙모래가 건물을 짓누르며 무너뜨리고 있다. 천장의 흙더미에서 철벅철벅 갈색 물이 떨어진다. 자신을 잡으려고 엄청난 속도로 다가오는 죽음을 히라는 파인더 너머로 바라보았다. 더는 도망갈 수 없다. 도망갈 생각도 없다.

시선을 한곳에 집중하고 있자 문득 시간 감각이 사라졌다. 좁은 공간이 무한으로 넓어져가는 듯한 착각이 든다. 빛도 소리도 없는, 내면에 자리한 낯익은 우주의 더 깊은 안쪽에, 희미하게 깜박이는 빛이 있다. 작지만, 그럼에도 사라지지 않는, 그곳에 존재하는 빛.

아아.

저거다.

저것을.

나는.

찍는 거야.

파인더를 엿보는 히라의 눈 안쪽에서 무언가가 폭발하는 것처럼 느껴졌다. 새로 태어난 열기가 천천히 온몸을 돌며 이제는 다 말라서 아무것도 남지 않았다고 생각한 몸을 채워가고 있다. 남기고 싶은, 단 한 장을 찍기 위해 힘을 비축한다.

나는, 무엇을 위해, 사진을 찍는 거지?

계속 가슴속에 맺혀 있던 의문이 안개처럼 흩어져간다. 이유 따위는 이제 뭐든 상관없이, 지금 여기 카메라가 있다는 사실에, 그저 그 사실에 감사했다. 더러운 인공의 강을 그저 흘러가기만 했던 자신의 목덜미를 잡아, 아름답게 빛나는 세상으로 끌어올려준, 단 하나의 신에게 바치기 위해 찍는다. 이것은 거의 기도에 가까웠다.

히라는 쌓아올린 받침대에 위에 카메라를 올린 뒤 스트로브와 타이머를 세팅하고 정면에 앉았다. 촬영 전의 점멸. 이 초 전. 긴장으로 꿀꺽 침을 삼켰다.

자신을 내보이는 것이 무서웠다. 계속 세상으로부터 도망치고 싶었다. 하지만 더는 도망칠 수 없다는 사실을 깨닫고 어두운 곳에 숨어 머뭇머뭇 세상을 엿보고 있었다. 현실과 과거 사이에만 존재하는 장소에서, 폐허에 숨어 있는 비굴한 겁쟁이로서.

하지만 그런 자신의 모습으로는 키요이에게 전할 수 없다.

늘 거추장스럽게 길렀던 앞머리를 확 잡아젖히고 얼굴을 드러냈다. 그 순간, 셔터 눌리는 소리가 들렸다. 눈부심에 자신도 모르게 눈을 감는다. 연속으로 소리가 울린다. 좁은 공간에서 시야를 태워버리는 스트로브의 새하얀 빛. 눈을 감지 마, 떠, 떠, 너의 모든 것을 전부 담아내. 진흙으로 뒤덮여 더러워진 얼굴로 히라는 렌즈를 똑바로 마주본다.

키요이를 좋아해.

좋아하고, 좋아해서, 마지막 순간마저, 견딜 수 없이 행복해.

만나줘서 고마워.

눈 가장자리로 눈물이 흘러넘친다. 주르륵 흘러 떨어진다. 말로는 남길 수 없으니 렌즈를 똑바로 바라본다. 전해져라, 전해져. 키요이를 만나서 행복했다고. 즐거웠다고. 조금이라도 키요이의 짐이 가벼워질 수 있도록, 지금, 이 순간에 자신의 모든 것을 내보인다.

세상 따위 조금도 무섭지 않다.

여기에는 자신과 키요이뿐이니까.

그렇게 마음속에서 우러나오는 미소를 지은 순간, 삐걱거리는 소리와 함께 천장이 무너져내렸다. 히라는 재빨리 카메라를 들어 가슴에 끌어안았다. 남은 공간으로 흙모래가 흘러들어온다. 밀려서 짓눌린다. 압박감에 의식이 멀어져갈 때, 키요이의 목소리가 들렸다.

히라!

마지막 순간에 자신의 고막을 떨리게 만든 그 목소리는 지극히 고귀한 울림이었다.

에필로그

조커의 귀환

해가 바뀌고 난 2월 중순, 도쿄의 한 호텔에서 제1회 '리얼 포토그래피 어워드'의 발표와 시상식이 열렸다. 이날을 위해 스케줄을 조정해둔 터라 키요이도 히라와 온다와 함께 참석했다. 시상식장 앞에 계단식 무대가 있고, 뒤쪽의 미디어석에는 방송국 카메라들이 즐비하게 늘어서 있었다.

"좀더 아담함 규모일 줄 알았는데."

사진과 출판을 비롯한 여러 업계의 관계자로 북적이는 시상식장에서 주요 손님 중 한 명인 히라는 줄곧 움츠리고 있다. 뭐, 그렇네, 하고 옆에서 온다가 고개를 끄덕였다.

"좀더 넓은 장소에서 개최했어도 좋았겠지만 이제 첫 회라 사람들이 얼마나 올지 몰랐을 거야. 그래도 텅 빈 것보다는 화면이 화려하게 보여서 좋잖아."

온다가 전직 사진작가답게 말했다. 시상식 상황은 공식 SNS에서 실시간으로 중계되고, TV에서는 오늘 저녁이나 밤 뉴스로 방송된다고 한다.

"히라―군, 키요이―군."

고개를 돌려보니 히라의 개인전을 도와줬던 이리에가 있었다. 그 옆에는 노구치도 있다. 가볍게 인사하는 키요이의 옆에서 수고하십니다, 하고 히라가 꾸벅꾸벅 고개를 숙였다.

"어이, 죽다 살아난 녀석. 이제 완전히 부활한 거야?"

"아, 네. 어떻게, 어떻게, 아마, 아마도."

민폐를 끼쳐 어쩔 줄 모르겠다는 히라의 반응에 뭐야, 그건, 하고 웃는 노구치와 이리에를 보고 있자니 키요이는 그때의 일이 다시 악몽처럼 느껴졌다.

내가 하는 말 듣지 않으면, 싫어할 거야.

그 순간, 끓어오르던 머리에 찬물이 끼얹어진 듯했다.

키요이를, 엄청나게 싫어할 거야.

믿을 수 없는 말이었다.

히라가? 나를 싫어한다고?

세상이 뒤집혀도 있을 수 없는 일이다.

그렇기에 비로소 머리가 식어 키요이는 다시 한번 현실로 돌아왔다.

아아, 그렇다. 나는 뭘 하고 있는 건가. 여기에 무얼 하러 온 건가. 히라를 구하려고 온 거잖아. 내가 여기 머물러도 히라를 구해줄 순 없다. 아이처럼 떼를 쓸 시간이 없다. 빨리 사람들을 부르러 가야 해. 빨리. 빨리.

그럼에도 히라의 손을 놓았을 때는 팔이 온통 잘려버린 듯한 아픔이 덮쳐왔다.

전속력으로 빗속을 달려 돌아간다. 빨리, 빨리, 스마트폰의 전파가 닿는 곳까지 돌아가 구조를 요청해야 한다. 하지만 한편으로는 히라에게서 한 걸음 한 걸음 멀어지는 것이 무서웠다.

이제 만날 수 없을지도 몰라.

그럼 차라리 함께.

바보냐, 하고 세차게 고개를 저었다.

지금은 아무것도 생각하지 마.

달려. 달려. 일단은 달려.

나는 히라처럼 천재도 아니고, 포기하면 거기서 끝인 평범한 사람이니까, 그 사실을 알고 있으니까, 아무리 괴로워도 계속 달려왔던 거잖아.

지금, 히라를 구할 수 있는 건 나뿐이야.

심장이 찢어져도 계속 달려나가.

처음에 오리대장을 발견한 장소까지 돌아오자 비와 안개로 흐려진 시야 너머에서 이쪽을 향해 다가오는 밝은색 무리가 어른거렸다. 눈에 확 띄는 형광 오렌지색의 방수 후드 재킷. 설마 소방대인가? 코스를 바꿔서 와준 건가?

"여기!"

키요이가 크게 소리치자 오렌지색 무리가 움직임을 멈췄다.

"이쪽이에요! 이쪽!"

키요이의 목소리에 반응해 그쪽에서도 저기! 하고 외치는 목소리가 돌아왔다.

마침내 소방대와 합류했을 때는 마음이 놓인 나머지 무릎이 풀려 주저앉을 뻔했다. 경찰서에서 만났던 이들과는 다른 것 같았지만 그런 걸 신경쓸 여유는 없었다.

빨리, 빨리, 하고 외치며 키요이는 소방대를 데리고 건물로 돌아가기 위해 죽을힘을 다했다.

"무사해서 정말 다행이야."

이리에가 팔짱을 끼고 진지하게 고개를 저었다.

"솔직히 그날은 난리가 났었다고. 히라군이 조난당한 것 같다고 온다군한테 연락이 와선 키요이군까지 히라군을 찾으러 혼자 산에 들어갔다고 하고. 일단 소식을 알렸더니 노구치까지 나가노로 날아가버리고."

이리에의 말에 히라는 더욱 죄송스럽다는 듯 움츠러들었다.

그때 만난 소방대는 산에 들어간 키요이와 엇갈려 도착한 노구치가 부른 것이었다.

키요이의 추측이 절대적으로 옳아.

내 제자는 아주 기분 나쁘니까 상식적으로 생각하면 안 돼.

황금빛 왕국의 황금빛 강을 장난감 오리랑 건너는 남자라고.

노구치는 부끄러움을 무릅쓰고 구 금류정에 가야 한다고 주장했지만, 그 말을 듣는 경찰은 영문을 몰라 어리둥절해했다—그야 그럴 것이다. 결국 해결되지 않자 노구치가 사비를 들여 지역 산악 구조대에 출동을 의뢰한 것이다.

"내가 없었으면 넌 확실히 죽었을걸."

"네, 네, 감사합니다. 이 은혜는 평생 잊지 않겠습니다."

"신경쓰지 마. 인간으로서 당연한 일을 한 것뿐이니까. 그래도 뭐 그렇지, 네가 지금 살아 있는 건 이 스승님 덕분이라고 늘 감사하게 생각하고 앞으로 이십사 시간, 삼백육십오 일, 내가 부르면 바로 출동할 수 있는 전용 미소국 대원이 되어 꾸준히 은혜를 갚으면 돼."

"네, 네, 알겠습—"

"미소국이라면 엄청 비싼 고급 일식당의 특별 선물세트를 일 년 치나 보냈잖아요."

키요이가 히라를 밀어내고 대답하자 노구치가 돌아보았다.

"키요이, 감사라는 말 알고 있어? 연인조차 부끄러워서 말하지 못했던 황금빛 왕국 이야기를 나는 했었다고. 경찰관들한테 '이 녀석, 머리가 이상한 놈 아냐?' 하는 미적지근한 시선을 엄청나게 받은 스승의 마음을 알아? 상상도 못할걸?"

대꾸할 말이 없었다.

"고, 고마우니까 미소국도 보냈고 감사 인사도 백 번은 더 했어요."

키요이는 꿋꿋이 저항을 시도해봤지만 노구치는 응응, 하고 왠지 모를 미소를 지으며 고개를 끄덕였다.

"뭐, 그렇지. 히라가 구출된 뒤 병원에서 '강사항미다~' 하고 푹 젖은 얼굴로 울면서 몇 번이나 인사를 했었지. 지금 가장 잘나가는 미남 배우 키요이 소의 보기에도 참혹했던 못생긴 얼굴. 프로답게 사진이라도 찍어뒀어야 했는데, 하고 반성하고 있다고."

"온다, 발표 몇시부터였지?"

이제 무리다. 키요이는 노구치를 무시하고 온다에게 말을 걸었다.

"부끄러워하지 마, 키요이 양—"

등을 콕콕 찔러오는 노구치의 손을 키요이는 말없이 물리쳤다.

아아, 젠장, 분명 평생 놀림감이 될 것이다. 하지만 그때는 어쩔 수 없었다. 구조대와 함께 도착함과 동시에 눈앞에서 건물이 흙모래에 삼켜져버렸으니까. 히라가 있던 곳을 모두 함께 파헤친 끝에 다행히 구조할 수 있었지만 아무리 이름을 불러도 히라는 거의 반응을 보이지 않았다.

히라를 업고 어떻게든 산을 내려와 병원 복도에서 의식이 돌아오기를 다 같이 기다렸다. 조금 전에는 장난을 쳤지만 그때는 노구치와 스가가 계속 옆에서 위로해줬다. 온다는 급하게 달려왔다가 쓰러져 병원에서 처치실로 옮겨졌다. 매니저로서 상당한 책임을 느끼고 있었을 것이다.

"키요이, 미안."

다른 곳을 보고 있는데 대각선 뒤쪽에서 나직하게 사과하는 소리가 들렸다.

"모두에게 민폐를 많이 끼쳤어."

"민폐가 아니라 걱정이야."

"응, 키요이한테 가장 많은 민폐와 걱정을 끼쳤어."

"이제 됐어. 넌 몇 번이나 더 사과할 셈이야?"

고개를 돌리니 귀와 꼬리가 축 늘어진 대형견 같은 모습을 한 히라가 있었다.

"몇 번을 더 사과해도 모자라."

히라한테는 그럴 것이다. 의식을 되찾고 나서도, 도쿄로 돌아온 뒤에도, 히라의 어머니가 집에 머물며 보살펴줬을 때도, 그동안 키요이가 최대한 신경써주고 맞춰줬을 때도 히라는 습관처럼

"죄송합니다"를 연발했다.

키요이가 꼴불견인 모습을 내보였던 걸 후회하는 것 이상으로, 히라는 자기 때문에 키요이를 위험에 빠트린 걸 해가 바뀐 지금까지도 후회하고 있다.

"너 말이야."

키요이는 히라를 노려보고는 흥, 하고 거칠게 콧방귀를 뀌었다.

"대체 우리가 몇 년을 사귀었다고 생각하는 거야? 너한테 호되게 당하는 것도 실컷 휘둘리는 것도 익숙해졌어—라고 말하고 싶지만 전혀 익숙해지지 않아. 하지만 이해할 순 있어. 걱정이라든가 민폐라든가, 그런 건 네가 무사하니까 이제 됐어."

히라는 늘 새로운 놀라움으로 주변을 짜증나게 하고 휘두른다. 이 기분 나쁘고 짜증나는 녀석에게는 평생 익숙해지지 않을 것이다. 그런 면까지 다 포함해서 반한 것이다. 아아, 이제 인정하자. 다만 용서할 수 없는 것이 하나 있었다. 자신이 정말로 화가 나는 것은—

"하지만 한 가지만 말할게."

히라가 신의 계시를 기다리는 신자 같은 눈으로 키요이를 쳐다본다.

"싫어할 거라고, 두 번 다시 말하지 마."

히라는 눈을 한껏 크게 뜨고 꿀꺽 침을 삼켰다.

"미, 미안해. 그, 그, 그때는 한시라도 빨리 키요이를—"

"닥쳐. 다음에 또 말하면 죽여버릴 거야."

키요이는 진짜 쏘아 죽일 기세로 노려보았다. 히라는 늑대에게 몰려 도망칠 곳을 잃은 양처럼 굳었지만 사실 늑대는 이 녀석이다.

싫어할 거야.

그 말이 얼마나 큰 위력을 지녔는지 히라가 무의식적으로 알고 있다는 사실이 그때 드러났다. 경애하는 왕을 알현하길 갈망하는 일개 병사인 척 행동하면서 실제로 승패를 결정하는 패를 쥐고 있는 이는 히라인 것이다.

골치 아픈 건 '평소의 히라'는 그 사실을 깨닫지 못하고 있다는 점이다. 마치 제2의 인격처럼, 그런 상황이었기에 어쩔 수 없이 꺼내든 조커 카드처럼.

왕에게 패배를 안겨주는 건 조커뿐이니까.

히라는 그 패를 무의식적으로 꺼내든 것이다. 어쩔 수 없는 상황이었다 해도 화가 난다.

이기고 싶은 건 아니지만, 지고 싶지도 않아.

그렇기에 히라에게 그런 패를 꺼내들게 한 약한 자신에게도 화가 난다. 아직 부족하다. 정신력을 더욱 단련해야 한다.

"하고 싶은 말은 산더미처럼 많지만 어쨌든 이젠 서로 마찬가지야."

"마찬가지?"

"안나의 사건이 있었을 때는 네가 나를 구해줬잖아."

그런 건— 하고 히라가 말을 꺼낸 순간, 온다가 태연하게 다가왔다.

"슬슬 발표할 거니까 사랑싸움은 나중에 해."

"사랑싸움이라니—"

"뭐든 좋으니까 오늘의 주인공답게 행동해."

히라는 마음이 편치 않은 듯 고개를 숙였고, 키요이도 입을 다물고 계단식 무대로 시선을 돌렸다.

처음에는 히라와 노구치의 일대일 승부라는 얘기가 돌았지만, 상의 취지를 생각했을 때 이미 경력이 많고 잘나가는 노구치보다 신선한 신인인 히라가 유리할 거라는 쪽으로 흐름이 바뀌었다고 한다. 업계와 관련된 지인에게 물어도 같은 의견이었다.

히라의 수상을 예상하고 이미 신문사와 사진을 포함한 예술잡지나 미디어에서 인터뷰 의뢰가 몇 건이나 들어와 있다고 했다. 다음주에는 기무라이헤에사진상의 후보자 명단이 발표된다. 이번 수상은 거의 확실시되어 있고 어쩌면 기무라이헤에사진상까지 더블 수상이 가능할지도 모르는 상황에서 현재 히라는 업계에서 가장 주목받는 신인의 자리에 섰다.

보통은 조금 우쭐해져도 이상하지 않을 텐데 당사자인 히라는 한결같이 한 걸음 물러선 태도를 취하고 있다. 노구치와 경쟁해야 한다면 사진을 그만두고 싶다고 하면서까지 깊게 고민하던 때에 비해 그 사건 이후로는 마치 씌었던 것이 떨어져나간 듯 촬영에는 굉장히 열정적으로 임하고 있지만, 아직도 이런 상을 다투는 경쟁에서는 스승에게 사양하는 마음이 남아 있는 듯했다.

"신경쓰지 마. 노구치씨도 이미 각오하고 있을 거야."

"……각오?"

히라가 조심스럽게 고개를 갸웃거렸다.

"너한테 빼앗길 각오. 그러니까 오늘도 웃으면서 대화한 거잖아."

무대 위로 실행위원들이 올라가고 개회사가 시작됐다. 실행위원장과 협찬 기업 대표의 인사 후 상의 취지와 심사 방식에 대한 설명을 거쳐 후보자 소개로 이어졌다. 무대 위 대형 스크린에 각 후보자의 경력과 작품이 비춰진다. 이름순이어서 히라의 소개는 마지막이었다.

"히라군, 고개 숙이지 말고 얼굴 들어."

온다가 작은 목소리로 히라에게 속삭였다. 히라의 소개가 끝나고 드디어 수상자 발표가 시작됐다. 회장이 정적에 휩싸였다. 히라는 약간 새파랗게 질려 있었다.

"지금부터 제1회 '리얼 포토그래피 어워드'의 대상 수상자를 발표하겠습니다."

시상식장의 조명이 꺼지고, 장내에 팽팽하게 긴장감이 감돈다.

"이름을 부르면 당당하게 무대 위로 올라가."

히라는 살짝 고개를 끄덕이고는 천천히 얼굴을 들었다. 오늘을 위해서 키요이가 신중하게 고른 아름다운 광택의 블랙 재킷이 키가 큰 히라에게 잘 어울렸다.

"제1회 '리얼 포토그래피 어워드'의 대상 수상자는—"

히라 카즈나리, 라고 이어져야 했는데 호명된 건 다른 이름이었다.

한순간 정적이 흐른 뒤 우레 같은 박수를 받으며 노구치가 무대 위로 걸어가기 시작했다.

"노구치 히로미씨, 축하드립니다."

노구치는 실행위원장이 기다리는 무대 위로 올라가 상패와 꽃다발을 받아들고는 높이 들어올렸다. 화려한 퍼포먼스에 박수와 웃음이 터졌고, 미디어석에서는 눈이 멀 정도로 플래시가 터져 나온다.

어이어이, 이러면 받을 거라고 생각했던 내 입장이 곤란해지잖아.

키요이는 주뼛거리며 히라를 훔쳐보고는 고개를 갸웃했다. 히라는 멍하니 서 있었다. 수상하지 못한 분함도, 스승의 수상을 축하하는 모습도 없었다. 그저 멍하니 서 있을 뿐이었다.

무슨 일이 일어났는지 모르겠다는 것처럼.

이런 광경은 상상도 하지 못했다는 것처럼.

그 옆모습을 보고 있자니 키요이는 서서히 무언가를 납득할 수 있었다.

아아, 그렇구나.

이 녀석, 그랬던 거구나.

지금까지 느껴졌던 위화감과 초조함이 순식간에 수습되어간다. 키요이는 노구치와 승부하고 싶지 않다고 집에 틀어박혀 있던 히라에게 화가 났었다. 징징거리며 우는소리를 하는 히라에게 낙담했다. 자신이 진심으로 반한 동시에 진심으로 혐오했던, 자각 없는 왕은 대체 어디로 사라져버린 것이냐고.

이것도 저것도 내 착각이었던 거야.

스스로는 전혀 의식하지 못했겠지만 히라는 자신이 상을 받으리라 확신했던 것 아닐까. 그렇기에 노구치와의 경쟁을 그토록 두려워했던 것 아닐까. 제자인 자신이 스승에게 패배를 안겨주는 상황을—

진심으로 노구치를 존경하고 동경하면서도 히라는 한 발짝도 물러서지 않았던 것이다.

얼마나 오만한 녀석이야.

그런 생각과 동시에 키요이 자신의 오만함도 깨닫는다. 히라 카즈나리가 그런 녀석이라는 사실을 알고 있었으면서 자신이야말로 히라를 믿지 않았다.

보인다고 자만한 순간, 잃어버릴 수도 있지.

노구치에게 들었던 말이 문득 떠올라 이제 와서 새삼 부끄러움이 몰려왔다.

키요이 자신이야말로 온다를 교훈 삼아 다 알고 있다는 식의 오만함에 빠지지 않도록 조심했다고 생각했다. 하지만 그런 자신도 오랜 시간을 사귀어오는 동안 히라와의 관계가 견고하다고 자만했다.

어느 쪽이건 내가 곁에 있다는 건 변하지 않을 테니까요.

그때 그렇게 대답한 것이 유일한 구원이었다. 맞거나 틀리거나, 성공하거나 실패하거나, 히라가 히라인 이상, 앞으로도 자신은 그 곁에 있을 것이다.

아아, 아직 갈 길이 멀겠는데.

키요이는 옆을 흘끗 보고서 아직도 멍하게 서 있는 히라의 발을 가볍게 찼다. 정신을 차린 히라가 키요이를 쳐다본다. 획, 하고 턱으로 무대 위를 가리킨다. 시선 끝에는 스포트라이트를 받으며 수상 소감을 말하는 노구치가 있었다.

"—지지해주신 여러분께 감사한 마음을 이루 다 말할 수 없습니다. 그리고 마지막으로 한 가지, 항간의 소문으로 가장 인기가 많았던 제 제자, 히라 카즈나리."

갑자기 호명되자 히라가 화들짝 놀라 자세를 바로잡았다. 무대 위의 노구치와 그를 올려다보는 히라의 시선이 얽힌다. 대체 무슨 말을 하려는 걸까, 하고 장내에 팽팽한 긴장이 감돈다.

"히라, 너는 언젠가 나를 넘어설 거야."

어, 어, 하며 눈만 깜박이는 히라에게 참석자들의 시선이 일제히 쏠렸다.

"유감스럽게도 '오늘'은 아니었지만 말이지."

노구치가 후훗— 하고 거만하게 턱을 치켜들자 실행위원 중 한 사람이 센스 있게 마이크를 가져왔다. 대답을 해달라는 재촉에 히라는 어쩔 줄 몰라 당황하면서 마이크를 받아들었다.

"넘, 넘, 넘, 넘, 넘어설 수 있을 것 같지 않습니다."

히라가 말을 더듬으면서도 어떻게든 대답하자 시상식장의 분위기가 순식간에 풀어지며 박수가 터져나왔다. 노구치는 마지막으로 한번 더 상패와 꽃다발을 높이 들어올린 뒤 여러분 사랑해— 하고 장난스럽게 손키스를 날리면서 시상식장 내 모두의 박수에 휩싸여 무대를 내려왔다.

"……멋있어."

히라가 떨리는 목소리로 중얼거렸다. 조금 전까지 멍하니 있었던 것과 달리 여러 생각이 오가는 듯한 옆모습. 평소라면 조금 긴 앞머리로 가려져 있을 눈이 반짝였다. 볼이 살짝 붉어졌다. 히어로를 보는 아이 같은 옆모습이었다.

내가 우에다씨를 볼 때, 이런 얼굴일까.

상상하면 부끄럽다. 하지만 기쁘다. 자신들이 온 힘을 다해 부딪쳐도 튕겨져나올 스승이라는 존재가 있다는 사실에 안도감이 솟아오른다. 아무리 강하고 격렬하게 부딪친다 해도, 혹은 방황한다 해도, 흔들리지 않고 그 자리에 계속 서 있어줄 것이라는 든든함이 느껴졌다.

"……이게 뭐람."

히라의 반대쪽에서 온다가 어깨를 축 늘어뜨리고 있었다. 그 마음은 이해가 간다. 확신하던 승리를 놓쳐버린 것이다. 온다는 하아, 하고 크게 숨을 내뱉었다.

"그렇더라도 역시 노구치씨야. 사진상 같은 건 원래 그렇게 화제가 되는 일이 아닌데 이만큼이나 화려하게 만들어줬으니 뉴스에서도 시간을 들여 다뤄줄 테고 주목도도 올라가겠지. 거기다 히라군의 얘기도 잘 해줬으니까."

"처음부터 노리고 있었던 거 아냐?"

키요이의 말에 온다는 어엇― 하고 얼굴을 찌푸렸다.

"아무리 그래도 그건 아니겠지……라고 생각하고 싶지만, 그래도, 아니, 어떨까."

온다가 씁쓸한 얼굴로 천장을 올려다보았다. 항간의 소문도, 과거의 인연도, 될 대로 되라지. 승부는 언제나 예측할 수 없는 것이다. 분명 히라와 마찬가지로 노구치도 자신이 수상할 거라고 생각했을 것이다. 뭐, 히라의 경우에는 그 표현 방식이 일반인과 너무 달라 주위 사람이 속을 태우는 처지가 되지만―

"어쨌든 이 상이 지금까지의 상들과는 다르다는 사실을 다시 한번 깨달았어."

온다가 말했다. 이번 상은 처음부터 기존의 사진상과는 방향성 자체가 다르다고들 했었다. 대중이 이해하기 어려운 예술에만 치우친 작품이 아니라 사진의 매력을 널리 대중에게 알릴 수 있는 작품을 추구했던 것이다.

"그래서 노구치씨가 저 사진을 사진집의 표지로 삼은 거야."

열애 소동으로 활동을 접고 자숙해야 할 상황까지 내몰린 안나와 키리야 케이스케의 연예계 복귀를 건 단 한 장의 사진. 설거지를 하는 두 사람의 뒷모습을 찍은, 어디서든 볼 수 있는 평범한 연인의 일상을 담은 작품. 사진집으로 이례적인 판매량을 기록하는 한편, 이번 상의 후보에 올랐을 때는 지나치게 상업적이다, 너무 소박하다는 비판도 있었지만—

"사진을 잘 알지 못하는 사람도 어디선가 한 번쯤은 본 장면이라 친근함을 느낄 수 있는데다, 누구나 경험해본 적 있는 보통 사람의 소중한 일상을 담은 한 장이기도 하지."

과연, 상의 취지에 완벽하게 부합하는 작품이었다. 그렇다면 조금 전의 예능감 넘치는 화려한 퍼포먼스 역시 뉴스에서 다뤄질 것을 감안해서 준비한 것일 테다. 시상식이라는 격식적인 이미지를 벗고 이 상과 사진에 대해 흥미를 유발하기 위해서라면 노구치만큼 제1회 수상자에 잘 어울리는 사진작가는 없었을 것이다.

“젠장, 당했어. 내가 노구치씨를 잘못 봤어. 예술가로서 대단할 뿐만 아니라 셀프 매니지먼트도 천재적이잖아.”

온다는 그렇게 말하더니 히라군, 하고 말을 걸었다.

“이번 상은 빼앗겼지만 히라군의 작품이 진 건 아니니까. 전부 내 생각이 짧았던 탓이야. 정말 미안해. 하지만 두 번 다시 같은 실수는 하지 않겠어. 다음주의 이혜에상은 더이상 할 수 있는 일이 없겠지만 내년을 목표로 대책을 세워나가자.”

히라는 의욕에 가득찬 온다를 돌아보더니 말했다.

“싫어요.”

온다가 눈을 크게 떴다. 예상치 못한 대답에 키요이도 놀랐다.

“수상 대책 같은 건 어떻게 되든 상관없어요. 그것보다 제가 찍고 싶은 것을 자유롭게 찍겠습니다. 온다씨한테는 그걸 위한 도움을 부탁드리고 싶어요.”

히라는 온다의 눈을 똑바로 보며 더듬지 않고 말했다. 딱 잘라서, 아무런 변명도 덧붙이지 않고, 그저 자신이 원하는 것을 말했다. 모두의 기대에 부응하고 싶다거나 열심히 해야 한다고 거듭 말하던 때와는 다른 사람이 된 것처럼 홀가분한 표정이었다.

“하, 하지만 히라군—”

온다는 반론하려다 생각을 고친 듯이 입을 한번 다물었다.

“노구치씨를 이기고 싶지 않아?”

"승패를 따질 일이 아닌데다 애초에 이길 수 있을 거라고도 생각하지 않아요."

히라의 말에 온다는 미간을 찌푸렸다.

"거짓말이지? 넌 그렇게 착해빠진 녀석이 아니야."

히라가 깜짝 놀랐는지 눈을 계속 깜박거렸다.

"네 정체는, 오만하고 손이 많이 가는 자각 없는 왕이야."

드디어 깨달은 건가.

키요이가 내심 끄덕이고 있는데 온다가 하지만, 하고 말을 이었다.

"그것이야말로 네가 세상을 잘라내기 위한 칼이겠지. 분명 넌 앞으로 많은 사람들과 부딪힐 거고, 미움을 받게 될 거고, 상처를 주기도 하고 입기도 할 거야. 그런 네가 어떤 사진을 찍을지 나는 가장 가까이에서 보고 싶어. 그러니까 온 힘을 다해 널 도울 거야. 아니, 돕게 해주세요. 다시 한번 부탁드립니다."

온다가 고개를 숙이며 손을 내민다. 히라는 방금 무슨 말을 들었는지도 모르겠다는 듯, 언제나처럼 어쩔 줄 모르는 모습으로 온다의 손을 맞잡았다.

"저, 저야말로, 잘 부탁드립니다."

그렇게 말하고 히라는 덧붙였다.

"저한테도 온다씨가 필요해요."

온다가 고개를 들고 히라와 시선을 마주쳤다.

그러고는 서로 천천히 미소를 나누었다.

온다와의 인연도 길어질 것 같네.

처음으로 대등한 파트너가 된 두 사람을 곁눈으로 바라보면서 키요이는 뭐, 어쩔 수 없지, 하고 작게 한숨을 내쉬었다. 기대했던 대로는 아니어도 오늘은 일이 잘 풀리는 날인 듯하다.

시상식이 끝난 뒤 열린 뒤풀이는 후보자들과 전국에서 모인 사진 관계자들이 함께 어울리는 자리로, 친목회처럼 스스럼없는 분위기였다. 후보자 전원에게 간단한 소감을 말하는 순서가 돌아왔지만 준비하지 않았던 히라는 횡설수설하다 거의 야유에 가까운 노구치의 추임새에 도움을 받았다. 뒤풀이가 끝난 뒤 밤거리를 더욱 즐기러 나서는 노구치 일행을 배웅하고 키요이와 히라는 집으로 돌아왔다.

"아— 지쳤어."

집에 도착해서 옷을 갈아입기도 전에 먼저 소파에 앉았다. 오늘을 위해 오랜만에 완전한 휴일을 받았다. 연인의 멋진 모습을 가장 가까이서 보고 수상을 축하해주고 싶었지만—

"미안해, 키요이."

히라가 작은 잔에 진한 커피를 내려줬다. 술을 깨기에 딱 좋은 양과 맛이다. 히라가 옷은 촌스럽게 입어도 생활 센스만은 좋다.

"뭐가 미안해?"

"그렇게 많이 응원해줬는데 기대에 부응하지 못했어."

"신경쓰지 마. 응원도 기대도 내 멋대로 하는 거잖아."

"그래도, 미안해."

소파에 앉은 키요이 앞에 무릎을 꿇고 앉아 히라는 조용히 고개를 숙였다.

"넌 최선을 다했어. 그걸로 충분하잖아. 그보다 모처럼 멋있게 차려입었으니까 무릎 꿇고 사과하는 짓은 그만둬."

자, 하고 히라의 팔을 끌어당겨 옆에 앉혔다.

"뭐, 노구치씨가 받아서 잘 됐어."

히라가 크게 고개를 끄덕였다.

"하지만 실은 분하잖아?"

"그, 그런 건 당치도 않아."

히라는 당황해서 고개를 가로저었다.

"정말로? 진심이야?"

키요이가 똑바로 바라보자 히라는 몇 초간 굳어 있다가 털썩 고개를 떨구었다.

"…………분해."

작지만 또박또박하게 소리 낸 말이었다.

"…………언젠가, 얼마나, 먼 미래가 되어도, 좋으니까."

히라는 진중하게 말을 고른다. 불안정하고 작은 흔들림에도 무너져버리는 나무 블록 성처럼. 키요이는 끼어들지 않고 옆에서 가만히 그 성이 완성되기를 기다렸다.

"…………나는, 언젠가."

히라는 조용히 눈을 감았다.

"노구치씨와, 같은 자리에, 서고 싶어."

차분한 목소리와 표정이었다. 하지만 치밀어오르는 감정을 필사적으로 억누르는 것일 뿐, 얇은 피부 한 겹 아래서는 고통을 닮은 열기가 사납게 날뛰고 있다는 사실을 알 수 있다.

"응, 힘내."

그것밖에 할 수 있는 말이 없고, 그것밖에 하고 싶은 말이 없었다.

스스로의 욕망을 인정하는 일, 그것을 말로 표현하는 일. 그런 건 감추는 편이 스마트하고 정신적으로도 훨씬 편하다. 그럼에도 자기비하와 겸손의 껍질로 자신을 지키려 하지 않는다. 상처를 입어도 좋으니 스스로가 동경하는 곳으로, 지나친 가혹함이 예상되는 길로, 그럼에도 발을 내디디려는 연인에게, 그저, 힘내, 힘내. 히라, 힘내.

"고마워."

히라가 눈을 뜨고 키요이를 바라보았다.

얼굴을 들고 정면에서 바라보고 있다.

고등학교 시절의 히라를 떠올린다. 빛이 들어오는 밝은 복도에서 스쳐 지나갈 때마다 긴 앞머리 사이로 키요이를 훔쳐보던,

열기를 머금은 어두운 눈. 오랜 시간 히라 안에 맺혀 있던 열정이 지금은 올곧게 넘쳐흐르고 있다.

"히라."

이름을 불렀다. 하지만 이제 더이상 말은 필요 없어서, 연인이면서, 라이벌이면서, 지금은 전우이기도 한 남자의 앞머리를 덥석 움켜쥐고 충동적으로 입술을 겹쳤다.

"……키요이."

히라도 똑같이 이름을 부르고는 더이상 말을 잇지 않는다. 그저 강하게 끌어안는다. 두 손으로 볼을 감싸고 아주 가까운 거리에서 계속 입을 맞췄다.

서로 끌어안고서 입술, 코, 볼, 이마까지 장난치는 동물처럼 맞대고 비빈다.

어떤 상황에서도 서로 지지해주며 함께하자, 라는 말은 부끄러워서 하고 싶지 않다.

하지만 무슨 일이 생기면 가장 든든한 아군이 되어주겠다고, 말이 아닌 다른 방식으로 서로에게 전한다.

꽤나 멀리까지 왔다고 생각했지만 객관적으로 보면 둘 다 아직 대단한 거라고는 아무것도 손에 넣지 못했다. 히라는 상을 받지 못했고, 자신도 성숙한 배우가 되기 위해 껍질을 벗는 중이다. 하지만 가진 게 없다고 해서 보잘것없는 건 아니다. 아무것도 가지고 있지 않기에 오히려 목표를 향해 더욱 가볍게 달려나갈 수 있다.

"히라?"

어깨에 올라와 있던 히라의 머리가 갑자기 무거워졌다. 새근새근…… 하고 잠든 숨소리가 들렸다. 아침부터 계속된 긴장으로 한계에 다다랐을 것이다. 수고했어, 하고 뒷머리를 쓰다듬었다.

껴안은 자세 그대로 한동안 버티고 있으니 오 분쯤 지나 히라가 눈을 떴다.

"아, 미, 미안. 잠들었어."

히라가 당황해서 몸을 뗐다.

"괜찮아, 피곤하잖아."

"나보다 키요이가 더 일이 많은데. 무거웠지 미안해."

"나 운동하니까 전혀 문제없어. 한 시간도 두 시간도 더 버틸 수 있어."

키요이는 그렇게 말하며 하지만, 하고 소파에서 일어섰다.

"오늘밤은 침대에서 느긋하게 자자."

손을 내밀자 응, 하고 히라가 손을 맞잡아왔다.

어린아이처럼 서로의 손을 잡고 침실로 향했다. 마시다 만 커피잔도 그대로 두고, 옷도 대충 벗어던지고, 난방을 충분하게 켜고, 알몸으로 침대에 파고든다. 차가워진 발을 얽고 서로의 체온을 느끼며 다시 키스를 했다.

오늘밤은 더이상 어려운 건 생각하지 말자.

그저 둘이서 함께 있을 수 있는 행복을 만끽하자.

오늘의 기쁨은 오늘만의 것이고 날이 밝으면 다시 새롭고 작고 사랑스러운 전쟁터로 나가야 한다. 그러니까 그전에 잠시 쉬어가자.

작고 보잘것없지만 세상에서 가장 안전한 이곳에서.

파랑은
남색보다

"그 녀석들은 지금쯤 꽁냥대고 있겠지."

노구치는 돌아가는 택시에서 투덜거렸다. 클럽에서 3차를 마친 뒤 나나미와 이리에까지 셋이서 술집을 옮겨 다녔고 지금은 새벽 네시다. 옆에서는 나나미가 코를 골고 있다.

"상을 받지 못했으니 기분이 가라앉아 그럴 겨를이 없지 않을까."

앞쪽 조수석에서 이리에가 고개를 돌렸다.

"그렇게 귀여운 구석이 있는 녀석이면 이런 고생도 안 해."

"그야 그렇지."

이리에가 웃다가 그래도 말이야, 하고 목소리를 낮췄다.

"히라군한테는 미안하지만 이번 상의 취지를 따져보면 제1회

수상자는 노구치 이외엔 있을 수 없지. 게다가 노구치한테는 이 자리에 오기까지의 이야기가 있잖아. 지난 십 년 동안 정말로 잘 해왔어. 그걸 모두가 진심으로 기뻐하는 거야."

"너무 거창하잖아. 이제 막 생긴 작은 상인데다 지위로 보자면 역사도 권위도 없잖아. 그렇게 생각하면 히라가 받는 편이 좋았을지도 몰라."

"그런 게 아냐. 알고 있잖아?"

"글쎄."

"난 지금도 노구치가 이헤에상을 받지 못했다는 걸 납득할 수 없고, 그뿐 아니라 후보 명단에조차 올려주지 않았던 당시의 심사위원들한테 아직도 화가 나고, 그후 노구치 히로미가 풍경을 찍지 않게 된 일을 진심으로 유감으로 생각해. 그렇지만 이번 상을 만든 갤러리 오너들도 나와 같은 생각이라는 사실을 알았고, 그 사실이 무엇보다 기쁜 거야."

"언제 적 얘기를 하는 거야."

노구치는 작게 웃고는 차장 너머로 시선을 돌려 해가 뜨기 전의 가장 어두운 거리를 바라보았다.

권위에서 벗어나 리얼하게 현대를 비추는 작품을.

그런 취지로 새로운 사진상을 만들고자 한다고 설명한 실행위원장은 노구치와 오랫동안 알고 지냈던 갤러리 오너였다. 그 외에도 잘 아는 업계 관계자들이 실행위원에 나란히 이름을 올렸다. 십 년 전, 노구치가 기무라이헤에상의 유망주로 거론됐으면서도 후보에조차 들지 못했을 때 진심으로 아쉬워하고 안타까워해준 사람들이었다.

당시 거장으로 불리던 심사위원이 자기 제자에게 상을 주려고 노구치를 쫓아냈다는 소문이 돌았지만, 실상은 단순히 노구치의 작품이 심사위원들의 취향에 맞지 않았다는 이유가 전부일 것이다. 하지만 젊고 오만했던 노구치는 적도 많았기에 업계 사람들 중에서는 이헤에상 심사위원에게 미움을 받으면 미래가 없다며 신난 듯 우스꽝스레 떠들고 다니는 이들도 많았다.

아니, 아니, 취향이라든가 그런 차원의 얘기가 아니야.

예술, 예술, 하지만 보통 사람들에게는 전혀 와닿지 않으니까.

사진을 권위로 만들면 안 되지.

신주쿠의 허름한 바에서 친구들과 아침까지 푸념을 들어놓다 돌아오던 길, 노구치는 2월의 찬바람에 몸이 얼어가는 동안 자신을 지금까지 움직이게 해준 열기가 차갑게 식어가는 것을 느꼈다. 올려다본 새벽하늘도, 그 하늘에 걸린 끊어질 듯 가느다란 초승달도, 단지 하늘이고 단지 초승달일 뿐이어서 항상 가지고 다니던 카메라를 꺼내야 한다는 생각조차 들지 않았다.

아아.

그 순간, 풍경에서 인물 사진으로 전향하기로 마음을 굳혔다.

에히메에서 타월 공장의 아들로 태어나 시골의 살기 힘든 환경에 두 손을 들고 도쿄의 대학에 진학했지만, 그후로도 사진에 질질 끌려다니며 매달려 있었다. 부모님은 사진작가 같은 꿈같은 얘기는 그만두고 돌아와 공장을 이어달라고 부탁했다.

부모님에게는 미안하지만 돌아갈 생각은 없었다. 그 마을에서는 제대로 숨을 쉴 수 없었다. 자신은 진흙과 보석으로 만들어진 도쿄라는 도시가 좋았기에 여기서 살아남기 위해 무기를 바꾼 것이다. 풍경에서 인물로. 예술에서 엔터테인먼트로. 상과 어울리지 않는 그런 약삭빠른 부분을 심사위원들이 꿰뚫어보았다면 그건 혜안이었다고 지금은 생각한다.

그때부터는 악착같이 인물 사진 하나로 승부를 걸었다. 그리고 그 선택이 오히려 오해를 불렀다. 노구치가 결코 풍경을 찍지 않는 것이 무언의 항의 아니냐는 엉뚱한 의심을 받았고, 성공을 거듭할수록 노구치 히로미와 기무라이헤에사진상의 인연 때문이라며 업계에서 속닥이는 일이 많아졌다.

"모두가 생각하는 것만큼 난 옛날 일을 신경쓰고 있지 않아. 굳이 그때 일을 생각한다면, 약삭빠르게 잘나가게 되어서 미안해—정도려나."

그렇게 말하는데 앞쪽에서 잠든 숨소리만 희미하게 들려왔다.

"뭐야. 네가 계속 투덜대서 내가 밑천을 드러내면서까지 얘기해줬건만."

그러고는 혼잣말인 것처럼 밤거리를 향해 말을 이었다.

"그래도…… 뭐, 내 풍경 사진을 기억해주는 녀석들이 있다는 건 기뻤어. 미련도 아니고 이제 와 새삼 다시 하고 싶은 것도 아니지만, 뭐랄까, 젊었을 때 사귀었던 연인과 우연히 만나 그때 즐거웠지, 하고 같이 웃는 기분이라고나 할까."

시선을 올리자 어두운 하늘에 가느다란 초승달이 떠 있었다. 그날 밤과 닮은 풍경이었다.

찍어보고 싶다, 라는 마음이 한 줄기 생겨난 것에 깜짝 놀랐다.

언젠가 다시, 나는 저것을 찍을 수 있을지도 몰라.

집에 도착하자마자 소파에 쓰러졌다. 창문 너머로 펼쳐진 해 뜨기 전의 풍경을 보고 있자니 축하의 말도, 모두의 웃는 얼굴도, 파도가 밀려나가는 듯 멀어져간다.

단 하나 남은 건, 마이크를 받아들고 당황하는 히라의 모습.

넘, 넘, 넘, 넘, 넘어설 수 있을 것 같지 않습니다.

당황해서 어쩔 줄 모르는 히라의 모습은 걸작이었다.

마음에도 없는 소리를 잘도 하는군.

아니, 그건 아니지. 그 녀석은 진심으로 그렇게 생각하고 있을 거야.

자기가 왕이라는 자각이 없는 녀석이니까.

히라는 돌출된 자의식을 어떻게 다뤄야 할지 몰라 그저 안으로 밀어넣고 숨기려다 필요 이상으로 스스로를 낮추고 자학하게 되었다. 그럼으로써 세상과 거리를 두었을 것이다. 하지만 히라의 본질은 정반대다. 처음 히라의 작품을 보았을 때, 예전의 자신과 닮았다고 느꼈다. 자신이 놓아버린 것을 다시 만난 듯한, 그리움과도 닮은 기쁨이 있었다. 키워야겠다고 생각했다.

하지만 엄청난 착각이었다.

노구치는 소파 테이블 가장자리에 놓아둔 갈색 봉투로 흘깃 시선을 돌렸다. 얼마 전에 나나미에게 받은 히라의 첫 사진집 기획안이다. 올해 안에 발매할 예정인 사진집에 스승으로서 해설과 띠지에 넣을 추천사를 써달라는 부탁을 받았다. 그 일은 흔쾌히 승낙했지만, 나나미는 사진집과 별로도 꼭 봐줬으면 하는 사진도 있다며 참고용 수록 예정작과 함께 봉투에 넣어뒀다고 했다.

너무 결이 달라서 이번 사진집에는 넣지 않겠지만 말이야.

나나미의 얼굴이 기뻐 보여서 드디어 온 건가, 하고 생각했다. 개인전에 내려고 찍은 시험작을 보았을 때의 충격을 떠올리니 아랫배가 꽉 조여왔다. 그렇다고 무시할 순 없기에 며칠을 묵혀뒀다 겨우 봉투를 열었다. 그리고 아니나 다를까, 냅다 얻어맞았다.

작년에 나가노에서 촬영한 사진이었다. 산사태에 휩쓸렸다가 구출됐을 때 거의 의식도 저멀리 날아가 있었던 주제에 히라는 카메라를 꼭 끌어안은 채였다. 다른 기자재도 조명도 없이 좁은 공간에서 앵글조차 제대로 맞추지 못하고 카메라에 내장된 스트로브의 빛 하나에 의존한 근거리 촬영. 최악이고 또 최악이었던 상황이었건만—

그 사진을 본 순간, 몹시도 강한 압력에 숨이 막혔다.

늘 앞머리로 가리고 있던 눈동자를 드러낸 채 히라는 정면에서 이쪽을 응시하고 있었다. 말라붙어 비틀어진 진흙이 비늘처럼 갈라진 얼굴에서 오직 눈만 맑았다. 셀프타이머로 셔터를 눌러서 찍은 첫번째, 두번째, 세번째 사진마다 프레임이 넘어가듯 표정이 변해간다.

저격 직전의 순간에 대상을 조준하듯 사나운 인상의 첫번째 사진. 그것이 조금씩 무너져가는 두번째 사진. 약하게, 아련하게, 눈가에 눈물이 고인다. 흘러넘쳐 떨어진 눈물이 말라버린 볼을 타고, 진흙의 강을 만들며, 열리기 시작한 입으로 흘러들어간다. 그리고 무언가를 외치기 시작한다.

들리지 않아야 할 목소리가 또렷하게 들렸다.

막다른 곳에 몰렸을 때 히라가 부르는 이름.

외침이자, 기도이자, 사랑 외에는 그 무엇도 아닌 이름.

숨을 쉬는 것도 잊고 빠져들었다. 저쪽과 이쪽. 한 발짝 내딛고 싶은 건지, 아니면 끌어당기고 싶은 건지 불안을 자아내던 개인전의 사진들과는 분명히 달랐다. 모든 것을 해방시키며 쏟아낸, 있는 그대로의, 히라 카즈나리의 새로운 경지였다.

이 사진이 세상에 나왔다면 오늘 자신의 수상은 없었을 것이다. 그리고 가까운 미래에 히라는 기무라이헤에사진상을 받을 것이다. 받지 않으면 이상하다. 이 재능을 놓치면 일본의 예술사진은 끝장이다. 노구치는 흥분으로 설레 몸이 떨리는 한편, 마음속에서는 고요한 바다가 넓어져갔다.

자신은 닿지 못했던 곳에 히라는 손을 뻗으려 한다.

뭐가 넘어설 수 있을 것 같지 않습니다, 라는 거냐. 이미 오래전에 뛰어넘었잖아, 바보 녀석아, 하고 고함을 지르고 싶은 걸 참는 스승의 심정 따위 제자는 전혀 짐작도 못할 것이다.

파랑은 남색에서 나왔지만 남색보다 더 푸르다.

노구치는 시시각각 밝아져가는 하늘을 바라보았다. 전혀 눈부시지 않았지만 눈을 감았다. 이 도시에서 살아가기 위해 자신이 놓쳐버린 것. 후회를 하는 건 아니다.

그저 깊고 선명한 새벽의 파란빛이 눈에 스며들 뿐이다.

작가 후기

지금도, 기분 나쁜 공이 좋습니다.

십 년 전에는 전혀 수요를 기대할 수 없었던 애착이었습니다만, 스스로가 즐거우니까 쓰자, 담당 편집자님 죄송합니다, 하는 마음만으로 탄생한 『아름다운 그』라는 이야기. 설마 하던 후속권을 제안받고, 뿐만 아니라 드라마 CD까지 기획되고, 『알미운 그』 『고뇌하는 그』에다 번외편 『인터루드』가 나온 것이 2021년. 같은 해 겨울에는 작품이 영상화되었고, 그후 만화로도 만들어지는 등, 십 년 전에는 상상조차 못했던 전개가 이어졌습니다.

최근 몇 년 사이에 지상파 방송에서 BL 드라마가 점점 늘어나면서 이전과는 비교도 할 수 없을 정도로 시장이 커지고 일반 대중에게 인지도도 크게 높아졌습니다. BL 장르가 이처럼 극적으로 전환하는 시기에 현역 작가로서 활동할 수 있다는 것을 엄청난 행운으로 느끼고 있습니다.

지금은 원작 소설인 『아름다운 그』를 읽은 적이 없다는 분들도 많아졌습니다. 아니, 그런 분들이 훨씬 더 많을지도 모릅니다. 가끔은 쓸쓸해지기도 하지만 그 자체로 콘텐츠가 넓어지고 있다는 것을 의미하겠지요. 제 곁이라는 보금자리를 떠난 히라 키요가 점점 높이 날갯짓을 하며 날아가는 모습을 지켜보면서, 원작 소설을 조금도 훼손하지 않고 풍성하게 재구축해주신 각 매체의 제작 스태프와 출연진 여러분께는 존경과 감사밖에 드릴 게 없습니다. 이런저런 일들 모두 각각의 매체를 넓은 마음으로 응원해주신 여러분의 힘 덕분에 가능했습니다.

이번 작품 『뜻대로 되지 않는 그』는 번외 『인터루드』로부터 삼 년 만이고, 본편인 『고뇌하는 그』로부터는 오 년 만입니다. 잡지에 게재됐던 「실수」부터 읽어주셨던 여러분들을 정말로, 정말로, 오래 기다리게 했습니다. 이전 작품이 키요이 중심의 이야기였기에 이번은 히라 차례라고 정해뒀습니다만, 당시 두 사람이 제가 생각하던 내용보다도 더욱 깊이 들어가고 싶어한다는 느낌이 들어 솔직히 집필 과정에서 상당한 난항을 겪었습니다. 『인터루드』의 작가 후기에서 다음 작품에 오컬트 소재를 넣고 싶다고 했습니다만 앞서 밝힌 이유 때문에 제외하게 되었습니다. 대신 그만큼 독자분들의 요청이 많았고 제 염원이기도 했던 노구치 스승의 번외편을 넣을 수 있었습니다. 언젠가 반드시 쓰고자 했던 스승과 제자의 승부를 그린 이번 작품에 반드시 필요했던 단편이었다고 생각합니다.

첫 권이 나온 것이 십 년 전이니 그사이 히라와 키요이뿐만 아니라 저 자신을 둘러싼 환경이나 집필 장소도 달라졌습니다. 이후 출간 속도는 느긋해지겠습니다만 앞으로도 히라와 키요이, 그리고 주변 인물들 각자의 인생을 긴 호흡으로 지켜봐주시면 기쁠 것 같습니다.

2024년 9월

나기라 유

옮긴이 **메이**
일본 수림외어전문학교 일한통번역학과를 졸업하고 히토쓰바시대학교 대학원 언어사회연구학과를 수료했다. 일본 문화 전반에 관심을 가지고, 흥미로운 소설들을 탐독, 번역하고 있다.

뜻대로 되지 않는 그
아름다운 그 4

초판 인쇄 2025년 11월 25일
초판 발행 2025년 12월 9일

지은이 나기라 유
옮긴이 메이
펴낸이 김소영
펴낸곳 포레
출판등록 1993년 10월 22일 제2003-000045호
주소 10881 경기도 파주시 회동길 210
전자우편 editor@munhak.com
대표전화 031)955-8888

ISBN 979-11-416-1461-4 03830

잘못된 책은 구입하신 서점에서 교환해드립니다.
기타 교환 문의 031)955-2661, 3580